SCHERZ

Jón Atli
Jónasson

SCHMERZ

EIN FALL FÜR
DORA UND RADO

Aus dem Isländischen von Freyja Melsted

SCHERZ

Ihr persönliches Leseexemplar

Vielen Dank für Ihr Interesse

MIX
Papier | Fördert gute Waldnutzung
FSC® C014496

Erschienen bei SCHERZ

Die Originalausgabe erschien 2022 unter dem Titel
»Brotin« bei JPV útgáfa / Forlagið, Reykjavík.

Satz: Fotosatz Amann, Memmingen
Druck und Bindung: GGP Media GmbH, Pößneck
ISBN 978-3-651-00134-3

TEIL 1

1

Sie waren übermütig. Die Schicht war fast vorbei und die Nacht ruhig verlaufen. Gegen Mitternacht hatten sie sich Pizza geholt. Dora zahlte. Elliði versprach, sie beim nächsten Mal einzuladen. Sie hörten Radio und fuhren durch die Gegend. Ein Betrunkener, der sich gegen zwei Uhr im Haus irrte. Ein Herzinfarkt in Breiðholt. Sonst gab es wenig. Bis der Ruf kam.

Nachbarn hatten Schreie aus einer Villa in einem Neubauviertel der Stadt gehört. Später erinnerte sich Dora nicht daran, dass sie sich bei dem Entschluss, den Einsatz zu übernehmen, abgesprochen hatten. Elliði wendete einfach das Auto und raste los. Sie bretterten mit Blaulicht die Ártúnsbrekka hinauf. Die Straßen waren menschenleer.

Nachdem sie ein paar falsche Kreisverkehre genommen hatten, erreichten sie schließlich die Sackgasse, in der das Haus stand. Es war groß, ein weißer Kasten mit zwei kleineren Kästen daneben. Das Haus passte nicht auf den isländischen Kiesboden, auf dem es stand. Es wirkte wie eine Villa aus einem französischen Thriller. Sollte viel eher von Palmen umgeben sein, mit dem Mittelmeer im Hintergrund.

In der Einfahrt parkten zwei Autos. Ein schwarzer Range Rover und ein Porsche, später meinte Dora sich zu erinnern, dass er blassrosa war. Sie wusste jedenfalls, dass sie noch nie zuvor so ein Auto gesehen hatte. Elliði stieg aus dem Wagen und eilte die Eingangstreppe hinauf. Sie folgte ihm. Nach dem langen Sitzen im Auto waren ihre Gelenke ganz steif, sie war etwas langsamer als er. Im Augenwinkel sah sie Elliði, wie er an die Eingangstür klopfte. Sie war nicht abgeschlossen. Dann verschwand er im Haus, bevor sie etwas sagen konnte. Sie erinnert sich noch, dass sie kurz innegehalten und sich die anderen Häuser in der Straße angesehen hatte.

Gegenüber der weißen Villa stand ein älteres Haus. Ihr Blick fiel auf eine betagte Frau im Nachthemd, die sie von ihrem Wohnzimmerfenster aus beobachtete. Sie erinnert sich, dass sie ihr zugewunken, aber die Frau nicht darauf reagiert hatte. Die meisten Leute hätten eine solche Geste einer uniformierten Polizistin verstanden und sich zurückgezogen. Dann hörte sie einen Schrei im Haus. Er durchdrang ihre Ohren. Wie ein Urschrei. Er kam von einer Frau, und Dora eilte die Treppe hinauf zum Eingang.

Sofort kam ihr der strenge Geruch von Erbrochenem entgegen. Als sie weiter ins Haus ging, roch sie zusätzlich etwas Saures. Wie saure Milch. Ja, der Geruch von saurer Milch, da war sie ganz sicher.

Das Haus war nobel eingerichtet und wirkte zugleich wie leer. Sie blickte nach links ins Wohnzimmer. Dort standen ein weißes Ledersofa, ein Glastisch und zwei weiße Chesterfieldsessel. Auf dem Boden lag ein dicker, weißer Teppich. Eigentlich war alles in dem Haus weiß. Geradeaus war die Küche mit weiß lackierten Fronten und einem weißen Tisch. Geschirr war keines zu sehen. Aber drei Stühle, dänisches Design, meinte sie. Plötzlich kam ihr der Gedanke, dass der saure Milchgeruch vielleicht gar nicht von Milch ausging, sondern von dem Haus selbst. Als wäre es aus Milch. Ein Milchhaus. Was auch immer das heißen sollte. Sie war einfach müde, und das Adrenalin strömte durch ihren Körper und rief diese seltsamen Gedanken hervor.

Rechts von sich sah sie eine halb offene Tür. Lautes Schluchzen erklang aus der Richtung. Sie schlich so leise wie möglich näher. Was nicht schwer war, da der weiße Teppich ihre Schritte dämpfte. Das Zimmer war ebenfalls weiß, jedoch ziemlich dunkel. Über dem Kopf des Bettes hing ein erotisches Bild in Schwarz-Weiß, und am Fuß stand eine kleine weiß lackierte Wiege.

Elliði stand vor einer Frau, die auf dem Bett saß. Sein Gesicht sah besorgt aus. Das einzige Licht im Raum kam von einer Nachttischlampe. Vorsichtig trat Dora näher und betrachtete die Frau. Sie trug ein Negligé und hielt ein Neugeborenes auf dem Arm. Es war blau im Gesicht. Elliði sah sie an und schüttelte den Kopf.

»Dora, ihr Mann ist im Arbeitszimmer nebenan«, sagte er leise. »Sieh bitte nach ihm. Ich hab schon in der Zentrale Bescheid gesagt.«

Sie nickte und ging schnell aus dem Schlafzimmer. Weg von dem sauren Milchgeruch. Sie hörte Elliði noch leise mit der Frau reden. Er versuchte, sie dazu zu bringen, ihm das Baby zu übergeben. Damit er sichergehen könnte, dass es tot war. Was es natürlich war. Aber er musste sich versichern, prüfen, ob er nicht doch noch Erste Hilfe leisten könnte. Was natürlich keinen Sinn hatte. Dafür waren sie viel zu spät, und bei dem Gedanken an die dämliche Hetzfahrt hierher lief es Dora kalt den Rücken hinunter. Denn hier konnten sie nichts mehr tun. Sie war noch nicht lange bei der Polizei. Hatte kaum Erfahrung, und dennoch wusste sie, warum die Frau sich sträubte, Elliði das Kind zu geben. Sobald sie das tat, würde es fort sein, in jeglicher Hinsicht. Solange sie es festhielt, war es immer noch ein Teil von ihr, und sie hatte noch nicht alles verloren. Ihre Arme waren noch nicht leer. Dora konnte es verstehen. An ihrer Stelle hätte sie sich vermutlich genauso verhalten.

Die Tür zum Arbeitszimmer neben dem Schlafzimmer stand offen, und sie ging hinein. Es war groß, aber genauso karg wie die anderen Räume im Haus auch. Ein Mann um die dreißig saß an einem Glasschreibtisch vor einem großen Aussichtsfenster. Ein silberner Computerbildschirm stand auf dem Tisch, davor lag eine kleine Tastatur. Der Mann war schlank gebaut und hatte struppige Haare. Er trug Boxershorts und einen blauen Wollpullover. Vor ihm auf dem Tisch standen eine halb leere Whiskeyflasche und ein Glas.

Dora ging langsam auf ihn zu, als würde sie versuchen, ein verletztes Tier in die Enge zu treiben. Der Mann ließ den Kopf hängen, und als er sie bemerkte, blickte er auf und sah sie an. Seine Miene war ausdruckslos. Er hatte ein schönes Gesicht und strahlend blaue Augen.

»So, so«, murmelte er, als Dora zum Fenster ging und die Arme verschränkte. Plötzlich überkam sie Müdigkeit, und sie hatte keine Ahnung, was sie überhaupt zu dem Mann sagen sollte. Sie hatte verstanden, was passiert war. Plötzlicher Kindstod war selten, aber hin und wieder kam er vor. Niemandes Schuld. Nur ein trauriger Preis, den man dafür bezahlte, ein Kind in die Welt gesetzt zu haben.

»Er hat einfach aufgehört zu atmen«, sagte der Mann und schaukelte im Sitzen vor und zurück. Dann griff er unter seinen Pullover, zog eine Pistole hervor und legte sich den Lauf an die Lippen.

Dora erinnert sich noch, dass sie den Mann an der Schulter packte. Dann fiel der Schuss.

An den Knall erinnert sie sich nicht.

Nur an den stechenden Schmerz in ihrem Auge.

2

Sie erwacht vom müden Piepen des Braun-Reiseweckers. Immer wieder ist sie überrascht, wenn sie morgens die Augen öffnet. Gemessen an der hohen Dosis Schlaftabletten, die sie jeden Abend einnimmt, rechnet sie nicht wirklich damit, überhaupt aufzuwachen. Und doch tut sie es. Mit trockenem Mund, einem Stechen im Auge und Kopfschmerzen, die an der Stirn beginnen und sich bis tief in den Schädel fortsetzen.

Sie ist allein im Bett. Im Augenblick ist sie nicht sicher, wie sie und Jafet gerade zueinander stehen. Sie meint, sich an einen Streit am Vorabend zu erinnern. Und an das erdrückende Schweigen, das immer darauf folgt. Vielleicht ist er gegangen, nachdem sie schon geschlafen hat.

Es ist kurz vor sieben. Das sagt Dora, dass er woanders übernachtet hat, denn er steht selten vor Mittag auf. Eine andere Frau oder einen anderen Mann gibt es nicht. So ist Jafet nicht. Wahrscheinlich hat er bei einem Freund auf dem Sofa geschlafen.

Draußen ist es immer noch stockdunkel. Bisher war es ein ziemlich harter Winter. Der Streit tut ihr leid, aber sie kann es nicht ändern, sie hat sich nicht unter Kontrolle. Ihre Beziehung stand von Anfang an auf wackeligen Beinen, doch in den letzten Monaten drehen sie sich in einer immer enger werdenden Spirale, bis es irgendwann knallt und er verschwindet. Nicht für lange, meist nur über Nacht. So gehen sie mit Konflikten um, es wird geweint und gevögelt, sie versprechen sich, verständnisvoller und offener zu sein, und dann geht der Alltag weiter. Bis wieder einer von ihnen an die Decke geht. Doch in Wahrheit ist es ihre Schuld, Dora weiß das. Sie kann es nicht kontrollieren, aber Jafet geht ihr auf die Nerven. Was genau es ist, kann sie nicht sagen. Es ist alles und nichts Bestimmtes zugleich. Sie stochert und stochert, bis alles explodiert. Vielleicht nur, um ein bisschen Ruhe zu bekommen.

Auf dem Tisch liegt kein Handy. Kein iPad, keine Smartwatch und auch kein Laptop, um Nachrichten zu checken. Sie lässt solche Geräte nicht in der Wohnung herumliegen. Das Handy und den Laptop bewahrt sie in einer Faradaybox auf, die sie online bestellt hat. Sie steht im Vorraum und soll neunzig Prozent der elektromagnetischen Strahlung filtern. Dora hat auch kein WLAN, deshalb benutzt sie diesen uralten Wecker. Wenn die Batterie fast leer ist, klingt der Piepton etwas weicher, nicht ganz so schrill, so kommt es ihr jedenfalls vor.

Sie kriecht aus dem Bett und schlüpft in einen Bademantel. Die Wohnung besteht nur aus einem einzigen Zimmer, und ein japanischer Raumteiler schirmt das Bett ab. Früher wurden hier Kugellager und andere Ersatzteile aufbewahrt. Im Flur gibt es eine kleine Toilette und eine Dusche. An der Wand steht eine Badewanne und in der Mitte des Raums eine Kochinsel mit Gasplatten. Die Badewanne benutzen sie fast nie, momentan ist sie voller Bücher. Die Wohnung liegt im ersten Stock, über einer Tischlerei in dem Industrieviertel am Stadtrand. Um zur Wohnung zu gelangen, muss man erst durch die Werkstatt im Erdgeschoss, die ein alter Mann namens Rúrik betreibt. Er kommt immer um sieben Uhr morgens und geht um fünf. Vor kurzem ist er achtzig geworden; er restauriert Möbel, wenn er nicht gerade Lack herstellt, nach eigenem Rezept, den er an Leute verkauft, die alte Häuser renovieren. Rúrik ist Doras Großonkel. Ihm gehört das Gebäude, und er liebt Dora wie eine eigene Tochter, auch wenn sie nicht weiß, womit sie das verdient hat.

Sie presst Kaffee in die Mokkakanne und schraubt sie zu. Ihre Hände zittern leicht. In ihrem Zustand dauert es manchmal ein wenig, bis das Bild der Umgebung scharf wird. Aber die Gasplatte anmachen und eine Tasse holen kann sie auch, ohne deutlich zu sehen. Sie öffnet eine Schublade der Kochinsel, in der sie ihre Medikamente aufbewahrt. Gleich nach dem Aufwachen nimmt sie Schmerzmittel. Halb blind schraubt sie das Medikamentenglas auf, kippt den Inhalt in die Hand und zählt wie eine Süchtige eine Pille nach der anderen zurück ins Glas. Zwei Tabletten behält sie und zerkaut sie gründlich, bevor sie den Brei schluckt. Kurz darauf beginnt der Kaffee, in die Kanne zu fließen. Sie füllt ihn in eine Tasse und dreht die Gasplatte ab. Mit dem brennend heißen Kaffee löst sie die letzten Reste der Pillen ganz hinten im Mund und im Rachen.

Dann geht sie zu dem Tisch, auf dem ihr Plattenspieler, ein Verstärker und das Mischpult stehen. Sie muss nichts sehen, um die Geräte einzuschalten und die Nadel auf das Vinyl zu setzen. In den letzten Wochen hat sie vor allem das neueste Album von Arca gehört. Sie hat eine spezielle Version des Technics SL-1200-Plattenspielers, eine Sonderausgabe in limitierter Auflage zum 50-jährigen Jubiläum des Modells. Er ist mattschwarz, und sie hat ein Vermögen dafür ausgegeben. Aber er war jede Krone wert. Unter dem Tisch bewahrt sie ihre Plattensammlung auf, die mit jedem Jahr größer wird.

Dora trinkt den Kaffee aus und hat das Gefühl, dass die Kopfschmerzen nachlassen. Ihr rechtes Auge brennt zwar, aber damit hat sie gelernt zu leben. Der Schmerz geht nie ganz weg. Je nach Tagesform ist er mal stärker, mal schwächer. Eigentlich ist er wie ein Phantomschmerz, den Menschen verspüren, die Gliedmaßen verloren haben. Nach dem Unfall bekam sie erst eine Augenklappe, die bedeckte, was von dem alten Auge übrig war. Als die Ärzte noch dachten, sie könnten es retten. Dann bekam sie das Glasauge. Trotzdem ging der Schmerz nicht weg. Sie vergisst ihn nur, wenn es ihr gelingt einzuschlafen.

Sie zieht sich an und schlüpft in ihre Schuhe, wirft eine dicke Winterjacke über und öffnet mit einem Schlüssel die Faradaybox. Sie packt den schmalen Laptop in ihren Rucksack und wirft einen Blick auf das Display des Handys. Jede Menge Nachrichten von Jafet, sie klingen alle ähnlich: *Verzeih mir – rede mit mir – wir schaffen das*. Sie mag sich nicht damit auseinandersetzen, nicht jetzt. Irgendwann muss der Teufelskreis enden.

Sie geht die Treppe hinunter in die Werkstatt, wo es nach Holz, Schmieröl und Kaffee riecht. Rúrik sitzt in seinem Büro und sortiert Rechnungen und Quittungen.

Ihr fällt auf, dass seine Hände zittern. Vermutlich erste Anzeichen von Parkinson. Rúrik zeigt auch Symptome von

Stress und Angstzuständen, die in ihren Augen ein deutliches Zeichen für Dopaminmangel sind. Er ist so vertieft in seine Arbeit, dass sie beschließt, ihn nicht zu stören, und stattdessen wortlos die Werkstatt durchquert und durch die halb offene Tür verlässt.

Draußen steht ihr weißer Volvo, der etwa so alt ist wie sie selbst. Er wäre schon längst zu einem kleinen Würfel zusammengepresst worden, wenn Rúrik sich nicht darum kümmern würde, ihn in einem fahrbaren Zustand zu halten, ungebeten wohlgemerkt.

Dora setzt sich ins Auto und startet den Motor. Als sie aufblickt, sieht sie Rúrik, der in der Tür zur Werkstatt steht und ihr zunickt. An seinen Lippenbewegungen erkennt sie, was er sagt: *Der Mensch ist eine Maschine*. Damit ist sie gemeint. Sie nickt mit einem halben Lächeln zurück und fährt los.

Die Straße ist voller Autos in den unterschiedlichsten Zuständen, die wenigsten sind tatsächlich fahrtauglich. In dieser Gegend gibt es viel Kleingewerbe, hier werden Jeeps aufgerüstet, Salate abgepackt und noch viel mehr. Es knarrt in Doras Kopf. Kein Arzt hat ihr bisher erklären können, warum das passiert. Sie stellt sich vor, dass die Gehirnhälften in ihrem Schädel aneinanderreiben wie zwei kleine Eisberge oder tektonische Platten.

Als sie auf den Parkplatz hinter dem Polizeidezernat an der Hverfisgata einbiegt, bemerkt sie sofort den Trubel. Die Spezialeinheit bereitet sich auf einen Einsatz vor, zusammen mit Kollegen aus dem Streifendienst und der Kriminalpolizei, des

Rauschgiftdezernats und Vertretern der Staatsanwaltschaft. Für heute ist eine Razzia geplant. Ziel ist eine osteuropäische Verbrecherbande, die in letzter Zeit vermehrt in der Stadt aktiv war.

Dora stellt den Volvo auf einen freien Parkplatz und geht ins Dezernat. Sie nickt ein paar ihrer Kollegen zu, die gerade kugelsichere Westen und Einsatzgürtel anlegen. Es herrscht eine angespannte Stimmung.

Die Razzia ist schon seit einigen Wochen in Planung. Eine durchdachte Aktion unter Geheimhaltung, bei der mehrere vermutete Geldwäschefirmen der Bande gleichzeitig durchsucht werden und auch ein paar Privathäuser der Anführer. Dora weiß nur wenig darüber, obwohl sie selbst bei der Kriminalpolizei arbeitet, aber das kümmert sie nicht. Sie ist an einer anderen Sache dran, die sie in letzter Zeit völlig vereinnahmt hat. Wie schon oft hat man ihr einen Fall übergeben, der eigentlich bereits untersucht worden ist und bei dem die Staatsanwaltschaft keinen Grund sieht, die Ermittlungen fortzusetzen.

Es geht um den Tod einer älteren Frau, den ursprünglich ihr Kollege Gunnþór untersucht hat. Lovísa, achtundsechzig Jahre, wohnhaft in der Weststadt, wurde tot in ihrem Bett aufgefunden, Todesursache Ersticken. Doch das ist nur die medizinische Erklärung, die Umstände sind ein großes Rätsel. Bei der Obduktion zeigten sich keine Auffälligkeiten, und bei ihrem letzten Hausarztbesuch kurz vor ihrem Tod war sie noch bei bester Gesundheit.

Gunnþór ist bei den Ermittlungen nicht weit gekommen. Es gab keine Zeugen, Lovísa lebte allein, und an der Leiche waren keine Hinweise auf eine Gewalttat zu erkennen. Gunnþór war mit der Planung der Razzia beschäftigt und hat deshalb Dora gebeten, den Fall abzuschließen, was nicht weiter kompliziert sein sollte. Manchmal sterben Leute einfach, und die Welt zuckt nur mit den Schultern und dreht sich weiter. Aber etwas in den Unterlagen hat sie stutzig gemacht, auf einem Bild der toten Lovísa in ihrem Schlafzimmer. Nur ein winziges Detail, es scheint niemandem aufgefallen zu sein. Außer ihr.

Sie freut sich nicht wirklich darauf, Gunnþór in den Besprechungsraum zu bitten, um die Sache noch einmal durchzugehen. Dora hat nämlich einen gewissen Ruf innerhalb der Polizei. Immer wieder fällt ihr etwas auf, was die Ermittelnden übersehen haben, und die wenigsten Polizisten mögen es, wenn man Fälle löst, die sie für unlösbar halten. Allerdings sind Kolleginnen eher dazu bereit, Fälle mit ihr zu besprechen, die ihnen über den Kopf gewachsen sind. Männliche Ermittler reagieren oft defensiver, und sie muss ihre Vermutungen gut begründen, sie dazu bekommen, ihre Sturheit und ihren Stolz abzulegen.

In Gunnþórs Fall rechnet sie mit einer ähnlichen Reaktion. Sie hat die ganze Woche lang über den Fall nachgedacht und genug recherchiert, um sich ihrer Sache sicher zu sein. Um die Todesursache geht es nicht. Die stimmt. Aber Lovísa ist nicht einfach so gestorben. Dora hat etwas bemerkt, das den Fall in einem neuen Licht erscheinen lässt.

Sie geht in das Großraumbüro der Abteilung, wo die gleiche Spannung in der Luft liegt wie unten auf dem Parkplatz. Eine

Gruppe Kollegen kommt ihr entgegen, mit Einsatzgürteln und kugelsicheren Westen. Manche haben Sorgenfalten im Gesicht. Andere lassen sich nichts anmerken, doch es ist klar, dass alle Angst vor dem haben, was bevorsteht. Sie müssen dem Monster direkt gegenübertreten. Die Bande ist berüchtigt für ihr gewalttätiges Vorgehen. In der Hinsicht hat sich das kleine Island in den letzten Jahren ziemlich verändert. Dora nickt ihren Kollegen zu, und manche erwidern den Gruß. Andere sind zu sehr in ihre eigenen Gedanken vertieft, um sie zu bemerken. Dora fällt auf, dass alle bewaffnet sind. Gunnþór bildet das Schlusslicht.

»Können wir nachher kurz sprechen?«, fragt sie ihn, und er sieht sie verwundert an.

»Ja«, sagt er und steckt seine Pistole in die Hülle. »Geht es um etwas Bestimmtes?«

»Um Lovísa«, sagt Dora.

»Wer ist das?«, fragt Gunnþór.

»Die alte Frau, die erstickt ist.«

»Ich weiß nicht, wann wir hier fertig sein werden«, sagt er und blickt hinüber zu den Kollegen, die mit ernsten Blicken vor den Aufzügen stehen.

»Morgen geht sonst auch«, sagt sie, und Gunnþór nickt wie ein Schuljunge, der weiß, dass er eine schlechte Note bekommen hat. Dann eilt er seinen Kollegen hinterher.

Dora seufzt und geht in die kleine Kaffeeküche. Dort sieht es aus, als hätte ein Blitz eingeschlagen. Leere Tassen und Colaflaschen stehen herum und Verpackungen von Proteinriegeln, Sandwiches und Fertiggerichten. Die Kollegen haben die ganze Nacht hindurch die Razzia vorbereitet. Sie versucht, nicht zu viel über die Strahlung nachzudenken, die von der Mikrowelle ausgeht.

Sie öffnet die Spülmaschine, und zu ihrer großen Verwunderung ist sie voll mit sauberem Geschirr. Sie stellt eine Tasse unter den Vollautomaten und drückt einen Knopf. Auf dem Bildschirm erscheint eine Nachricht, dass der Kaffeesatz entsorgt und Wasser und Bohnen nachgefüllt werden müssen.

Aus dem Schrank über der Kaffeemaschine holt sie eine Packung Bohnen hervor. Da sieht sie im Augenwinkel ihren früheren Streifenpartner Elliði, der jetzt die Abteilung leitet, nachdem sein Vorgänger ein Burn-out hatte. Elliði sieht müde und blass aus. Er begrüßt sie mit einem Nicken und lächelt schal. Dann geht er weg. Genauer gesagt, geht er ihr aus dem Weg. So ist ihr Verhältnis mittlerweile.

Eigentlich sollte Dora ihre Kollegen bei der Razzia begleiten, doch das kommt nicht in Frage. Seit ihrem Wechsel zur Kriminalpolizei achtet Elliði penibel darauf, dass sie so selten wie möglich das Büro verlässt. Die vielen Krankschreibungen, die sie regelmäßig einreicht, bestätigen ihn in dem Beschluss. Seit sie damals zu dem Einsatz in der Villa gerufen wurden, hat sie keinen Tatort mehr gesehen. Elliði gibt sich selbst die Schuld für das, was dort passiert ist: Er hätte den Familienvater genauer prüfen müssen, seine Fehleinschätzung kam Dora teuer zu stehen. Sie sieht das völlig anders, aber Elliði lässt nicht mit sich diskutieren. Er ist der Chef, und in der Abteilung gelten seine Regeln. Für gewöhnlich redet Elliði nicht über diesen Einsatz. Außer, wenn er betrunken ist. Dann bekommt Dora Anrufe von ihm, in denen er losredet oder einfach nur weint, je nachdem, wie viel er schon getrunken hat. Im Dezernat jedoch vermeidet er direkten Augenkontakt mit ihr. Bleibt meist in seinem Büro, das mit Glaswänden abgetrennt am Ende des Flurs liegt. Kollegen, die Elliði auf Doras Aufgaben innerhalb der Abteilung ansprechen, machen diesen Fehler kein zweites Mal. Er ist ein Chef, mit dem man es sich nicht verscherzen will. Er kann knallhart sein, hat einen scharfen Verstand. Ein guter Polizist.

Als Dora endlich die Maschine zum Laufen gebracht hat und ein schmaler brauner Kaffeestrahl in ihre Tasse rinnt, klopft ihr jemand auf die Schulter. Sie dreht sich um, und vor ihr steht Gunnar, der diensthabende Schichtleiter.

»Du musst für mich einen Einsatz übernehmen«, sagt er und gähnt.

»Aber ich ...«, sagt Dora zögerlich.

»Kein Aber. Es ist sonst keiner da.«

3

Rado betritt seine Dreizimmerwohnung im Urriðaholt-Viertel. Vorsichtig schließt er die Tür und zieht sich Schuhe und Jacke aus. Es ist sieben Uhr morgens.

Seit ein paar Wochen muss er im Rauschgiftdezernat aushelfen. Dort ist man gerade hinter einem gewissen Þormóður Óli her, einem Anwalt, der Strippenzieher von umfassendem Kokainschmuggel sein soll. Leider haben sie kaum etwas gegen ihn in der Hand. Sie haben lediglich eine Informantin, eine Kurierin, die in anderer Sache festgenommen wurde, ein glücklicher Zufall; die Frau kennt Þormóður und sagt, eine große Sendung sei auf dem Weg.

Rado folgt dem Anwalt jeden Morgen von dessen Einfamilienhaus in Kópavogur, wo er allein lebt, zur Kanzlei in Borgartún. Mittags geht Þormóður meist ins Fitnessstudio oder zum Essen in die Innenstadt. Manchmal muss er auch zum Amtsgericht, und dann meist, um irgendwelche guten Bekannten der Polizei zu verteidigen, die ihn auch regelmäßig in der Kanzlei besuchen.

Am schlimmsten sind die Wochenenden. Dann lässt sich Þormóður volllaufen und schmeißt fette Partys in seinem Haus. Das Rauschgiftdezernat achtet darauf, dass uniformierte Polizisten den Lärmbeschwerden der Nachbarn nachgehen. Zweimal kam es vor, dass er zwei Kinder abgeholt hat, um die sechs und acht Jahre alt, ein Junge und ein Mädchen, und mit ihnen ins Kino und in den Streichelzoo in Laugardalur gegangen ist. Er ist geschieden, die Kinder leben bei ihrer Mutter in der Weststadt. Der Anwalt hat ein paar Freundinnen, die er regelmäßig besucht. Die meisten sind irgendwann schon einmal mit dem Gesetz in Konflikt geraten, kleinere Delikte, Drogen. Die Polizei geht davon aus, dass er sie für den Sex bezahlt. Manchmal verbringt er die Nacht auch bei einer jungen Frau mit einem einjährigen Kind.

So auch gestern, als Rado Nachtdienst hatte. Zu Beginn der Schicht wurde ihm einfach nur gesagt, dass dies vorerst seine letzte sein würde. Die Beschattung kam ihm von Anfang an seltsam vor. Wochenlang hat er Þormóður Óli gewissenhaft aufgelauert, war dabei aber immer allein. Er hat Protokolle eingereicht, aber um einen Bericht wurde er nicht gebeten. Er hat keine Ahnung, ob die Abteilung einen Gerichtsbeschluss hat, der ihnen erlaubt, Þormóðurs Telefon abzuhören. Wenn, dann hat Rado jedenfalls noch keine Aufnahmen zu hören bekommen.

Er schleicht in das Zimmer von Jurek, seinem dreijährigen Sohn, der seit kurzem darum bittet, allein in seinem eigenen Bett zu schlafen. Das Bett hat die Form eines Rennwagens, was dabei eine wesentliche Rolle spielt. Auf dem Tisch neben dem Bett brennt ein Nachtlicht, das aussieht wie ein kleines Ungeheuer aus Plastik. Jurek schläft noch friedlich.

Leise geht Rado weiter ins Schlafzimmer, wo seine Frau Ewa ebenfalls schläft. Vorsichtig zieht er sich aus und schlüpft unter die Decke. Er hat seit vierundzwanzig Stunden nicht geschlafen, aber müde ist er trotzdem nicht. In seiner Brust macht sich Unbehagen breit. Es fühlt sich irgendwie schwer an. Als hätte er etwas Wichtiges vergessen. Wie wenn man das Haus verlässt und sich nicht erinnert, ob man alle Kerzen oder das Bügeleisen ausgemacht hat. Er versucht, die Augen zu schließen und sich auf seinen Atem zu konzentrieren. Aber es bringt nichts.

Er kriecht wieder aus dem Bett, zieht sich an und geht in die Küche. Für eine Weile steht er vor dem Fenster mit der Aussicht auf einen Einkaufspark. Costco, IKEA und der Toyota-Händler. Er schaltet die Kaffeemaschine ein, doch plötzlich hört er ein leises Rascheln im Wohnzimmer und geht zögernd hinüber. Dort steht Jurek in seinem Pyjama und hält die Fernbedienung des riesigen Flachbildfernsehers in der Hand, den Rados Schwiegervater ihnen neulich geschenkt hat, indem er ihn einfach ungefragt aufgehängt und angeschlossen hat.

»Wir werden jetzt nicht fernsehen, mein Junge«, sagt Rado liebevoll, und Jurek erschrickt ein wenig.

»Okay, Papa«, sagt er. Er legt die Fernbedienung wieder auf den kleinen Glastisch und dreht sich um. Rado beobachtet ihn. Oft staunt er darüber, wie ruhig und ausgeglichen der Junge ist. Im Gegensatz zu den anderen Kindern in seinem Kindergarten bekommt er nie Trotzanfälle. Jurek wirkt wie eine alte Seele. Rado prahlt nicht damit, aber sein Sohn war von Geburt an ruhig und besonnen. Von seiner Mutter hat er das nicht, sie ist hitzig und kann ganz schön launisch sein. Bei Rado ist das nicht viel anders. Vielleicht ergeben minus und minus in dem Fall plus.

Rado hebt Jurek hoch und setzt ihn in der Küche auf seinen

Stuhl. Er holt Cerealien und Hafermilch für ihn hervor. Als die Kaffeemaschine schnaubt, schenkt er sich eine Tasse ein. Er macht schon lange keinen Kaffee für Ewa mehr, sie würde ihn ohnehin nicht trinken. Neben seiner kleinen Filtermaschine steht ein italienisches Edelstahlmonster, das er sich nicht traut, auch nur anzufassen. Es ist trotzdem nur eine Miniatur im Vergleich zu der Maschine hinter dem Tresen in Ewas Café im Smárar-Viertel.

Rado setzt sich Jurek gegenüber an den Küchentisch und trinkt seinen Kaffee. Das Koffein scheint das Unwohlsein in seiner Brust nur weiter anzukurbeln. Vielleicht liegt es auch einfach an der Übermüdung. Und manchmal, vor allem, wenn er müde ist, beschleicht ihn noch ein ganz anderes Gefühl: dass er hier nicht wirklich zu Hause ist. Dass dieses Zuhause nicht seins ist und auch nicht die Frau und der Junge, der ihm gegenübersitzt und mit einem Löffel Cornflakes aus der Milch fischt. Das Gefühl, dass er einfach nicht dazugehört. Das hat nichts mit Liebe oder Treue zu tun. Er liebt seine Frau und seinen Sohn über alles. Mit Ewa ist es nicht immer leicht, aber er könnte sich kein anderes Leben vorstellen. Und trotzdem verspürt er dieses Zaudern. Das ist sein großes Geheimnis. Manchmal, wenn der Junge ihn ansieht, wartet er nur darauf, dass er es anspricht. Dass er einfach sagt: »Schon gut, Papa. Du kannst gehen.« Rado hat immer wieder den gleichen Albtraum. Er beginnt damit, dass Jurek ihm erlaubt zu gehen. Dann nickt Rado nur, zieht sich Schuhe und Jacke an und öffnet die Tür nach draußen. In dem Moment, in dem er den Flur betritt, wacht er immer auf. Als würde sein Bewusstsein nicht weiter reichen. Als gäbe es jenseits des Treppenhauses nichts als gähnende Leere.

Er hört, dass Ewa ins Bad geht und die Dusche anmacht. Sofort schaltet er die italienische Kaffeemaschine ein, damit sie warm ist, wenn Ewa fertig geduscht hat. Die schweren Gedanken versucht er, erst einmal beiseitezuschieben.

Er sieht Jurek an, der sein Frühstück aufgegessen hat, und fragt, ob sie sich nicht anziehen und zum Kindergarten gehen sollten. Jurek nickt, aber verzieht keine Miene. Rado steht auf und geht mit ihm zur Tür, vorbei am Badezimmer, wo er Ewa unter der Dusche singen hört. Ein Anzeichen, dass sie einigermaßen gut gelaunt ist. Ihre Beziehung ist schon immer instabil gewesen, aber seit Jureks Geburt herrscht zwischen ihnen eine Art Waffenstillstand. Rado ist ein guter Vater. Das bestätigen ihm seine Verwandten und Bekannten immer wieder. Aber er muss sich dafür nicht anstrengen, es geschah ganz natürlich. Als er seinem Sohn zum ersten Mal in die Augen sah, fiel der ganze Stress, der zu seinem Beruf dazugehört, einfach von ihm ab, so klischeehaft das auch klingen mag. Es ist auch nicht verwunderlich, dass er sich Ewa als Partnerin ausgesucht hat. Daran wird er erinnert, als sie aus dem Bad ins Schlafzimmer huscht, um sich anzuziehen: Sie ist einfach umwerfend. Vielleicht kommt sein Zaudern daher, dass er keine Ahnung hat, was sie eigentlich in ihm sieht. Und er vermutet, dass sie das ganz genau weiß.

Es ist kurz vor acht, als er sich in der Garderobe des Kindergartens von Jurek verabschiedet. Er gibt ihm einen Kuss auf die Stirn und geht zurück zu seinem Auto, einem alten

Toyota-Jeep, den er einem Kumpel für wenig Geld abgekauft hat. Eine ziemliche Spritschleuder, aber zuverlässig und unkaputtbar. Ewa fährt einen Tesla, den sie von ihrem Vater bekommen hat.

Ewa wusste, dass sie Rado besser nicht fragt, woran er gerade arbeitet. Er hätte doch nur gesagt, dass er gerade ein Projekt abschließe und nicht genau wisse, was danach kommt. Er hat noch ein paar Urlaubstage und hat sich vorgenommen, die Garage aufzuräumen, um zu prüfen, ob sie dort nicht eine Ladestation für den Tesla einrichten können. Darum bittet ihn Ewa schon lange. Außerdem soll er Jurek am Nachmittag vom Kindergarten abholen.

Ewa wollte erst zu Hause Rechnungen prüfen, die Bestellungen erledigen und gegen Mittag ins Café gehen. Rado hat ihr gesagt, er würde noch kurz auf der Polizeistation vorbeifahren, um ein paar Berichte fertig zu schreiben – eine Lüge. Dieses ungute Gefühl in seiner Brust geht einfach nicht weg, es ist sogar noch stärker geworden. Schlafen könnte er ohnehin nicht, also will er sich kurz im Dezernat an der Hverfisgata blicken lassen. Mit den Kollegen plaudern, die er während seiner Zeit beim Rauschgiftdezernat wochenlang nicht gesehen hat. Vielleicht hat Elliði ja etwas für ihn zu tun.

Ein weißer Volvo schneidet ihn, als er auf den Parkplatz hinter dem Hauptdezernat einbiegt. Rado flucht leise und schüttelt den Kopf. Er kennt die Fahrerin. Das ist diese komische Kollegin aus der Kriminalabteilung, die Ermittlerin ist und doch wieder nicht. Eine Art Aktenschubserin. Rado weiß es nicht genau, aber er würde auch nie nachfragen. Irgendwie hat sie Elliði in der Hand. Vielleicht schlafen sie miteinander. Lange dachte Rado, sie wäre seine persönliche Assistentin, was sie in gewisser Hinsicht ja auch ist. Sie ist verdammt schlau, aber auch verrückt. Einmal hat sie ihn an der Kaffeemaschine in die Ecke gedrängt und einen Bericht auseinandergenommen, den er zu einem seiner Fälle geschrieben hatte. Vor allem sprachlich hatte sie viel auszusetzen. Sie redete von erbärmlichem Satzbau und zwanghaftem Dativgebrauch, was ihrer Ansicht nach die Genauigkeit des Textes untergrub. Am Ende bot sie an, ihm bei den Korrekturen zu helfen. Er willigte ein, ohne lange zu diskutieren.

Als er hinter dem weißen Volvo endlich auf den Parkplatz fährt, bleibt ihm fast die Luft weg. Alle sind dort versammelt. Wirklich alle. Das Rauschgiftdezernat, die Spezialeinheit und zusätzliche Verstärkung. Alle seine Kollegen und ein Großteil der Streifenpolizisten aus dem gesamten Hauptstadtgebiet. Alle hat man gerufen, nur ihn nicht. Das kann nur eins bedeuten.

Rado parkt sein Auto ein wenig abseits und holt tief Luft, sein Herz schlägt schneller. Mit langsamen Schritten geht er auf die Gruppe zu, die sich gerade bereit macht. Kugelsichere Westen, Elektroschocker, Pistolen. Unter ihnen sind auch Kollegen, die für Wirtschaftsdelikte zuständig sind. Sævar, der Leiter der Spezialeinheit, grinst breit und nickt ihm mit seinem kahl geschorenen Kopf zu. Sie sind keine besonders guten Freunde, das wissen alle, die es interessiert. Aber sein ehemaliger Kommilitone aus der Polizeiakademie ist nun einmal ein richtiges Arschloch.

Endlich sieht er Elliði, der den Mund öffnet, als er ihn

bemerkt, und dann seufzt. Das unbehagliche Gefühl überrollt Rado wie ein Tsunami, ihm wird richtig schwindelig. Fast verliert er das Gleichgewicht, doch er kann sich nirgendwo festhalten. Er ist allein auf offener See. Mitten in seiner eigenen Wüste.

»Dann weißt du es jetzt«, sagt Elliði freudlos.

»Waren der Einsatz beim Rauschgiftdezernat und dieses Beschatten also nur …«, Rado findet nicht die richtigen Worte.

»Wir nehmen Jurek fest«, sagt Elliði. »Die ganze Bande. Ich musste dich da raushalten.«

Rado nickt. Am liebsten würde er Elliði korrigieren, der Polizeiaufmarsch gilt nicht seinem Sohn, sondern Jurek senior. Aber er sagt nichts. Was sollte er auch sagen, Elliði sitzt am längeren Hebel. An seiner Stelle hätte er genau dasselbe getan, wenn einer seiner Mitarbeiter mit der Tochter des Anführers einer Verbrecherbande liiert wäre, dem schon viel zu lange freie Hand gelassen wurde. Vor allem, nachdem die Justizministerin der Wählerschaft versprochen hat, die organisierte Kriminalität mit aller Härte zu bekämpfen.

»Rado?« Elliði legt die Hand auf seine Schulter. »Mach keinen Unsinn. Dein Handy wird getrackt.«

»Werde ich nicht«, sagt er und dreht sich zu seinen Kollegen um, die seinem Blick ausweichen. »Aber nehmt euch in Acht.«

Es kommt ihm vor, als würde er sich blind zum Hintereingang vortasten. Endlich angekommen, ruft er den Aufzug, fährt direkt zur menschenleeren Cafeteria hoch und setzt sich an einen Tisch in der hintersten Ecke.

Er greift nach seinem Handy in der Hosentasche. Es fühlt sich glühend heiß an, als würde es ein Loch in den Stoff und die Haut brennen. *Fuck, fuck, fuck*. Er muss Ewa anrufen. Er muss ... was? Was kann er tun? Sein Handy wird getrackt. Wenn er innerhalb der nächsten Stunde jemanden anruft, landet er am Ende noch selbst hinter Gittern. In seinen Ohren klingt ein Rauschen. Die Augen wandern unablässig durch den Raum. Er spürt einen stechenden Schmerz in der Brust. Das ist kein Herzinfarkt. In diesem Moment ist es wahrscheinlicher, dass die Scham ihn umbringt.

4

»So schwierig wird es schon nicht sein«, sagt Gunnar, der Schichtleiter, und zuckt mit den Schultern. Natürlich weiß man nie, was einen bei so einem Einsatz erwartet, aber meist sind es doch nur Stürme in Wassergläsern. Plural. Weil es so viele sind. In der heutigen Servicegesellschaft rufen die Leute wegen der unnötigsten Kleinigkeiten an: unhöfliche Pizzaboten, Personal, das kein Isländisch spricht, besoffene Nachbarn und manchmal auch einfach nur, um sich irgendwohin kutschieren zu lassen.

Bei dem Einsatz, mit dem Gunnar Dora betrauen will, weil außer ihr schlichtweg niemand Zeit hat, geht es um eine vermisste Person im Thingvellir-Nationalpark. Dora schnappt nach Luft. Es hat seinen Grund, dass sie sich seit Jahren hinter dem Schreibtisch versteckt. Der fahrlässige Todesschuss, wenn man es überhaupt so nennen kann, hat viele Nachwirkungen. Nach der Operation, bei der die Ärzte die Kugelsplitter aus ihrem Auge und Gehirn entfernten, war sie in ein künstliches Koma versetzt worden, und seit sie daraus aufgewacht ist, spürt sie die Folgen. Doch der Schmerz, den sie regelmäßig mit Tabletten betäubt, ist komplex. Das Trauma ist nicht nur körperlich, sondern auch psychisch, existenziell sogar, um es dramatisch auszudrücken. Es ist ein Cocktail aus verschiedenen Symptomen, von posttraumatischer Belastungsstörung bis hin zu Depressionen, Hypersensibilität und obsessivem Verhalten. Die Ärzte meinen, ihre Gehirnrinde sei verletzt worden, was möglicherweise Einfluss auf die Gehirnfunktion hat. Die Veränderungen seien nicht zwangsläufig negativ – auch wenn das meist der Fall ist –, und sie könne durchaus ein normales Leben führen – was ihr sehr schwerfällt.

In den ersten Monaten merkte sie wenig. Weder ihr noch anderen in ihrem Umfeld fiel etwas auf. Dora war zwar insgesamt langsamer als zuvor, aber viele dachten, sie selbst mit inbegriffen, das liege an den Schmerzmitteln. Doch die Folgen waren viel tiefgreifender. Es war, als hätte sich eine schwere Last auf sie gelegt. Als hätte sie mit einem Mal die Ernsthaftigkeit des Lebens erkannt. Man begreift solche Situationen ja oft erst mit etwas Abstand. Irgendwann fühlt es sich an, als hätte jemand einen Schleier weggezogen: Sie nimmt alles intensiver wahr, empfindet mehr Mitgefühl. Und dann manchmal auch wieder gar keines, je nach Tagesform. Manchmal kann sie nicht aufhören zu weinen, und an anderen Tagen ist sie eiskalt, nichts berührt sie. Am schlimmsten sind die manischen Anfälle. Die bekommt sie nur selten, aber sie machen ihr mehr Angst als alles andere. Dann wird sie wie besessen. Die Veränderung ihrer Gehirnfunktion nach dem Schuss ist viel einschneidender, als die Ärzte erwartet hatten. Als sie aus dem Krankenhaus entlassen wurde, nahm sie sich vor, wieder ganz gesund zu werden. Abgesehen von den Schmerzen erzählte sie niemandem von den Nebenwirkungen. Sie wollte unbedingt wieder arbeiten und wusste, wenn sie alles über ihren Zustand offenlegte, würde sie als geistig unzulänglich eingestuft werden. Als psychisch krank. Und das war ein Stempel, den sie nicht bekommen wollte. Auch wenn psychische Erkrankungen in der Gesellschaft kein Tabu mehr sind, gilt das nicht innerhalb der Polizei. Niemand will mit jemandem zusammenarbeiten, der nicht bei klarem Verstand ist. Es ist schon für Menschen in guter mentaler Verfassung schwer genug, in den unzähligen verrückten Situationen des Arbeitsalltags einen kühlen Kopf zu bewahren.

Das erste Anzeichen auf eine krasse Veränderung nach dem künstlichen Koma war, dass sich ihr Musikgeschmack gewandelt hatte. Davor hatte sie sich nicht sonderlich für Musik interessiert. Natürlich hatte sie als Jugendliche ein paar Popstars verehrt, aber im Laufe der Jahre keine speziellen Vorlieben entwickelt. Sie hörte nur das, was gerade im Radio lief. Ein paar Monate nach dem Koma saß sie im Warteraum einer Zahnarztpraxis und entdeckte durch Zufall den Grundstein der westlichen Musik: Ihr Zahnarzt spielte gerne Klassik, und sie war völlig verzaubert. Darauf folgte ihre erste manische Phase, in der sie voll und ganz in die Welt der E-Musik eintauchte und wochenlang kaum schlief.

»Vermisste Person ist wahrscheinlich übertrieben«, sagt Schichtleiter Gunnar nun, als er Doras bleiches Gesicht sieht. »Eine Gruppe aus der Hagaskóli war auf Klassenfahrt im Nationalpark, und als im Bus gezählt wurde, fehlte jemand.«

»Du willst, dass ich nach Thingvellir fahre?«

»Ich habe mit den zuständigen Lehrern gesprochen. Sie sind ganz entspannt. Anscheinend passiert das nicht zum ersten Mal. Das Kind lässt sich ›verschwinden‹, um Aufmerksamkeit zu bekommen. Du musst nur hinfahren und die Lage beurteilen. Vielleicht klärt sich der Fall von selbst.« Gunnar sieht sie bittend an und reicht ihr einen Autoschlüssel. »Du kannst den Jeep nehmen, der draußen steht. Den können wir bei der Razzia ohnehin nicht gebrauchen, er würde zu viel Aufmerksamkeit erregen.«

Eine Viertelstunde später fährt Dora in einem nagelneuen Toyota Land Cruiser stadtauswärts Richtung Thingvellir. Ihr Handy vibriert, und sie nimmt den Blick kurz von der Straße und schielt aufs Display. Gunnar hat ihr die Namen und Nummern der Lehrer geschickt. Es kommt ihr vor, als würde sie etwas Verbotenes tun. Was irgendwie auch der Fall ist, denn Elliði hätte es nie erlaubt. Aber er ist anderweitig beschäftigt.

Der Land Cruiser fährt sich ganz anders als der alte Volvo. Aus Gewohnheit hält sie sich an die Geschwindigkeitsbeschränkung, obwohl sie mit dem Polizeiauto natürlich niemand anhalten würde. Sie greift nach der Tablettenschachtel in der Outdoorjacke. Sie ist an ihrem Platz, aber momentan hat sie keine Schmerzen. Der Bordcomputer im Auto verbindet sich unaufgefordert mit dem Handy, und auf dem Bildschirm sieht sie, dass Jafet anruft. Neben seinem Namen leuchten zwei Symbole eines Hörers auf, einer grün und der andere rot. Sie entscheidet sich für den roten und steigt etwas fester aufs Gaspedal.

Als sie beim Besucherzentrum des Thingvellir-Nationalparks ankommt, hat Jafet bereits viermal angerufen und eine Nachricht geschickt: *Melde dich bei mir*. Aber sie hat jetzt keine Ruhe, um sich mit ihm auseinanderzusetzen. Sie steigt aus dem Jeep, der sofort die Aufmerksamkeit der Anwesenden auf sich gezogen hat. Auf dem Parkplatz stehen zwei Reisebusse. Ein kurzer Blick auf die Passagiere reicht, um festzustellen, für welchen der beiden sie hier ist. Einer ist voller alter Leute. So alt sogar, dass Dora nicht sicher ist, ob sie überhaupt noch zu Fuß unterwegs sein sollten, und erst recht nicht im Nationalpark, der auf zwei auseinanderdriftenden tektonischen Platten liegt und voller Spalten und Risse im Boden ist. Ein schlanker Mann um die vierzig steigt aus dem anderen Bus und läuft auf sie zu. Er trägt einen Islandpulli, eine Outdoorhose und moderne Wanderschuhe. In der Hand hält er eine kleine Mappe und ein Handy. Er ist blond und sieht gut aus, macht einen irgendwie ehrlichen Eindruck.

»Ich bin Marteinn«, sagt er und reicht ihr die Hand. Dora schüttelt sie zur Begrüßung. Er riecht unglaublich gut. Sie muss sich zusammenreißen, ihm das nicht zu sagen. Das ist vor allem dem Gehirnschaden zuzuschreiben, manchmal verspürt sie so einen Drang. Wahrscheinlich eine Art Tick, irgendein Filter in ihrem Kopf, der nicht mehr funktioniert.

»Ich bin Dora«, sagt sie und mustert ihn. »Ich bin wegen einer vermissten Person hier. Von der Polizei«, fügte sie hinzu.

»Ja, das dachte ich mir. Wir vermuten, dass Morgan einfach per Anhalter zurück nach Reykjavík gefahren ist. Das Handy scheint ausgeschaltet zu sein«, sagt Marteinn.

»Morgan?«, fragt Dora. »Heißt er so?«

»Nein«, sagt Marteinn. »Und Morgan ist weder *er* noch *sie*. Wir sollen jetzt Morgan sagen.«

»Morgan ist also ein Spitzname?«

»Nein. Kein Spitzname. So will Morgan jetzt genannt werden. Wir müssen den Kindern da entgegenkommen, sie haben immer wieder solche Selbstfindungsphasen«, sagte Marteinn. »Letzte Woche sollten wir Ken sagen.«

»Aha. Für die Fahndung brauchen wir den richtigen Namen von ... Morgan?« Dora geht einen Schritt auf Marteinn zu und atmet möglichst unauffällig seinen Geruch ein. Der Drang, ihm zu sagen, wie gut er riecht, ist noch stärker geworden. Sie fühlt sich regelrecht gezwungen, es zu tun.

»Guðbjörg«, sagt Marteinn.

»Was?« Dora spürt, dass sich der Satz bereits auf ihren Lippen formt. Wenn sie jetzt nichts tut, wird sie es aussprechen. Wie gut er riecht. Verdammt. »Morgan ist also ein Mädchen?«, fragt sie und hält sich die Hand vor den Mund.

»Nein, Morgan identifiziert sich als non-binär, also weder als Junge noch als Mädchen«, erklärt Marteinn.

»Aha. Wissen Sie was, Marteinn«, sagt Dora. »Ich gehe jetzt mal ins Besucherzentrum aufs Klo, dann komme ich wieder, und wir besprechen das.« Sie geht, und Marteinn bleibt verdutzt zurück.

Sie ist stolz auf sich. Sie hat es geschafft, ihn nicht auf seinen Geruch anzusprechen. Jetzt ist der Drang vergangen. Das ganze Genderzeug hat sie ohnehin abgeturnt.

Vor den Toiletten im Besucherzentrum steht eine lange Schlange von Touristen. Dora hört mindestens vier verschiedene Sprachen, Französisch, Deutsch, Spanisch und Flämisch. Zwei davon spricht sie fließend, und die anderen beiden könnte sie an einem Wochenende erlernen, zumindest in Grundzügen. Nicht, weil sie so schlau ist, auch das ist eine Nachwirkung des Schusses. Sie erinnert sich an alles, was sie hört und sieht, ihr Gehirn ist wie ein Schwamm. Sie setzt sich auf die Toilette und weint ein bisschen. Ohne besonderen Grund. Es ist nicht so dramatisch, dass sie ihr Schicksal beweint oder dergleichen, sie muss nur ein paar Tränen vergießen, um die innere Spannung zu lösen.

Direkt vor der Toilette streitet sich ein Paar auf Niederländisch, was sie nicht spricht. Sie lauscht genauer hin und versteht schon bald die Situation. Als würde ihr einfach ein Licht aufgehen. Der Streit dreht sich ums Kinderkriegen. Er will Kinder, sie aber nicht. Im Laufe der Islandreise ist ihm klargeworden, dass an der Scheidung kein Weg mehr vorbeiführt. Dora betätigt die Spülung und wäscht sich die Hände. Dann öffnet sie die Tür, und vor ihr steht die Frau mit verweinten Augen. Dora umarmt sie kurz und läuft dann schnell durch das Besucherzentrum.

Wieder vibriert ihr Handy. Sie sieht nach, wer es ist: weitere Nachrichten von Jafet. Aber sie muss sich jetzt darauf konzentrieren, die kleine Göre zu finden. Ein blassgrüner Bus mit einem großen Game-of-Thrones-Logo fährt auf den Parkplatz ein, als Dora das Besucherzentrum verlässt und nach Marteinn Ausschau hält. Sie geht am Bus vorbei und läuft ihm direkt in die Arme. Neben ihm steht eine Frau um die zwanzig, die gerade etwas in ihr Handy tippt.

»Das ist Sandra«, sagt Marteinn, als er Dora bemerkt. »Sie ist Lehramtsstudentin.«

»Ich versuche gerade, ihren ... Morgans Vater zu erreichen«, sagt Sandra, hebt den Blick vom Display und sieht Dora an. »Sollten wir das Rettungsteam rufen?«

»Wo ist Morgan denn verschwunden?«

»Bei Drekkingarhylur, dem Ertränkungsbecken«, sagt Marteinn und seufzt tief. »Wo sie früher verurteilte Frauen ertränkt haben. Dort ist uns aufgefallen, dass jemand fehlt.«

»Okay«, sagt Dora. »Was ist mit den anderen Kindern? Sind sonst alle da? Hat niemand etwas gesehen?«

»Nein«, sagt Sandra. »Aber die Sache ist kompliziert. Morgan hat einen gewissen Status in der Gruppe, einen Einfluss. Es würde nicht gut kommen, wenn jemand etwas ausplaudert. Falls Morgan abhauen wollte.«

»Wovon wir ausgehen«, fügt Marteinn hinzu. »Es wäre nicht das erste Mal.«

»Ihr seid nicht auf die Idee gekommen, Morgan einfach von solchen Ausflügen auszuschließen?«

»Das stand nie zur Debatte«, sagt Marteinn. »Alle Kinder haben ein Recht darauf zu sein, wer sie sind. Es würde eine falsche Botschaft aussenden. Wir schreiben niemanden einfach so ab.«

»Na gut«, sagt Dora nach kurzem Zögern. Sie ist nicht ganz sicher, wie es weitergeht. »Was soll ich tun?«

Sandra holt eine klatschnasse Daunenjacke und einen Sportschuh hervor. Dora kann sich allerdings nicht vorstellen, welchen Sport man mit solchen Schuhen betreiben könnte, das Ding sieht aus wie eine Waffe aus einem Science-Fiction-Film.

»Die haben wir im Wasser gefunden«, sagt Marteinn. »Das ist Morgans Jacke.«

»Und ein Schuh«, fügt Sandra hinzu.

Dora wird kalt. »Warum habt ihr mir die denn nicht gleich gezeigt?«, faucht sie und rennt los zum Jeep, um Verstärkung zu rufen.

5

Hector zittert ein wenig. Wahrscheinlich ist er nur nicht warm genug angezogen. In der Miete, die er für die Kellerwohnung an der Kópavogsbraut bezahlt, sollte die Nutzung der Waschküche eigentlich mit inbegriffen sein, aber die Waschmaschine ist nie frei. Sie läuft rund um die Uhr. Was nicht verwunderlich ist, in der Etage über ihm leben zwei alleinerziehende Mütter mit einer Schar von Kindern. Manchmal kommt eines davon in den Keller gewatschelt, und die Mutigsten klopfen ab und zu an der Tür und versuchen, sie aufzumachen. Sie stören Hector nicht. Selbst hat er zwar keine Kinder, aber er hat nichts gegen sie. Auch er ist bei einer alleinerziehenden Mutter aufgewachsen, die nur schwer über die Runden kam. Wenn er etwas brauchte oder wollte, dann klaute sie es für ihn. Die Situation in der oberen Etage scheint ihm so ähnlich zu sein.

Er trägt Jeans, ein T-Shirt mit einem Garfield-Aufdruck und eine Adidasjacke, deren Reißverschluss kaputt ist. Sonst hatte er nichts Sauberes. Das Industriegebäude, in dem die Mitglieder des Motorradclubs *Söhne der Götter* oder, schlicht, *Die Götter*, wie sie meist genannt werden, sich treffen, ist eher für Fischverarbeitung gedacht als für kriminelle Machenschaften. Die kleine Elektroheizung, die Hector auf einer Baustelle in Mosfellsbær gestohlen und Emmi gegeben hat, schafft es nicht, den großen, weiß gestrichenen Raum zu wärmen.

Die *Söhne der Götter* haben keine Verbindungen zu ausländischen Clubs. Hector weiß, dass Nóri, der Anführer, seine Fühler einmal nach einigen größeren Clubs ausgestreckt hat, um Verbindungen aufzubauen. Aber es geht nicht, Island ist zu klein. Vertreter der ausländischen Clubs werden meist schon am Flughafen angehalten und mit der nächsten Maschine zurückgeschickt.

Emmi hat Hector ins Clubhaus eingeladen und den anderen Mitgliedern der *Götter* vorgestellt. Ein paar der Gesichter hat er schon mal wo gesehen, aber eigentlich kennt er diese Leute nicht. Emmi hat er im Gefängnis in Hólmsheiði kennengelernt, und sie sind gute Kumpel geworden. Eigentlich interessiert er sich nicht für Motorräder, aber fahren kann er sie. Das muss man, wenn man sie stehlen will.

Er ist nämlich Dieb. Vorwiegend. Drogen verkauft er zwar auch und zieht sich ab und zu eine Line rein, aber das reizt ihn nicht wirklich. In der Szene fühlt er sich nicht wohl. Die meisten Drogenhändler haben selbst ein Suchtproblem, sind unberechenbar und schlichtweg gefährlich. Eigentlich hat er die Schnauze voll von solchen Leuten.

Emmi hat im Gefängnis ständig von dem Club erzählt, und mit der Zeit sah Hector auch, was für ihn dabei rausspringen könnte. Als Einzelkämpfer hat man es nämlich nicht leicht. Am Ende wird er oft ausgeraubt oder von Gangs zusammengeschlagen, denen die Konkurrenz ein Dorn im Auge ist. Vor allem von den verdammten Polen. Sie nehmen ihm nicht nur das Diebesgut weg, sondern auch seine Privatsachen, die er größtenteils selbst gekauft hat. Hector kann alles klauen. Es gibt kein Sicherheitssystem, das er nicht irgendwie knacken kann. Am Ende des Tages steht er oft mit Gütern im Wert von mehr als einer Million Kronen da, an guten Tagen zumindest. Aber kaum etwas geht einem Dieb mehr gegen den Strich, als selbst bestohlen zu werden. Er will mit dem Club aushandeln, dass er eine gewisse Summe bezahlt und sie ihn dafür decken. Sollte er beraubt werden, würden sie ihn rächen. Ihm ist bewusst, dass er erst beweisen muss, dass er auch wirklich bezahlen kann. So ist das immer. Aber bevor er sich auf ein Abkommen einlässt, will er die Bande kennenlernen, sich ein Bild von ihnen machen.

In der Ecke stehen ein kleiner Bartresen mit einem Zapfhahn und ein Kühlschrank mit einer Glastür voller Schnapsflaschen. Daneben führt eine Wendeltreppe auf die obere Etage, wo sich ein paar Räume befinden, die bei einem gewöhnlichen Gewerbe als Büros dienen würden. An der Wand hinter der Bar hängt das Logo des Clubs in einem Rahmen und daneben ein Hammer aus Plastik. Das vermutet Hector zumindest. Er sieht aus wie der Hammer des Donnergottes Thor in den Marvel-Filmen. Emmis »Brüder«, wie er sie nennt, sind kräftige Männer mit langen Haaren und dichten Bärten. Hector stellt sich an die Bar zu Emmi, der ihm ein großes Bier zapft. In der Mitte des Raums steht eine stattliche Harley mit langer Gabel, und die Kerle versammeln sich darum herum, trinken Bier und bewundern das Motorrad. Aus einem Bluetoothlautsprecher, der am Geländer der Treppe festgebunden ist, erklingt Rockmusik. In einer Ecke steht noch ein Sofa und daneben ein Rack für Krafttraining und jede Menge

Gewichte. Die Räumlichkeit erinnert Hector an eine Klempnerei, in der er einmal gearbeitet hat, nachdem er vor über zehn Jahren im Gefängnis von Litla-Hraun zwei Jahre für allerlei Kleinigkeiten abgesessen hatte. Damals hat er versucht, das Blatt zu wenden. Hat sogar während der Haft den Schulabschluss nachgeholt. Wie sich herausstellte, ist er gar nicht so dumm. Im Gefängnis lernte er die nötige Disziplin. Er sei durchaus intelligent, sagte ein Lehrer, und außerdem praktisch veranlagt. Manchmal las er sogar Bücher zum Spaß, und einmal schrieb er eine Hausarbeit über die Edda des Snorri Sturluson und bekam eine relativ gute Note dafür. Irgendwie schaffte dieser Lehrer es, die Jungs in Litla-Hraun dort abzuholen, wo sie waren.

Über irgendein Programm wurde ihm dann die Stelle bei der Klempnerei vermittelt. Es war eine gute Arbeit, und die Kollegen waren nett. Mit Gústa, die er über einen gemeinsamen Freund kennengelernt hatte, zog er irgendwann zusammen. Gústa hatte gerade einen langen Aufenthalt in einer Entzugsklinik hinter sich und versuchte auch, ihr Leben in den Griff zu bekommen. Hector war im Gefängnis clean geworden, und manchmal ging er mit Gústa zu den Treffen, obwohl das Programm sonst nichts für ihn war. Sie lebten in einer kleinen Mietwohnung in Hafnarfjörður, und Gústa bekam einen Job in einer nahe gelegenen Bäckerei. An den Wochenenden kam Gústas sechsjähriger Sohn Benni zu Besuch, und es stand im Raum, dass er dauerhaft zu ihnen ziehen könnte, wenn Gústa es schaffte, clean zu bleiben. Hector hatte eine gute Beziehung zu dem Jungen aufgebaut, der sehr still war, aber manchmal entlockte Hector ihm ein

Grinsen, und ab und zu lachte er sogar, wenn Hector rumalberte. An Samstagvormittagen nahm er ihn immer wieder mal mit in die Klempnerei, wenn er noch etwas fertig machen musste. Dann saß Benni auf einem Sofa, ähnlich dem hier in der Ecke, und spielte mit Hectors Handy. Manchmal gab er ihm eine Cola oder Saft zu trinken. In der Zeit überkam Hector ein seltsames Gefühl: Er fühlte sich wie ein Mann. Wie ein ganz normaler Mann. Dann nahm Gústa eine Überdosis, und Hector weiß nicht, was danach mit dem Jungen passiert ist. Die Erinnerung an diesen versuchten Neuanfang verschwimmt im Wirrwarr seines Kopfes. Mischt sich unter das Chaos, das sein Leben schon immer war.

Hector hat das Bier gerade zur Hälfte getrunken, als Emmi in einem der Räume auf der oberen Etage verschwindet. Kurz darauf kommt er wieder herunter, zusammen mit einem Mann um die vierzig mit Hakennase und einer Narbe auf dem Kinn. Er ist angezogen wie alle anderen, nur dass auf seiner Lederjacke in einem Bogen über dem Logo des Clubs *President* steht. Das muss Nóri sein, der Anführer der Gang, die zentrale Figur. Alle Kerle drehen sich zu ihm um. Emmi hängt ihm an den Fersen. Am Ende der Treppe angekommen, lässt Nóri den Blick durch den Raum schweifen. Er sieht Hector bei der Bar und geht mit langsamen Schritten auf ihn zu. Seine Augen sind gerötet, wahrscheinlich von Marihuana, und er fährt sich mit der tätowierten Hand durch die fettigen, langen schwarzen Haare.

»Emmi hier meint, dass du was von uns willst?«, flüstert Nóri und deutet mit dem Kinn auf Emmi, ohne den Blick von Hector abzuwenden. »Lass uns doch mal sehen, ob sich da nicht was machen lässt.« Er lehnt sich an den Tresen und mustert Hector von oben bis unten.

»Klingt gut«, sagt Hector und versucht, mit seiner Jacke das breite Grinsen von Garfield zu überdecken.

Tief in sich weiß er, dass er gerade einen weiteren Fehler begeht, für den er bitter bezahlen wird. So viel, wie er sein Lebtag nicht wird stehlen können.

6

Die Jagdhütte ist von der Hauptstraße aus nicht zu sehen, und auch der gewundene Weg dorthin ist nur schwer erkennbar. Doch er hat den Jeep in dem losen Untergrund festgefahren und muss deshalb in Gummistiefeln die tiefen Spuren wieder zuschaufeln. Zum Glück ist niemand unterwegs. Auf der anderen Seite des Passes steht ein alter Bauernhof, aber der ist ziemlich sicher verlassen.

Das Schaufeln ist anstrengend, aber das macht ihm nichts aus. Die kühle Luft wirkt erfrischend, der Schnee im Hochland schmilzt bereits. Das Wasser durchzieht den gesamten Untergrund, bei jedem Schritt gibt der Kies nach, und man versinkt im Schlamm darunter. Der Morra beschwert sich nicht darüber, viel eher macht es ihn neugierig. Er hat noch nie einen Sinn darin gesehen, sich über die Natur und ihre Gesetze aufzuregen. Tatsächlich spielen sie in seinem Leben an der Grenze zu Tod und Verwesung eine große Rolle. Er ist eine Art Fährmann, der allerlei Menschen, manche natürlich williger als andere, zur Grenze und auf die andere Seite bringt.

Die beiden Leichen, die er sorgfältig hinter der Hütte vergraben hat, sind das beste Beispiel. Ein Ehepaar aus Reykjavík. Sie haben in einem dieser neuen Viertel gelebt, die in den letzten zehn Jahren am Stadtrand aus dem Boden geschossen sind. Große, seelenlose Klötze, in denen riesige Flachbildschirme blaues Licht auf die Wände und durch die großen Aussichtsfenster strahlen. Die beiden haben Geld gestohlen. Eine Summe, über die man hätte reden können, wenn sie kooperiert hätten. Was sie nicht taten. Sie dachten, sie würden damit davonkommen. Ihnen war nicht klar, dass man sich über diese Dinge nicht einfach ausschweigen kann. In ihrem Fall hätten weder Drohungen, Schläge noch Folter etwas gebracht. Manche Menschen muss man weite Wege zur Grenze zwischen Leben und Tod bringen, aber nicht alle verstehen, dass ihr Verhalten diese Grenze mitunter näher zu ihnen rücken lässt. Ihr Tod soll anderen eine Warnung sein, aber der Morra weiß, dass es nicht so funktioniert. Dafür ist der Mensch als Art viel zu widersprüchlich.

Keiner der beiden hat vor dem Tod noch etwas sagen können. Der Mann kam gerade aus dem Badezimmer, als der Morra ihm die Nadel in den Hals stach. Mitten im Flur dieses Hauses, das wie aus einer Architekturzeitschrift aussah, brach er in sich zusammen. Sie hatten guten Geschmack. Aber das war vielleicht das Problem. Eigentlich konnten sie sich die schönen Bilder an den Wänden, die teuren Möbel und die Kleiderschränke voller Designerstücke nicht leisten.

Kurz nachdem der Mann zu Boden gesunken war, parkte seine Frau ein modernes Elektroauto vor dem Haus und besah sich den Jeep mit den getönten Fenstern in der Einfahrt, den sie noch nie gesehen hatte. Sie ging ins Haus und rief nach ihrem Mann, erhielt aber keine Antwort.

Der Morra wartete still im Flur der oberen Etage. Er hörte sie in der Küche. Sie räumte Einkäufe in den Kühlschrank und rief ihren Mann an. Das leise Vibrieren seines Handys erklang aus dem Schlafzimmer. Dann hörte er sie die Treppe hochkommen. Als sie ihren Mann auf dem Boden liegen und ihn über ihm stehen sah, wollte sie schreien. Doch dazu kam es nicht mehr. Der Morra trat ihr mit aller Wucht in den Bauch, so dass ihr die Luft wegblieb. Er tat es nicht gern, aber in dem Moment sah er keine andere Möglichkeit. Dann packte er sie im Nacken, rammte die Nadel in ihren Hals und legte sie zu ihrem Ehemann auf den Boden. Wenn jemand sie vermisste, würde die Grenzpolizei herausfinden, dass sie mit einem Charterflug nach Portugal geflogen waren. Ihre Profile in den sozialen Medien waren gehackt, sie würden ein paar Bilder von der Landschaft und dem Essen im Süden posten, bevor sich ihre Spuren für immer verliefen.

Der Morra ging die Treppe hinunter in die nicht weniger luxuriös eingerichtete Küche und warf einen Blick in den Kühlschrank. Er sah auf die Uhr und schickte über Signal eine Nachricht. *2–0.*

Es würde noch dauern bis zur Dämmerung. Zwei leblose Körper am helllichten Tag in den Jeep zu bringen wäre zu riskant. Aber er könnte sich noch etwas kochen. Eine Serie schauen. Sie würden sich erst wieder rühren, wenn er sie schon längst vergraben hatte. Er machte das nicht zum ersten Mal. Natürlich war schon einmal jemand auf dem Weg aufgewacht, aber er achtete immer darauf, den Leuten den Mund zuzukleben und sie gut zu fesseln, wenn eine längere Fahrt bevorstand.

Er gähnte und sah aus dem Küchenfenster. Niemand würde vorbeikommen. Die Freunde und Bekannten des Paares hatten sich schon seit längerem von ihnen abgewandt. Es war einfach zu riskant, sich mit Leuten zu umgeben, die so nahe am Abgrund tanzten.

7

Rado sitzt seit etwa einer Stunde wie in Trance in der Cafeteria, als sie endlich anruft. Beim zweiten Klingeln geht er ran.

»Du musst nach Hause kommen, sofort«, sagt sie bestimmt.

»Ich komme«, sagt er und legt schnell auf. Jemand könnte mithören.

Auf dem Weg kreisen seine Gedanken um Ewa und ihre Vergangenheit. Sie ist schon als Kind aus Polen nach Island gekommen, genau wie Rado, dessen Eltern aus Serbien stammen. Zu ihren Herkunftsländern haben sie beide keinen Bezug mehr. Viel hat Ewa nicht erzählt, aber Rado weiß, dass ihr Vater Jurek mitten in der Nacht mit der Familie fliehen musste, um einer albanischen Bande zu entkommen. Es ging um irgendwelche Schmuggelgeschäfte im Hafen von Danzig. Laut Ewa war der Umzug nach Island zwar eine Flucht, aber auch der Versuch, neu anzufangen. Die Familie betreibt mittlerweile in der Stadt einige polnische Supermärkte und eine Reifenwerkstatt. Aber Rado ist nicht dumm. Er weiß sehr wohl, dass sein Schwiegervater noch so einiges treibt, das besser nicht an die Oberfläche kommen sollte. Aber er ist immer davon ausgegangen, dass es sich dabei um Kleinigkeiten handelt. Diebstahl, Steuerhinterziehung und dergleichen. Er hätte nicht gedacht, dass seine Aktivitäten so weitgehend sind, dass die Polizei Anlass für eine groß angelegte Razzia sieht.

Als er ankommt, ist Ewas Tesla nirgendwo zu sehen. Rado parkt den Jeep ein Stück abseits und geht mit schnellen Schritten auf das Haus zu. Das Auto in der Einfahrt kennt er. Ein nagelneuer BMW 520, der Ewas Bruder Artur gehört. Was zur Hölle macht er hier?, fragt Rado sich, als er die Haustür aufschließt und das Treppenhaus betritt. Ewa und Artur stehen sich nicht gerade nahe. Artur ist ein ziemlicher Nichtsnutz, der ständig in Schwierigkeiten steckt. Wahrscheinlich hat er gar keinen Führerschein mehr, weil er schon so oft betrunken und unter Drogeneinfluss angehalten wurde. Rado kocht vor Wut. Er hat sich richtig ins Zeug gelegt und es so weit gebracht wie kaum ein Isländer mit ausländischen Wurzeln. Bis zur Kriminalpolizei von Reykjavík. Und wozu? Um sich jetzt alles von polnischen Kleinkriminellen kaputtmachen zu lassen, die Autos klauen und schlechtes Speed verkaufen?

Er steht mit dem Schlüssel in der Hand vor der Wohnungstür, aber er braucht ihn nicht. Die Tür ist aufgetreten, anstelle des Türknopfes klafft ein großes Loch, und eine Leiste des Türrahmens baumelt lose auf halber Höhe. Zögernd drückt er die Tür auf, alle seine Sinne sind geschärft. Mit geballten Fäusten betritt er vorsichtig die Wohnung. Der Schrank im Vorraum steht offen, und ihre Wintersachen liegen auf dem Boden verstreut. Jemand ist eingebrochen, *fuck*, sie könnten immer noch hier sein. Er sucht nach etwas, das als Schlagstock taugen könnte, greift nach einem langen metallenen IKEA-Schuhlöffel und stürmt damit ins Wohnzimmer. Dort sitzen Ewa und ihre Mutter Marta, auf dem Tisch stehen eine Flasche Wodka und zwei Shotgläser. Marta sieht wie immer so aus, als wolle sie jemanden verführen, tiefes Dekolleté, übertrieben geschminkt, unpassend für eine Frau über siebzig. Ewa wirkt gefasst, aber Rado kennt sie. Er weiß genau, dass die Sache ihr einen Schrecken eingejagt hat.

»Sie sind weg«, sagt Ewa und sieht Rado an.

»Wer?«, fragt Rado. Die Wohnung ist völlig verwüstet. »Ist jemand eingebrochen?«

»Das waren deine Freunde«, sagt Artur, der gemächlich mit einer Flasche Heineken in der Hand und einer glühenden Zigarette im Mundwinkel aus der Küche kommt. Er sieht aus wie ein Rapper in seinem Unterhemd, der Trainingshose, den Air-Force-1-Sneakern und den Tattoos, die sich von der Brust bis zum Kinn ziehen. Er tut so, als wäre er ein Mann, aber damit spielt er sich nur auf. Er ist ein erbärmliches Weichei.

»Mach das Ding aus, das ist nicht gesund«, murmelt Rado, und Artur zuckt leicht zusammen. Dann grinst er und lässt die halb gerauchte Zigarette in die Bierflasche fallen. »Wer von meinen Freunden soll das gewesen sein?« Rado hebt ein Bild in einem kaputten Bilderrahmen auf, und die Scheibe fällt geräuschlos auf den weißen Wohnzimmerteppich. Ewas Mutter lehnt sich zu ihr und flüstert ihr etwas auf Polnisch ins Ohr. Das müsste sie nicht, Rado versteht die Sprache ohnehin kaum.

Plötzlich begreift er und sieht sich um. Die Wohnung ist

völlig verwüstet, aber es scheint nichts weggekommen zu sein. Das war kein Einbruch.

»Wem gehört die Wohnung auf dem Papier?«, fragt er.

Ewa senkt nur den Blick, doch das reicht als Antwort. Bevor sie zusammengezogen sind, hat Rado in einer Eigentumswohnung in Breiðholt gelebt. Er hat sie verkauft, als er zu ihr gezogen ist, und dachte immer, die Wohnung gehöre ihr. Um die gemeinsamen Finanzen hat immer sie sich gekümmert, das war nicht sein Ding.

»Sie ist auf die Dachgesellschaft registriert, die meinem Vater und mir gehört«, flüstert sie schließlich.

Somit ist klar, warum die Polizei sie zu einem der Ziele der Razzia gemacht hat. Und es erklärt, warum Rados Kollegen ihm am Morgen vor dem Dezernat nicht in die Augen sehen wollten.

»Der Tesla auch, nehme ich an«, sagt er, und Ewa nickt. »Du hast alles …« Er spricht den Satz nicht zu Ende.

Artur kichert, und seine Mutter faucht ihm etwas auf Polnisch zu.

»Rado, du bist Teil dieser Familie«, sagt Marta auf Isländisch mit starkem Akzent und erhebt sich. »Wir müssen jetzt zusammenhalten. Du musst …« Ewa unterbricht ihre Mutter auf Polnisch, und Marta nickt, zuckt mit den Schultern und setzt sich wieder.

»Sie haben hier nichts gefunden, weil es nichts zu finden gab. Meinen Laptop haben sie mitgenommen. Aber sie waren sehr höflich«, sagt Ewa.

»Höflich? Sie haben die Wohnung verwüstet!« Rado gestikuliert wild.

»Die Kriminaltechniker und dieser Elliði waren da. Erst kam die Spezialeinheit. Sie haben hier gewütet, aber Elliði hat sie beruhigt …«

»Was zur Hölle habt ihr getan?«, ruft Rado an Artur gerichtet. »Sag's mir!«

Artur sieht Ewa und seine Mutter unsicher an. Er wirkt wie ein kleiner Junge, der einen Streich ausgeheckt hat und dabei erwischt wurde. Worüber man vielleicht lachen könnte, wenn die Wohnung nicht völlig verwüstet wäre.

»Nein, warte. Sag's nicht. Ich will es gar nicht wissen.« Rado geht schnell in die Küche und hält Artur davon ab, ihm zu folgen. In der Küche sieht es aus wie im Rest der Wohnung. Überall zerbrochenes Geschirr, und alle Schränke und Schubladen stehen weit offen. Er sieht ein heiles Glas auf dem Boden und hebt es auf, füllt es mit Leitungswasser und trinkt. Sein Herz pocht. Er muss sich beruhigen. Was passiert jetzt? Was jetzt? Er muss die Situation unter Kontrolle bekommen. *Denk an Jurek.*

Ewa kommt in die Küche und legt ihre Hand auf seine Schulter. Sie wirkt eigenartig gelassen, Kämpferin, die sie ist. Aber sie muss sich doch ihrer Schuld bewusst sein? Sie muss doch wissen, welche Folgen das alles haben wird?

»Mama sagt, dass Papa festgenommen wurde«, sagt sie leise.

»Aber Artur nicht?«, fragt Rado.

»Er war heute Nacht bei irgendeinem Mädchen. Sie suchen ihn bestimmt«, sagt sie. »Ich weiß nicht mehr als du, mein Schatz.«

»Wir müssen hier aufräumen, bevor wir Jurek abholen«, sagt Rado schließlich. »Er darf das nicht sehen.«

»Nein«, sagt Ewa und dreht seinen Kopf zu sich, um ihm in die Augen zu sehen. »Sie haben nichts gegen uns in der Hand. Das ist ein Sturm im Wasserglas.«

»Ja, aber wir stecken trotzdem mittendrin«, sagt er und drückt sie weg, doch sie zieht ihn wieder an sich und blickt ihn fest an. In ihren Augen erkennt er ein altbekanntes Glühen. Er weiß, dass er keine Chance gegen sie hat.

»Hör mir zu«, sagt sie bestimmt. »Wir stecken da zusammen mit drin. Du und ich. Für Schmollen haben wir keine Zeit. Ich brauche dich.«

»Was meinst du?«, fragt er, und das flaue Gefühl in seinem Magen kommt wieder auf. Wie schon so oft zuvor zieht er gegen sie den Kürzeren. Sie ist stärker als er, diejenige, die in ihrer Beziehung den Ton angibt. Und das weiß sie auch. So war es schon immer.

»Ich meine, dass wir ein Team sind«, sagt sie.

»Hör auf«, sagt er und versucht, sich von ihr loszureißen, doch sie hält ihn fest. Nicht gewaltvoll, aber bestimmt.

»Du musst herausfinden, wo sie Papa hingebracht haben«, sagt sie.

»Und was dann?«

»Er braucht seine Medikamente.«

»Ist er krank?«, fragt er und wirft einen Blick ins Wohnzimmer, wo Marta an einer roten E-Zigarette zieht, während sie etwas in ihr Handy tippt.

»Es ist sein Herz«, sagt Ewa.

»In der Untersuchungshaft passt man auf ihn auf. Wenn

er darum bittet, einen Arzt zu sehen, wird das gewährt werden«, sagt er und glaubt es tatsächlich, obwohl er genau weiß, dass eine U-Haft kein Zuckerlecken ist.

»Das geht nicht. Du musst hinfahren und ihm seine Pillen geben, ohne dass jemand, du weißt schon, es mitbekommt.« Sie zieht eine kleine weiße Papiertüte hervor und drückt sie ihm gegen die Brust.

»Warum?«, fragt er und nimmt unwillkürlich die Tüte entgegen.

»Papa will nicht, dass jemand von seiner Herzkrankheit erfährt. Er hat Angst, dass die anderen es als Schwäche sehen.«

»Die anderen?«, fragt Rado.

»Stell dich nicht dumm«, sagt sie, dreht sich um und geht aus der Küche.

Er folgt ihr und steckt die Tüte in seine Jackentasche. Sie werden das jetzt nicht klären können. Nicht vor Marta und Artur.

»Dann räumst du hier auf und holst Jurek ab. Wenn dein Vater im Dezernat in der Hverfisgata festgehalten wird, kann ich ihm die Pillen vielleicht bringen, aber falls sie ihn weiter weg nach Hólmsheiði geschickt haben, geht das einfach nicht, verstanden?« Er sieht sie an, sie nickt und nimmt ihr Handy vom Sofatisch.

»Ja«, flüstert sie und schaut ihn mit einem Blick an, den er nicht ganz deuten kann. »Dann muss ich halt zu Fuß zum Kindergarten. Jureks Sitz war im Tesla.«

Rado nickt und verlässt die Wohnung. Draußen kommen ihm drei Frauen entgegen, sie tragen Fleecejacken von einem Reinigungsunternehmen und tuscheln auf Polnisch.

Er gibt ihnen ein Zeichen, dass sie warten sollen, und geht zurück in die Wohnung, wo Ewa und Marta immer noch im Wohnzimmer sitzen. Artur steht unruhig in der Tür zur Küche und hat sich wieder eine Zigarette angezündet.

»Diese Frauen da draußen«, sagt Rado verärgert. »Sollen die unsere Wohnung in Ordnung bringen?«

»Ja«, seufzt Ewa und nickt.

»Schick sie wieder weg! Diesmal müsst ihr euren Dreck selbst aufräumen.«

8

»Im Moment ist niemand verfügbar«, sagt Gunnar, und seine Stimme schallt durch den großen Polizeijeep vor dem Thingvellir-Besucherzentrum.

»Ich habe hier eine nasse Jacke und einen Turnschuh von dem Kind«, sagt Dora bestimmt. »Ich brauche Taucher und einen Suchtrupp.« Sie hört Gunnar am Telefon leise seufzen. Es klingt, als komme seine Stimme aus dem Handschuhfach.

»Die Spezialeinheit ist einfach nicht verfügbar, wegen der Razzia. Denkt ihr, sie könnte ins Wasser gegangen sein?«, fragt er.

»Das Kind wurde zuletzt bei Drekkingarhylur gesehen. Das Wasser fließt weiter in die Spalten Silfra und Davíðsgjá, auch dort müssen wir suchen. Drekkingarhylur ist nicht so tief, dass dort jemand ertrinken würde.«

»Meintest du nicht, dass es Schwierigkeiten mit dem Mädchen gab? Ist sie nicht bei Klassenfahrten weggelaufen und dergleichen? Vielleicht sind Drogen im Spiel? Du solltest zurück nach Reykjavík kommen und schauen, ob sie nicht bei sich zu Hause auftaucht. Wenn das nichts bringt, fährst du am besten die Drehkreuze der Dealer ab. Die Streifenpolizei hat eine Liste der Orte, die kann ich dir schicken.«

»Hältst du das für wahrscheinlich? Sie hat keine Jacke und nur einen Schuh«, sagt Dora.

»Na ja, in der Zwischenzeit kann ich ja den Rettungsdienst in Selfoss informieren und sie zum Nationalpark schicken, um dort zu suchen. Die haben auch Kontakte zu Tauchern. Lass dir ein Bild von dem Mädchen geben, dann kann ich es verbreiten und die Fahndung im Internet starten«, sagt Gunnar. »Das ist heute alles nicht so einfach, wegen dieser Razzia, Dora.«

»Ich fahre wieder in die Stadt«, sagt sie nüchtern und legt auf. Sie wirft einen Blick durch die Frontscheibe und sieht Marteinn, der auf der anderen Seite des Parkplatzes neben Sandra steht und sie anstarrt. Dora steigt aus dem Jeep und geht zu ihnen.

»Sie werden den Rettungsdienst rufen«, teilt sie Marteinn so besonnen wie möglich mit. »Und Taucher«, fügt sie hinzu, doch das Wort wirkt bei ihm wie ein Schlag in die Magengrube.

»O Gott«, flüstert Sandra. »Denkst du, Morgan könnte …«

»Momentan denken wir noch gar nichts«, sagt Dora, als habe die gesamte Polizeibehörde sich der Sache angenommen und sei nicht gerade hinter größeren Fischen her. »Ihr solltet mit den Kindern schnell zurück nach Reykjavík fahren.« Sie wirft einen Blick auf Morgans Klassenkameraden, die an den Scheiben des Busses hängen und sie beobachten. »Ich brauche den Kontakt zu Guðbjörgs Eltern. Die Telefonnummer und so.«

»Morgans häusliche Verhältnisse sind etwas kompliziert«, sagt Marteinn und sucht etwas auf seinem Handy. »Morgan lebt beim Vater. Die Mutter ist nicht präsent. Ich schicke dir Telefonnummer und Adresse.«

»Was ist daran kompliziert?«, fragt Dora.

»Na ja, wie soll ich sagen. Das Jugendamt ... musste eingreifen. Morgans Vater ist etwas ... Es gibt da Probleme. So kann man es wohl am besten ausdrücken.«

»Verstehe«, sagt Dora. »Und was ist mit der Mutter? Du würdest also ausschließen, dass Morgan zu ihr gegangen ist?«

»Morgan ist vor zwei Jahren mit dem Vater von Schweden nach Island zurückgezogen. Mehr weiß ich nicht. Nur dass die Mutter in Morgans Leben nicht präsent ist.« Marteinn reicht Dora sein Handy. Sie wirft einen Blick auf das Display, auf dem ein Bild von Marteinn, Sandra und einem jungen Mädchen mit dunkler Haut vor dem Besucherzentrum des Nationalparks zu sehen ist. »Das ist Morgan, das Foto haben wir vorhin aufgenommen.«

Dora zoomt näher, bis das Gesicht des Teenagers den Bildschirm füllt. Auf sie wirkt es ausdruckslos, unglücklich, aber wunderschön.

»Schick mir dieses Bild«, sagt sie schließlich und reicht Marteinn das Handy zurück.

Auf dem Weg nach Reykjavík versucht sie, sich daran zu erinnern, was sie über die Stelle im Nationalpark weiß, die Drekkingarhylur genannt wird. Laut historischen Quellen wurden dort insgesamt achtzehn Frauen ertränkt. Wegen Blutschande und Kindstötung. Die Frauen hatten ihre Schwangerschaften verborgen gehalten und die Kinder dann getötet oder ausgesetzt. Da auch Blutschande unter Todesstrafe stand, sahen sich manche Frauen gezwungen, teils auf Geheiß des Vaters, ihre Kinder heimlich zur Welt zu bringen und sich ihrer dann zu entledigen. Eine grausame Zwickmühle, Huhn und Ei, wenn man so will.

Nach 1565, als die Gesetze des Stóridómur in Kraft traten, wurde es richtig ernst. Jeden Sommer richtete man bei den großen Volksversammlungen in Thingvellir Frauen hin, und das bis ins achtzehnte Jahrhundert. Die Ortsnamen erinnern heute noch an die damaligen Ereignisse. Im Nationalpark gibt es nicht nur Drekkingarhylur, das Ertränkungsbecken, sondern auch die Schafottlandzunge Höggstokkseyri, die Geißelinsel Kagahólmi und die Feuerschlucht Brennugjá. Manchen Verurteilten wurden die Knochen gebrochen, andere wurden verbrannt oder enthauptet und ihre Köpfe auf Pfählen zur Schau gestellt. Zur Abschreckung, wie es hieß. Frauen wurden hauptsächlich ertränkt.

Dora meint sich zu erinnern, dass die Frauen vor dem Ertränken in einen aus Pferdehaaren gewebten Sack gesteckt wurden. Irgendwann hat sie schon einmal ein Bild von einem dieser Säcke gesehen. Jetzt drängt sich ihr die Vorstellung auf, wie es sein muss, in solch einem Sack zu stecken und nach Luft zu ringen, wohl wissend, was einen erwartet. Sie spürt es regelrecht am eigenen Körper und überlegt, ob sie vielleicht in einem früheren Leben einmal auf diese Weise bestraft wurde. Was für eine abwegige Idee, sie glaubt nicht einmal an ein Leben nach dem Tod. Hält das für eine egozentrische, absurde Vorstellung. Die Natur wird quasi vermenschlicht. Ist das das richtige Wort? *Vermenschlichung.* Vielleicht könnte sie den Begriff in ihren aktiven Wortschatz übernehmen, ihn wieder in Mode bringen. Aber erst muss sie sich aus diesem verdammten Sack befreien.

Irgendwann hält sie es nicht mehr aus, fährt an einer Bushaltestelle rechts ran und steigt aus. Zum Glück wartet gerade niemand auf den Bus. Sie muss irgendetwas tun, um dieses Gefühl loszuwerden, dass man sie ertränken will. Sie weiß noch, dass ihr der Sack auf dem Bild sehr klein vorkam. Waren die Isländer früher wirklich so winzig? All diese Helden, die ihre Schwestern und Töchter vergewaltigten, welche dann ihre Kinder zur Welt brachten und aussetzten, um nicht in einem Sack zu enden. Männer wurden enthauptet. Das ist viel sauberer, als in einem Sack zu ertrinken wie ein herrenloser Hund.

Dora macht ihren Oberkörper frei. Ihre Nippel werden in der kalten Brise sofort steif. Sie atmet tief ein und beruhigt sich ein wenig, während sie versucht, sich hinter dem Auto vor den Blicken der anderen Autofahrer zu verstecken. Aber der Wagen fällt auf. Irgendein verklemmter Spießer hat bestimmt schon beim konservativen Radio Saga angerufen oder direkt die Polizei alarmiert. Sie ignoriert die Gaffer, schlüpft wieder in das Unterhemd und den Pullover und setzt sich zurück ans Steuer des Jeeps.

Plötzlich zuckt sie zusammen. Sie hat bisher nicht daran gedacht, dass an Morgans Verschwinden etwas krumm sein könnte. Dass eine Straftat dahinterstecken könnte. Die Klassenkameraden würden Morgan doch wohl kaum im Drekkingarhylur ertränken? Der Gedanke ist eigentlich zu grauenvoll, um ihn zu Ende zu denken, doch genau das macht Dora, als sie durch Mosfellsbær Richtung Reykjavík fährt. Aber das hätte Marteinn doch mitbekommen? Die Mitschüler stecken doch nicht alle unter einer Decke? Hatten die Lehrer ihre

Gruppe wirklich die ganze Zeit im Auge? Kinder sind durchaus dazu fähig, andere Kinder umzubringen. Auch wenn sie sich nicht im Geringsten darüber im Klaren sind, was so eine Tat bedeutet.

Sie ärgert sich, dass sie nicht in den Bus gestiegen ist, um sich ein Bild von der Klasse zu machen. Dafür ist es jetzt zu spät. Elliði würde ihr verbieten, noch einmal das Polizeipräsidium zu betreten, wenn sie sofort von einem Mord ausginge. Beim Gedanken an ihn verspürt sie ein Stechen in der Brust. Sobald er Wind davon bekommt, dass Gunnar sie zum Tatort geschickt hat, wird er die Ermittlungen sofort an jemand anderen übergeben, so viel steht fest. Aber sie spürt ein Kitzeln im Bauch, das sie sich nicht erklären kann. Sie will diesen Fall lösen, weiß aber, dass es ein Wettrennen gegen die Zeit ist. Sie will so weit wie möglich kommen, bevor Elliði sie aufhält. Seine Argumentation wird simpel sein: Entweder traue sie sich zu, den Fall mit allem Drum und Dran zu übernehmen, oder eben nicht. Aber das Problem ist, dass sie sich selbst nicht sicher ist. Heute kann sie sich vielleicht vorstellen, eine Ermittlung zu leiten, doch wie es ihr morgen gehen wird, weiß keiner. Ob sie sich in der Lage fühlen wird, überhaupt ins Büro zu fahren. Und so läuft das nun einmal nicht. An einem eigenen Fall muss man ständig dranbleiben. Vollen Einsatz zeigen. Was vielleicht zu viel verlangt ist, wenn man einen Kugelsplitter im Kopf stecken hat.

Als sie beim Polizeipräsidium an der Hverfisgata ankommt, herrscht völliges Durcheinander. Dutzende Männer tragen Handschellen, und auf dem Parkplatz stehen ihre Kollegen versammelt und überlegen, wo sie die Leute hinbringen sollen. Die Zellen vor Ort sind bereits alle belegt, die Häftlinge müssen irgendwo anders untergebracht werden. Elliði übernimmt auf seine beherrschte Art das Kommando und verteilt die Männer auf verschiedene Dezernate in den Vierteln, ein paar werden in Einzelhaft ins Gefängnis außerhalb von Reykjavík geschickt. Viele Häftlinge sehen ähnlich aus, sind in Trainingsanzüge und dergleichen gekleidet. Einige flüstern auf Polnisch miteinander, obwohl Polizisten ihnen androhen, sie notfalls mit Gewalt zum Schweigen zu bringen.

Elliði ist zu beschäftigt, um Dora zu bemerken. Was völlig in Ordnung ist. Sie will nicht lange bleiben, nur kurz den Jeep zurückbringen und gegen ihren Volvo tauschen, ja, und sich in der Cafeteria etwas Skyr und eine Banane holen. Die Tabletten sollte sie nicht auf leeren Magen nehmen. Sonst besteht die Gefahr, dass sich ihre Welt völlig auf den Kopf stellt.

Im Flur läuft sie Gunnar über den Weg, und er teilt ihr mit, dass der Rettungsdienst aus Selfoss am Nachmittag mit der Suche in Thingvellir starten wird. Sie hätten auch einen Spürhund, was die Sache deutlich vereinfachen sollte. Die Taucherfrage sei aber noch nicht geklärt.

»Wenn das Kind in die Silfra- oder Davíðsgjá-Spalte gefallen ist, würden sie es sehen, meinten die Rettungskräfte, das Wasser sei so klar. Aber natürlich werden wir das so früh wie möglich veranlassen und das ganze Gebiet durchkämmen«, sagt Gunnar. »Außerdem haben wir eine Meldung mit dem Bild, das du geschickt hast, veröffentlicht.«

»Gut«, sagt Dora und ruft den Aufzug, um nach oben zu fahren.

In der Cafeteria ist viel los. Aus dem Gerede ihrer Kollegen schließt sie, dass die Razzia nicht besser hätte laufen können. Sie sitzen da und bauen langsam die angestaute Anspannung ab. Zum Glück scheint sich niemand verletzt zu haben, es wurde wohl auch kaum Widerstand geleistet. Ein groß gewachsener Kollege der Spezialeinheit erzählt, sie hätten die Bande auf frischer Tat ertappt. Er isst gerade ein langes Baguette, das in seinen Pranken wie ein kleines Brötchen wirkt.

An einem der Tische entdeckt sie ihren Kollegen Gunnþór. Ihm gegenüber sitzt Katrín, eine weitere Kollegin aus der Kriminalabteilung. Sie trägt immer noch die kugelsichere Weste. Dora kann nicht anders und geht zu ihnen. Gunnþórs erster Impuls scheint zu sein, aufzustehen und wegzugehen, was aber seltsam rüberkommt, denn vor ihm steht ein Teller voll mit Essen. Dora begrüßt Katrín mit einem Nicken und sieht dann Gunnþór an, dem nichts anderes übrig bleibt, als sich wieder zu setzen.

»Die alte Frau, die erstickt ist«, sagt Dora.

»Was ist mit ihr?«, fragt Gunnþór und stochert mit der Gabel in seinem Essen.

»Ich habe einige Bilder der Spurensicherung aus der Wohnung vergrößern lassen. In ihrem Schlafzimmer ist ein seltsamer grüner Fleck zu sehen, der sich die ganze Wand hinunterzieht. Das ist weder Schimmelpilz noch Farbe und auch kein Wasserschaden. Willst du raten, was es ist?« Sie richtet sich auf, so dass ihre Halswirbel knacken.

»Ich bin hier gerade beim Essen. Heute war schon viel los«, sagt Gunnþór gelassen. Vermutlich will er cool wirken, weil Katrín dabei ist.

»War das Schlafzimmerfenster offen oder geschlossen?«, fragt Dora und lehnt sich vor.

»Das weiß ich nicht mehr«, sagt Gunnþór.

»Auf den Bildern steht es offen. Hast du es aufgemacht, als du angekommen bist?«

»Wahrscheinlich«, sagt er nach einigem Schweigen.

»Okay. Hat es im Treppenhaus gestunken?«

»Ja, klar. Deshalb haben die Nachbarn ja die Polizei gerufen. Die alte Frau lag tot in der Wohnung, die von innen abgeschlossen war. Genau wie das Schlafzimmerfenster. Es war von innen zugemacht worden.« Gunnþór steckt sich eine Pommes in den Mund.

»Du hast also tief eingeatmet, bist in die Wohnung gestürmt und hast alle Fenster aufgerissen?«

»Die meisten, ja. Das geht nicht anders, wenn man einen Tatort besucht«, sagt er, und ihr ist klar, was er mit dem Kommentar andeuten will. Aber sie schluckt ihn einfach.

»Es ist Pflanzendünger. An der Wand«, sagt Katrín plötzlich.

Dora freut sich so sehr, dass sie unwillkürlich in die Hände klatscht. Dann setzt sie sich schnell darauf, weil sie sonst nicht wieder aufhören könnte.

»Ganz genau. In der Wohnung darüber wird Cannabis angebaut. Ich hab das recherchiert. Der Nachbar über ihr ist sogar vorbestraft«, erklärt sie. »Der Vermieter hat mir erlaubt, mich umzusehen. Nach Lovísas Tod ist der Mieter in der Wohnung über ihr nämlich untergetaucht. Ganz plötzlich. Er hat nicht einmal aufgeräumt. Die Wohnung in der oberen Etage ist beinahe völlig luftdicht, damit man die Pflanzen nicht riecht. Und er hat ein äußerst leises, aber leistungsstarkes Lüftungssystem. Viel zu leistungsstark. Es hat auch die ganze Luft aus Lovísas Wohnung gezogen. Wegen des Gestanks hast du in der Wohnung die Luft angehalten und sofort alle Fenster aufgerissen, also hast du nichts bemerkt.«

Gunnþór macht erstaunt den Mund auf.

»Du bist ein Freak«, sagt er schließlich und schüttelt den Kopf.

»Gut gemacht«, sagt Katrín und klopft ihr auf die Schulter.

Doch Dora springt auf und stürmt aus der Cafeteria. Während sie auf den Aufzug wartet, schlingt sie ihr Mittagessen hinunter und würde sich am liebsten übergeben, losheulen und schreien. Alles gleichzeitig. Sie kann so dumm sein. Was hatte sie erwartet? Dass sie endlich in die Gruppe aufgenommen würde? Katrín und Gunnþór haben auf die gleiche Weise reagiert, nur mit unterschiedlichen Ausdrucksformen. Sie sind vielleicht beeindruckt, aber vor allem haben sie Mitleid mit ihr. *Dumme Kuh*, murmelt sie, als sie in den leeren Aufzug steigt und auf den Knopf drückt, wobei sie einen leichten Stromstoß bekommt. Vor ihrem geistigen Auge sieht sie einen Querschnitt des Dezernats, einen Schaltplan aller elektrischen Kabel und Leitungen. Wie gern würde sie zurück in die Cafeteria gehen und ihren Kollegen die Stirn bieten. Sagen: *Ich bin nicht nur ein Freak. Ich bin ein Freak, der recht hat!* Aber sie tut es nicht. Sie muss weg von dieser Flut an elektromagnetischen Wellen und Informationen. Als die Aufzugtür zugeht, flüstert sie stattdessen nur:

»Morgan, ich komme. Ich werde dich finden. Versprochen!«

9

Sie öffnet das Handschuhfach des Volvos, nimmt ihr Pillenglas, fischt zwei Tabletten heraus und schluckt sie. Dann beobachtet sie durch die Windschutzscheibe das Geschehen auf dem Parkplatz, wo noch immer die festgenommenen Bandenmitglieder sortiert werden. Es sieht aus wie beim Schafabtrieb, die Häftlinge werden der Reihe nach auf verschiedene Wagen verteilt und weggebracht.

Dora ordnet sich zwischen den Autos ein und verlässt das Gelände. Ihr Handy vibriert auf dem Beifahrersitz, es ist Jafet. Sie ignoriert den Anruf und biegt auf die Sæbraut ein. Plötzlich spürt sie regelrecht, wie sich das Medikament in ihrem Körper ausbreitet. Endlich kann sie wieder klare Gedanken fassen. In ihrem Kopf herrscht wieder Stille. Keine Totenstille, aber genug, um über die nächsten Schritte nachzudenken.

Sie sollte damit beginnen, zu Morgan nach Hause zu fahren. Laut Marteinn lebt sie mit ihrem Vater in einer Mietwohnung im Laugarnes-Viertel, er heißt Hákon und ist Bauarbeiter. Bevor sie aus dem Dezernat gestürmt ist, hat sie noch geprüft, ob in der polizeilichen Datenbank etwas über ihn auftaucht. Sie hat ein paar Geldstrafen gefunden und Einträge wegen Drogenbesitz, Schlägereien und anderen Scherereien. Kleinigkeiten. Kurz hat sie überlegt, ob sie jemanden bitten sollte, mir ihr zu kommen, falls es Probleme gibt. Aber davon ist eigentlich nicht auszugehen, schließlich braucht Hákon ihre Hilfe und nicht umgekehrt. Sie ist diejenige, die nach seinem Kind sucht, warum sollte er sie also angreifen. Aber sie hat natürlich keine Ahnung, wie ihre Beziehung aussieht, vielleicht ist er auch froh, dass Morgan weg ist. Womöglich liegt es an den Tabletten, aber Dora beschließt, optimistisch zu bleiben. Sie will erst einmal davon ausgehen, dass Hákon seine Tochter vermisst und sich nichts mehr wünscht, als sie so schnell wie möglich und unbeschadet zurückzubekommen.

Sie parkt den Volvo vor einem Haus, das aussieht, als wäre es Mitte des vergangenen Jahrhunderts mit wenig Mitteln gebaut worden. Das könnte man allerdings über sämtliche Häuser in der Straße sagen, die alle dem Verfall geweiht scheinen.

Sie geht hinter das Haus, wo der Eingang zum Souterrain liegt, und klopft. Keine Antwort. Sie hört jemanden und dreht sich um. Eine Frau tritt aus der Garage des Nachbarhauses. Sie trägt ein dünnes, abgenutztes T-Shirt und Plastikschuhe, vermutlich ein billiges Crocs-Imitat. Dora schätzt sie auf etwa sechzig.

»Sind Sie vom Jugendamt?«, fragt die Frau und stemmt die Hände in die Hüften. Sie ist korpulent, hat grüne Augen und eine spitze Nase.

»Nein.«

»Vom Sozialamt?«

»Nein.«

»Sind Sie ...«

»Ich bin von der Polizei«, unterbricht sie Dora.

»Aha.« Die Frau zieht die Augenbrauen hoch, nimmt einen Wäschekorb, der vor der Garagentür steht, will wieder ins Haus. Doch dann hält sie inne, die Neugier siegt. Dora bemerkt ein verblasstes Tattoo auf ihrem linken Unterarm. Sie kann es nicht genau erkennen, aber es sieht aus wie das Bild eines Pudels.

»Was will die Polizei –«

»Das ist kein Fragespiel«, fällt ihr Dora ins Wort. »Kennen Sie die Leute, die hier in der Kellerwohnung leben?«

»So vom Sehen«, sagt die Frau zögerlich. »Ein wenig, ja.«

»Was heißt das genau?«

»Sie sind also von der Polizei? Ist etwas passiert?« Die Frau neigt den Kopf zur Seite, um einen Blick auf die Kellertür hinter Dora zu werfen, als verstecke sich dort etwas.

»Wir sind auf der Suche nach der Tochter, Guðbjörg.«

»Wenn das der Fall ist, sollten Sie wissen, dass ›sie‹ nicht mehr Guðbjörg genannt werden will«, sagt die Frau und geht ein paar Schritte auf Dora zu.

»Ja, stimmt. Ich meine Morgan«, sagt Dora.

»Das kann gut sein. Der Name wechselt oft.«

»Wissen Sie, wo ich den Vater von ... wo ich Hákon finde?«

»Er behandelt sie gut. Er mag etwas viel trinken, aber das Kind sieht nicht verwahrlost aus oder so. Natürlich ist er nicht immer perfekt, aber wer ist das schon?«, platzt es aus der Frau heraus. »Als in meiner Wohnung Schimmel aufgekommen ist, hat er alle Fliesen im Bad rausgerissen und neue gelegt. Er wollte nicht einmal was dafür haben, nur die

Materialkosten. Das kenne ich auch anders. Mein Onkel ist über neunzig und lebt in einem Heim. Letztes Jahr habe ich ihm einen neuen Fernseher geschenkt, und der Hausmeister hat eine Firma empfohlen, und die –«

»Er ist also hilfsbereit«, unterbricht Dora sie.

»Wer?«, fragt die Frau.

»Hákon.«

»Ja«, sagt die Frau brüsk. Sie riecht nach Alkohol, gemischt mit einem aufdringlich süßen Parfüm. Dora begreift, dass sie angetrunken ist.

»Wo finde ich ihn denn?«, fragt sie und tritt einen Schritt zurück, um frische Luft zu bekommen.

Die Nachbarin erklärt, Hákon arbeite auf einer Baustelle am Stadtrand, wo ein neues Hochhaus entstehe, Ódáinsvellir genannt. Davon habe sie bestimmt schon mal gehört, es sei nicht unumstritten. Irgendwelche Erbschaftskonflikte, aber auch Stadtplanungsgeschichten. Es sollen Luxuswohnungen entstehen mit allem Pipapo, Spa und Pool, auf abgeriegeltem Gelände. Für reiche Leute, die da unbehelligt unter anderen reichen Leuten leben können.

Dora kennt das Projekt. Soweit sie weiß, sind die Bauarbeiten beinahe abgeschlossen und die meisten Wohnungen bereits verkauft. Sie lässt die Frau stehen, setzt sich wieder ins Auto, macht das Radio an und fährt los.

Beim Gate vor dem Turm, der schon von weitem zu sehen war, hält sie an. Das Gebäude erinnert sie an die Regenbogenskulptur am Flughafen Keflavík, nur dass es nicht geneigt ist, sondern wie ein schlanker stählerner Sprengkopf senkrecht nach oben ragt. Dora lässt das Fenster herunter, zeigt dem uniformierten Wärter ihren Ausweis und erklärt, sie müsse mit einem der Arbeiter auf der Baustelle sprechen. Der Wärter wirft einen kurzen Blick darauf und gibt seinem Kollegen in einem kleinen Häuschen ein Zeichen. Die Schranke öffnet sich mit einem leisen Surren, und Dora fährt langsam auf das Gebäude zu. Überall stehen Arbeiterschuppen und allerlei Baumaschinen und Fahrzeuge. Es gibt offenbar noch viel zu tun, aber der Weg zum Eingang schlängelt sich bereits fertig gepflastert durch das Lavafeld. An dem Gebäude hängen ein paar Bauaufzüge, die Materialien nach oben befördern und Männer mit Helmen nach unten bringen. Kurz hat sie den Eindruck, als hätte man mit dem Bau oben angefangen und sich langsam nach unten gearbeitet.

Sie steigt aus, sieht sich um und beschließt, an einem der Schuppen zu klopfen. Es ist laut auf der Baustelle, und sie hämmert ordentlich gegen die dünne Tür, die bereits einen Spalt offen steht und mit dem Klopfen noch weiter aufgeht. Hinter einem kleinen Schreibtisch sitzt ein Mann mit Helm, der von seinem Laptop aufblickt, als er sie bemerkt. Der gesamte Schreibtisch ist von einer feinen Staubschicht bedeckt, und an den Wänden hängen Zeichnungen des Gebäudes und weitere Tabellen und Skizzen, die Dora nicht zuordnen kann.

»Guten Tag«, sagt der Mann. Er ist braun gebrannt und attraktiv, wahrscheinlich um die vierzig Jahre alt.

»Guten Tag.« Sie tritt näher. »Ich bin auf der Suche nach Hákon Sigurðsson. Soweit ich weiß, arbeitet er hier?«

»Und wer sind Sie?«, fragt der Mann und klappt den Laptop zu.

»Ich bin von der Polizei.«

»Verstehe«, sagt er und steht auf.

Ihr fällt sofort auf, dass er eine Birnenfigur hat, etwas runder um den Bauch und die Hüften. Am liebsten würde sie ihn fragen, warum er so ungewöhnlich gebaut ist. Viele Männer haben einen kleinen Bauchansatz, aber breite Hüften sieht man nur selten. Sie würde ihn gern nach seiner Ernährung fragen, vermutlich nimmt er zu viel gentechnisch verändertes Fleisch zu sich, importierte Schweinerippchen und dergleichen, das könnte im Körper zu einer Überproduktion von weiblichen Hormonen führen. Aber sie hält den Mund, das geht sie nichts an. Wahrscheinlich starrt sie schon viel zu lange auf seine Hüften, zumindest hat sie das Gefühl, dass ihm die Situation unangenehm ist.

»Er ist im Penthouse«, sagt der Mann, wie um von ihrem neugierigen Blick abzulenken.

»Wie komme ich da hin?«, fragt sie.

»Ich kann Sie hochbringen. Ist alles in Ordnung?«

»Mit mir?«, fragt sie und schielt auf eine Zeichnung des Hochhauses an der Wand.

»Was? Nein, mit Hákon«, sagt der Mann und tritt auf sie zu.

»Ja, ich muss nur mit ihm sprechen.«

»Kommen Sie mit. Ich bringe Sie hin.«

Sie folgt dem Mann über die Baustelle, vorbei an brummenden Dieselmotoren und lauten Hammerschlägen. Eine steife Brise weht über das Gelände, die Luft ist kalt. Er bringt sie zu einem Bauaufzug an der Außenwand des Gebäudes, der an einen Wildtierkäfig erinnert. Als sie die enge Drahtkabine betritt, knarrt der Boden laut. Mit flinken Handgriffen schließt der Mann die Tür hinter ihnen und drückt einen Knopf. Mit einem Ruck setzt sich der Lift in Bewegung und kriecht langsam nach oben. Durch die engmaschigen Wände ist kaum etwas zu sehen, aber Dora versucht trotzdem, einen Blick auf die Umgebung zu erhaschen. Als der Aufzug leicht im Wind schwankt, klammert sie sich an eine der Stangen.

»Uns kann nichts passieren«, ruft der Mann über das Dröhnen des Aufzugmotors und das Rauschen des Windes. »Ganz ruhig.«

Dora wirft wieder einen Blick auf seine Hüften. Er hat sie falsch verstanden, sie hat keine Höhenangst, es fällt ihr nur schwer, auf so engem Raum mit ihm zu sein, ohne ihn auf seinen seltsamen Körperbau anzusprechen. Sie denkt über eine unverfängliche Formulierung nach, aber ihr fällt nichts ein. Also beschließt sie, die Frage zu flüstern, in der Hoffnung, dass der laute Aufzugmotor sie übertönt.

»Essen Sie viel Fastfood?«, flüstert sie.

»Etwas lauter, bitte!« Der Mann runzelt die Stirn und beugt sich zu ihr.

Warum muss ihr verdammter Kopf so sein? Zum Glück hat er die Frage nicht gehört. Aber ihr Kopf gibt keine Ruhe. Die Frage zu stellen reicht ihm nicht aus, er will auch eine Reaktion sehen und eine Antwort hören. Sie blickt nach oben. Zum Penthouse ist es noch ein Stück, sie ist nicht sicher, ob sie es noch so lange aushält. Irgendwie muss sie es schaffen, in ihrem Kopf eine andere Platte aufzulegen.

Es fühlt sich an, als müsse sie einen cleveren Junkie überwältigen. Keine leichte Aufgabe, wie sie aus Erfahrung weiß. Elliði und sie wurden einmal zu einem Einsatz gerufen, wo ein Junkie, der seit einer Woche nicht geschlafen hatte, in Badehose auf dem Wohnzimmersofa saß, mit Olivenöl eingeschmiert, um sich auf eine bevorstehende Auseinandersetzung mit Außerirdischen vorzubereiten, die ihn angeblich kidnappen wollten. Nach einigen vergeblichen Versuchen, ihn festzunehmen, begann Elliði irgendwann zu singen. *You are not alone*. Der Junkie und Dora waren ziemlich verwundert, aber Elliði ließ sich davon nicht abbringen, er sang sogar noch lauter und tanzte auf den Junkie zu, packte seinen Arm und schaffte es, ihm die Handschellen anzulegen.

»Ich musste ihn nur irgendwie ablenken«, sagte Elliði, als sie am Ende der Schicht am Ingólfstorg im Auto saßen und zwei New-York-Sandwiches verdrückten. »Diese Leute sehen die Welt anders als wir. Alles ist egal und weltbewegend zugleich. Mit dem Singen konnte ich ihn aus seiner Trance holen und in seinem Kopf eine andere Platte auflegen.«

Sie hat immer bewundert, wie Elliði mit der Situation umgegangen war, es zeugte von Feinfühligkeit und tiefer Menschenkenntnis. Und jetzt steht sie hier in diesem Aufzug und fühlt sich wie der eingeölte Junkie in Badehose. Vielleicht kommen ihr deshalb die Tränen. Weil sie so ein Freak ist. Aber vielleicht auch, weil Elliði ein herzensguter Mensch ist, der nicht verdient hat, dass sie ihren stillen Pakt bricht und einen Einsatz übernimmt, als ob nichts wäre. *You are not alone / I am here with you / though we are far apart / you'll never be alone.*

Der Mann sieht, dass sie mit Tränen in den Augen zu singen beginnt, ignoriert es aber und starrt durch den Draht auf die Stadt unter ihnen. Kurz darauf hält der Aufzug mit einem Ruck an, und der Mann öffnet die Tür.

Die Wände des Penthouse sind noch nicht fertig, und die Plastikabdeckungen der Baustelle flattern im Wind.

»Hákon arbeitet im großen Badezimmer«, sagt der Mann. »Passen Sie auf, dass Sie keine Absperrungen übertreten, das ist nicht sicher. Hákon kann Sie später mit dem Lift wieder nach unten bringen.« Dann schließt er hinter sich die Tür.

»Entschuldigung«, ruft sie durch das Drahtnetz, »wie war Ihr Name?«

»Eiríkur«, sagt der Mann zögerlich.

»Und was machen Sie hier?«, fragt Dora.

»Ich bin der Bauleiter«, sagt er und drückt auf den Knopf. Sein Gesicht verschwindet, als der Aufzug langsam am Gebäude nach unten kriecht.

Dora sieht sich im Penthouse um. Es ist riesig. Auf dem Balkon, der das ganze Gebäude umgibt, fehlt noch das Geländer. Die Wohnung liegt auf zwei Etagen, die in der Mitte mit einer Wendeltreppe verbunden sind. An manchen Stellen ist bereits Parkett verlegt, an anderen ist nur der Beton zu sehen. Dort sollen vermutlich Fliesen hinkommen. Sie betritt einen großen Raum, in dessen Mitte eine Kochinsel mit Kupferarmaturen steht. Dort, wo vermutlich einmal das Wohnzimmer sein soll, ragen schmale Ziersäulen in die Höhe, die sie an ein Disneyschloss erinnern. Außer dem Rauschen des Windes und dem Rascheln der Plastikabdeckungen ist nichts zu hören. Langsam steigt sie die Wendeltreppe hinauf, auch dort fehlt noch das Geländer. Als sie aufblickt, sieht sie ein buntes Mosaikfenster an der Decke, das den Raum in ein zauberhaftes Licht taucht. In der oberen Etage erklingen schließlich Stimmen am Ende des Flurs. Sie geht vorbei an zwei riesigen Schlafzimmern, bis sie ein großes Badezimmer erreicht.

Dort sieht sie Hákon, der auf dem Boden kniet, als würde er beten. Er drückt Fliesenkleber aus einer Tube. Als er sie bemerkt, hält er inne und blickt sie fragend an. Sie findet ihn bildhübsch, aber sein Gesicht hat auch etwas Trauriges an sich. Etwas Weiches, Zerbrechliches und Hilfloses, das ihn nur noch attraktiver macht.

»Wer sind Sie?«, fragt er freundlich. Seine Stimme klingt genau, wie Dora sie sich vorgestellt hat, ohne jegliches Misstrauen.

»Ich bin von der Polizei. Wir suchen Ihre Tochter. Sie ist heute während ihres Klassenausflugs nach Thingvellir verschwunden.« Ein schlechtes Gewissen überkommt sie, weil sie noch nicht mit den Leuten vom Rettungsdienst gesprochen hat, den Einzigen, die momentan nach Morgan suchen.

»Verstehe.« Hákon seufzt tief. Er legt die Tube beiseite und steht auf. Dora würde ihm gern dabei helfen, hält sich aber zurück. Es ist, als hätte er eine magische Anziehungskraft. Vor ihm muss sie sich definitiv in Acht nehmen.

»Das ist nicht das erste Mal«, sagt Hákon. Er steckt sich eine Zigarette in den Mund und zündet sie an. Er hat volle Lippen, und seine Augen leuchten hellblau. Darunter bemerkt sie dunkle Augenringe. Fast so, als wäre er auf irgendwelchen Medikamenten. Sie weiß, wie das aussieht, sie muss sich schließlich selbst für die Arbeit zudröhnen.

»Haben Sie heute von ihr gehört?«, fragt sie.

Hákon scheint sich nicht daran aufzuhängen, dass sie sich für weibliche Pronomen entschieden hat.

»Keinen Mucks.«

»Wissen Sie vielleicht, wo sie sein könnte?«, fragt Dora, wie hypnotisiert von seinen Augen.

»Ist ihr Handy aus?«, fragt Hákon und kratzt sich an den Bartstoppeln am Kinn.

»Ja.«

»Ist es ernst?« Er klingt ehrlich besorgt. »Weil Sie hier sind, meine ich. Müssen nicht eigentlich vierundzwanzig Stunden oder so vergehen, bevor die Polizei sich einschaltet?«

»Eigentlich schon, aber weil sie während einer Klassenfahrt verschwunden ist, sind die Umstände anders«, erklärt sie.

»Sie kann etwas launenhaft sein. So ist das in der Pubertät, die Hormone spielen verrückt. Manchmal verschwindet sie, um mir eins auszuwischen. Aber sie kommt immer wieder zurück.«

»Nimmt sie Drogen?«, fragt Dora.

»Keine harten jedenfalls. Nein, eigentlich nicht«, sagt Hákon und wendet den Blick ab.

»Haben Sie eine Idee, wo sie sein könnte?«

»Nicht den blassesten Schimmer. So schrecklich das klingt. In letzter Zeit konnte ich mich nicht so gut um sie kümmern, wie ich vielleicht sollte. Hier war viel zu tun.« Er sieht sich in dem halb fertigen Badezimmer um. Dort stehen bereits eine riesige Badewanne und eine Duschkabine, aber Toilette und Waschbecken fehlen noch.

Dora betrachtet den Boden, auf dem Hákon gerade eben noch gekniet hat. Einige Fliesen sind bereits gelegt, aber wenn sie es richtig sieht, hat er noch viel vor sich: In einer Ecke stehen stapelweise Boxen mit Fliesen. Schließlich gibt sie ihm ihre Nummer und bittet ihn, sich zu melden, falls er etwas hört. Sie bedankt sich und geht zur Wendeltreppe, doch dann macht sie kehrt und unterbricht Hákon, der sich sofort wieder an die Arbeit gemacht hat.

»Zweitausenddreihundertachtundfünfzig«, platzt es aus ihr heraus.

»Was?«, fragt Hákon.

»Nichts. Sie müssen mir mit dem Aufzug helfen«, sagt sie, und er sieht sie nur schweigend an. Wieder spürt sie seine Anziehungskraft. Dieser Mann ist umwerfend.

10

Meist verbringt der Morra diese Jahreszeit in Thailand. Das Klima ist ideal, nicht zu heiß und nicht zu feucht. Das Essen ist zwar nicht unbedingt nach seinem Geschmack, aber so wichtig ist ihm das auch nicht. Schon in seiner Kindheit wurde nicht viel Wert auf gutes Essen gelegt. Und in Thailand kann er entspannen. Durchatmen.

Der Süden Spaniens war anfangs auch in Ordnung. Nach der Wehrzeit beim norwegischen Militär ging er nach Nordafrika, wo er eine Ölraffinerie bewachte, und in der Zeit machte er oft Urlaub in Andalusien. An der Costa del Sol. Aber jetzt wimmelt es dort nur so von Kriminellen. Zu hoch ist die Wahrscheinlichkeit, jemanden zu treffen, den er kennt, und darauf hat er keine Lust.

Ein paarmal ist er bereits in den Bergen untergetaucht, in einem der weißen Dörfer. Er mochte es dort, aber auf Dauer konnte er nicht bleiben. Die Leute standen sich zu nahe, überall beobachtete man ihn, alle wollten über ihn Bescheid wissen. In Asien ist es einfacher, inkognito zu bleiben.

Einmal hat ihn jemand in Cádiz gesehen, und dann haben sie ihm drei Männer in die Berge hinterhergeschickt. Ein Ire, die anderen aus Montenegro. Sie haben sich nicht dumm angestellt, aber letztendlich waren sie nicht schlau genug. Bei weitem nicht. Im Labyrinth der kleinen Dorfstraßen konnte er ihnen entfliehen. Dann hat er sich noch einmal gezeigt und sie bei Sonnenuntergang in einen Wald gelockt, den er wie seine Westentasche kannte. Sie hatten nie eine Chance. Sie waren viel zu laut.

Er hat sie so tief wie möglich in einem Kalksteinbruch vergraben, wo das Material für die weißen Häuser abgebaut wird. So würden die Geier oder wilde Hunde die Leichen nicht finden. Er weiß noch, wie beim Schaufeln der weiße Staub des in Jahrtausenden entstandenen Kalksteins aufwirbelte. *Rot auf Weiß*. So ist das Bild in seiner Erinnerung. Die Abendsonne warf gerade ihre letzten Strahlen auf den Kalkbruch. Als er wieder hinauskletterte, war es stockdunkel.

Irgendwann lief die Tätigkeit in Nordafrika aus, und die neue Arbeit ergab sich eher zufällig. Der Erste, den er auslöschte, war ein marokkanischer Haschdealer, der sich weigerte, für eine Lieferung zu bezahlen, die ihm die spanische Polizei in Andalusien abgenommen hatte. Er war also selbst schuld. In einem Nachtclub in Marbella schnitt der Morra ihm die Halsschlagader auf. Direkt neben einem Fußballplatz, wo gerade ein Spiel lief, er musste ewig nach einem Parkplatz suchen.

Das war der erste Mann, den er auf eigene Faust umgebracht hatte. Davor hatte er nur zur Waffe gegriffen, wenn es ihm direkt befohlen wurde.

Den Spitznamen »Morra« hat er in der Spezialeinheit des norwegischen Heers bekommen. Es ist eine Figur aus den Mumin-Büchern. Seine Kameraden fanden es witzig, weil alles, was Morra berührt, zu Eis wird. So weit ging es bei ihm natürlich nicht, aber der Name war auch nicht völlig aus der Luft gegriffen. Alle, die er berührte, schienen zu sterben. Seine Kollegen in der Spezialeinheit waren gute Jungs und meinten es nicht böse. Alle bekamen Spitznamen, das schaffte einen Zusammenhalt in der Gruppe, ein Gefühl von Bruderschaft.

Er ist kein Psychopath. Auch nicht amoralisch oder dergleichen. Er ist kein Unmensch. Nicht wie viele der Gestalten, denen er im Laufe seines Lebens begegnet ist, kalt bis in die Knochen. Er kennt den Unterschied zwischen richtig und falsch. Aber Weichlinge kommen im Heer nicht so weit, wie er es geschafft hat. Vielleicht liegt es an der Zeit oder der Einsamkeit oder der Arbeit als solcher, aber tief in sich weiß er, dass mit ihm etwas nicht stimmt.

Irgendwann hat er aufgehört zu zählen, wie viele Menschen er im Laufe der Jahre ausgelöscht hat. Nach Nordafrika verlor er eine Weile die Orientierung. Ihm fehlten die Anhaltspunkte, die man durch den Austausch mit anderen Menschen bekommt. Er war immer allein unterwegs, erledigte einen Auftrag nach dem anderen, und dazwischen tauchte er ab und zu unter, um kurz zu verschnaufen. Es gab immer genug zu tun, seine Quote lag schließlich bei hundert Prozent. Wenn der Morra auf einen angesetzt wurde, blieb einem nichts als zu beten. Ein paarmal wäre er beinahe verhaftet worden, aber er konnte bisher immer noch fliehen.

Als der ursprüngliche Auftrag in Island erledigt war, suchte er gerade nach passenden Asienflügen, als er die Nachricht mit der Bitte bekam, noch etwas zu bleiben. Es habe sich etwas ergeben, ein weiterer Auftrag. Falls er Interesse habe. Bevor er sich wie Morra aus den Mumins wieder in die einsamen Berge zurückzieht.

11

Jurek senior sitzt in einer Zelle im Hauptdezernat an der Hverfisgata. Die Spannung im Dezernat liegt noch in der Luft. Nach einer großen Aktion wie dieser legt sie sich immer erst langsam wieder. Rado verhält sich unauffällig, so gut es geht zumindest. Aber es will ihm ohnehin keiner in die Augen sehen, für seine Kollegen ist er unsichtbar. Vielleicht schämen sich manche dafür, die geplante Razzia vor ihm verheimlicht zu haben, aber das müssen sie mit sich ausmachen. So oder so ist alles, was er sich innerhalb der Polizei erarbeitet hat, erst einmal ruiniert. Also kann er auch getrost seinem Schwiegervater heimlich die Herzmedikamente in die Zelle bringen.

Der Gefängniswärter zögert kurz, als er fragt, wo er Jurek senior finden kann.

»Sag es mir, das ist eine Anweisung«, sagt Rado forsch, und der Wärter greift nach dem Schlüsselbund.

»Aber du bist doch ...«, stammelt er.

»Ich bin was? Ich bin der Ranghöhere, also tu gefälligst, was ich sage.«

Die Luft in der Zelle ist stickig. Jurek senior sitzt in einem Trainingsanzug und Lackschuhen auf dem Feldbett. Als Rado dem Wärter die Zellentür vor der Nase zuknallt und sich zu seinem Schwiegervater dreht, blickt dieser auf.

»Du hier«, murmelt er auf Isländisch, mit dem gleichen starken Akzent wie seine Frau Marta.

»Ja«, sagt Rado, und für einen Moment hat er das Gefühl, dass die Hoffnungslosigkeit in den Augen des alten Mannes sich in der Zelle ausbreitet wie ein giftiges Gas. Plötzlich ist er nicht mehr wütend. Alles, was er seinem Schwiegervater sagen wollte, scheint plötzlich unwichtig.

»Haben sie etwas gegen euch in der Hand? Was Richtiges?« Er wirft Jurek die weiße Tüte mit den Medikamenten hin, die der sofort unter seiner großen Hand versteckt.

»Das ist mein Problem«, murmelt der alte Mann und legt den Kopf zur Seite. »Aber vielleicht auch deins, schätze ich. Was mir leidtut. Ausgerechnet du, ein Polizist mit Leib und Seele.« Trotz des Akzents ist der alte Mann auf Isländisch ziemlich wortgewandt. Und trotz seines unscheinbaren Aussehens und des korpulenten Körperbaus ist er, anders als die meisten Leute denken, ein geborener Anführer und sehr intelligent. An einem anderen Ort und zu anderer Zeit hätte er es auf legalem Weg weit bringen können, wenn er darauf Wert gelegt hätte.

»Aber du hast dir nicht viele Gedanken um mich gemacht, stimmt's? Als du getan hast, was auch immer du getan hast, um hier drin zu landen? Ich dachte, du hättest mit allen illegalen Sachen aufgehört?«

»Es geht darum, kein Essen auf dem Teller übrig zu lassen«, sagt Jurek senior und steckt die weiße Tüte in seine Jackentasche. Wahrscheinlich eine polnische Redensart, die er wortwörtlich übersetzt hat. »Diese Leute, die hier leben, diese Isländer, sie sind wie kleine Kinder. Viel zu verweichlicht und naiv«, sagt er und wirft einen Blick auf ein Gekritzel an der Zellenwand.

»Trotzdem haben sie dich geschnappt und hier eingesperrt. Du solltest sehen, was sie bei uns zu Hause angerichtet haben.« Bei den Worten zuckt Jurek zusammen. Kaum merklich, aber Rado sieht es trotzdem.

»War mein Enkel da?«

»Nein«, sagt Rado.

»Gut. Aber mach dir um mich keine Sorgen. Ich habe schon viel schlimmere Zellen gesehen.«

»Das bezweifle ich nicht.« Rado dreht sich um und hebt die Hand, um dem Wärter zu signalisieren, dass der dubiose Besuch zu Ende ist.

»Warte kurz«, sagt Jurek. »Alle werden erfahren, dass du hier bei mir warst. Wenn sie es nicht ohnehin schon wissen, der Schaden ist also bereits angerichtet.«

»Ich habe dir nichts mehr zu sagen«, sagt Rado und verschränkt die Arme.

»Darf ich dir aber noch was sagen? Eine letzte Sache?«, fragt der alte Mann.

Rado seufzt und nickt. »In Ordnung.« Er lehnt sich mit dem Rücken an die Wand.

»Es gibt da eine Geschichte, von einem Seemann in der Karibik. Sein Schiff sinkt, und er überlebt als Einziger und wird auf einer einsamen Insel an Land gespült. Eines Tages, viele Jahre später, bemerkt er ein Schiff, das an seiner Insel vorbeisegelt. Es gelingt ihm, mit einem Feuer Aufmerksamkeit zu erregen. Das Schiff hält an, und ein paar Männer fahren auf einem kleinen Boot zur Insel. Sie sehen sich um, aber auf der Insel wächst nichts, Tiere gibt es auch keine. *Wie hast du hier überlebt?*, fragen sie den Gestrandeten. *Ich habe meine eigene Scheiße gegessen*, sagt er. *War das nicht ekelhaft?*, fragen sie. *Nein*, sagt er. *Die eigene Scheiße zu essen ist nicht das Problem. Aber die Scheiße, die von der Scheiße kommt, die ist in der Tat ziemlich ekelhaft.* Die Scheiße der Scheiße, verstehst du?«

Rado sieht Jurek senior an, auf dessen Lippen sich ein leichtes Grinsen abzeichnet. Deutlicher würde sein Schwiegervater seine Vergehen nie zugeben, aber Rado versteht die Geste. Er schnaubt und lächelt schwach. Dann dreht er sich wieder um und klopft an die Tür. Er will keine Minute länger auf dieser einsamen Insel verweilen.

Bevor der sichtlich angespannte Gefängniswärter die Tür hinter ihnen schließt, wirft Rado einen letzten Blick in die Zelle. Der alte Mann grinst nicht mehr. Seine Miene ist ausdruckslos und ernst, wie versteinert. Wo man auch hingeht, geht man mit sich selbst. Den Spruch hat Rado einmal irgendwo gehört, und eigentlich wollte er ihn seinem Schwiegervater sagen. Auf dem Weg zur Station hatte er sich eine wütende Standpauke überlegt, aber außer dem Spruch hat er alles vergessen und beschließt, auch den für sich zu behalten. Das Geräusch, als der Wärter die Tür abschließt, sagt alles.

Auf dem Weg zurück zum Parkplatz läuft ihm Sævar über den Weg. Rado packt ihn an der kugelsicheren Weste und gibt ihm einen Kopfstoß zwischen die Augen.

»Wenn du es noch einmal wagst, bei mir zu Hause einzubrechen, dann gibt's richtig Ärger«, zischt er und hält ihn weiter an der Weste fest. Kollegen aus der Spezialeinheit kommen angerannt, aber er nutzt Sævar, der nach dem Schlag kaum gerade stehen kann, als Schutzschild.

»Beruhigt euch jetzt! Alle!«, ruft Elliði, der nach draußen gerannt kommt und sich zwischen die Spezialeinheit und Rado stellt. Rado lässt Sævar los, und er sinkt zu Boden. Elliðis Stimme klingt respekteinflößend, und die Männer zucken ein wenig zurück. Er nutzt die Gelegenheit und zerrt Rado auf den Flur und in ein leeres Büro.

»Was zur Hölle machst du da?« Er wischt sich den Schweiß von der Stirn.

»Diese Vollidioten haben meine Wohnung verwüstet. Das muss ich doch nicht einfach so hinnehmen?« Rado zittert vor Wut.

»Nein, natürlich nicht. Das war eine umfangreiche und komplizierte Aktion. Ich konnte nicht überall sein«, sagt Elliði und setzt sich auf den Schreibtisch. »Natürlich war ihr Vorgehen nicht in Ordnung. Aber die Wohnung gehört deinem Schwiegervater. Oder seiner Dachgesellschaft.«

»Worum ging es eigentlich bei dieser Razzia? Ich habe doch wohl das Recht, das zu erfahren.« Im Flur erklingen Stimmen, Sævar wird von seinen Kollegen verarztet.

»Du bist nicht dumm«, sagt Elliði. »Du kannst dir bestimmt ausmalen, was dein Schwiegervater und seine Bande getrieben haben.«

Rado schweigt.

»Es geht um eine Drogenlieferung. Das Rauschgiftdezernat hat in der ganzen Stadt Leute mit Tabletten geschnappt. So ähnlich wie Oxy, nur viel stärker. Vermutlich werden sie in Albanien hergestellt, und Jurek schmuggelt sie dann ins Land. Während der Pandemie hat sich ein Vakuum gebildet, das er ausgenutzt hat. Im Prinzip hat uns das Ministerium freie Hand gelassen, ihn mit allen nötigen Mitteln aufzuhalten«, sagt Elliði. In dem Moment klopft es laut an der Tür.

Elliði macht auf, vor ihm steht Sævar.

»Lass mich rein«, faucht er.

»Kommt nicht in Frage«, sagt Elliði. »Wenn du dich nicht immer wie ein Idiot aufführen würdest, würden die Leute vielleicht aufhören, dich andauernd zusammenzuschlagen.« Dann knallt er ihm die Tür vor der Nase zu, und Rado kann sich das Grinsen nicht verkneifen.

»Wir müssen irgendeinen Weg finden, die Sache hinter uns zu bringen«, sagt Elliði und fährt sich durch die dünnen Haare.

»Habt ihr Drogen gefunden?«, fragt Rado.

»Du weißt, dass ich dir das nicht sagen kann. Ich ... ich bekomme Druck von oben, dich zu beurlauben.«

»Scheiße«, flüstert Rado.

»Du bist ein guter Kriminalpolizist und leistest hervorragende Arbeit. Geh für ein paar Tage nach Hause, während wir abwarten, wie die Situation sich entwickelt.« Elliði wirft einen kurzen Blick auf Rado, der versteht, dass das auch seine Frage beantwortet. Ohne Drogenfund haben sie nichts gegen Jurek senior in der Hand. Es gibt bestimmt keine Telefonaufnahmen, und Jurek würde sich nie in der Nähe der Ware aufhalten. Der Jubel seiner Kollegen über die geglückte Razzia war also verfrüht. Dass die Verhöre der Bandenmitglieder etwas erbringen, wagt Rado stark zu bezweifeln. Dafür sind sie Jurek zu ergeben. Vielleicht ist es mit seiner Polizeikarriere doch noch nicht vorbei. Aber das wird sich herausstellen.

»Dann gehe ich also nach Hause. Wenn du mir den Gorilla vor der Tür vom Hals hältst«, sagt er schließlich, und Elliði nickt.

»Das sollte möglich sein.«

12

Der Aufzug ruckelt wieder nach unten, und Dora steigt aus. Hákon hat angeboten, sie zu begleiten, aber sie wollte lieber allein fahren. Man weiß nie, was während so einer Liftfahrt aus ihr herausplatzen könnte. Sie hat das Gefühl, im Dunkeln zu tappen. Eigentlich ist sie heute noch kein Stück weitergekommen.

Es gab zu viele *Episoden*, so nennt sie die Momente, in denen sie die Kontrolle verliert. Sie scheinen immer öfter vorzukommen. Vielleicht liegt es am Stress, der zu solchen Ermittlungen nun einmal dazugehört, möglicherweise aber auch an etwas anderem, Tiefgründigerem, das sie nicht benennen kann. Am liebsten würde sie einfach nach Hause fahren und sich unter der Decke verkriechen. Dieser Vermisstenfall wird morgen höchstwahrscheinlich schon nicht mehr in ihrer Hand sein. Sie stellt sich das Gespräch mit Elliði vor, der sich räuspern und umständlich erklären wird, dass er dringend ihre Hilfe mit irgendwelchem Papierkram braucht. Und sie wird nicken und einem Kollegen den Fall und alle Telefonnummern übergeben. Die Scham über die eigene Unzulänglichkeit wird nur schwer zu ertragen sein. Sie wird sich zusammenreißen müssen, nicht mit ihren Vermutungen und Ratschlägen für die nächsten Schritte herauszuplatzen.

Aber sosehr sie sich auch gerade nach einer sicheren Umgebung sehnt, ist noch lange nicht Abend. Das Abenteuer endet erst, wenn der Tag vorbei ist.

Sie wählt die Nummer des Suchtruppleiters, die Gunnar ihr gegeben hat. Es klingelt lange, bis er endlich rangeht.

»Hallo, hier spricht Sumarliði«, sagt ein Mann mit kräftiger Stimme. Er ist etwas außer Atem, was sie als gutes Zeichen interpretiert. Es könnte bedeuten, dass der Nationalpark gerade abgesucht wird.

»Hallo«, sagt sie. »Ich heiße Dora und bin von der Polizei Reykjavík. Wie läuft die Suche?«

»Ganz –«, hört sie noch, doch ein starker Windstoß übertönt seine Worte.

»Die Verbindung war kurz weg.« Sie geht zum Volvo und steigt ein. Jede Menge Arbeitsfahrzeuge fahren auf dem Baugelände umher.

»Ganz gut«, sagt Sumarliði. »Aber wir haben sie noch nicht gefunden.«

»Was ist mit den Tauchern?«

»Wir haben Tauchdrohnen dabei, aber auch die haben noch nichts gefunden. Es wird bald dunkel, also müssen wir demnächst aufhören und morgen früh weitermachen. Der Hund hat auch nichts gefunden. Der Schichtleiter meinte, das Mädchen könnte auf Drogen sein? Ist sie nicht vermutlich einfach per Anhalter in die Stadt gefahren oder hat sich von jemandem abholen lassen?«

»Das können wir nicht mit Sicherheit sagen.«

»Soll ich mich morgen früh noch einmal melden?«, fragt Sumarliði.

»Nein, ich rufe Sie an«, erwidert sie und legt auf.

Sie verlässt die Baustelle über den kurvigen Weg und fährt direkt hinter einem Lastwagen durch das offene Tor. Es dämmert bereits. Ihr Handy vibriert, eine weitere Nachricht von Jafet. Sie öffnet sie nicht, sondern fährt direkt nach Hause. Vor der Tischlerei steht ein großer Transporter. Þrándur, Jafets bester Freund, trägt Kartons durch die große, weit offenstehende Tür und lädt sie in den Transporter. Rúrik ist nirgendwo zu sehen.

Dora steigt aus und schließt den Volvo ab. Sie seufzt, weil sie ahnt, was gerade passiert. Als sie Jafets letzte Nachricht liest, bestätigt sich ihre Vermutung. *Ich ziehe aus. Antworte bitte.*

Sie geht zu dem Transporter, wo Jafet und ein anderer Freund namens Eddy gerade einen grünen Chesterfieldsessel einladen. Als sie Dora bemerken, halten sie inne. Eddy und Þrándur stehen betreten da und sehen Dora und Jafet abwechselnd an.

»Das ist jetzt unangenehm«, sagt sie und lächelt verlegen.

»Haben wir nicht alles?«, fragt Eddy und wirft einen Blick in den Transporter, der höchstens bis zur Hälfte beladen ist.

»Jungs, setzt euch doch schon mal ins Auto. Ich komme gleich«, sagt Jafet niedergeschlagen. Eddy und Þrándur nicken.

»Also gut, bis dann«, sagt Þrándur zu Dora, und die beiden Männer nehmen auf den Vordersitzen Platz. Jafet und Dora bleiben hinter dem Transporter stehen.

»Ich wollte nicht, dass es so abläuft«, sagt Jafet mit zittriger Stimme. »Aber ich kann einfach nicht mehr. Es ist zu schwierig.«

»Ich bin zu schwierig«, sagt Dora bestimmt.

»Nein, ich … habe ich etwas falsch aufgefasst? Hast du nicht auch genug von dieser Beziehung?«, fragt Jafet schließlich.

»Ich hätte heute ans Telefon gehen sollen«, antwortet sie, aber es klingt eher, als würde sie mit sich selbst sprechen und nicht mit dem Mann, der sie gerade verlässt. Der genug von ihrer Beziehung hat. Genug von ihr. Sie kann das nachvollziehen. Großteils stimmt sie ihm sogar zu.

»Die Platten habe ich nicht mitgenommen«, sagt Jafet. »Du kannst sie gerne noch mal durchsehen. In aller Ruhe. Kein Stress. Du hast einen besseren Überblick, welche dir gehören. Und wenn du welche von meinen haben willst, kannst du sie gerne behalten.«

»Wohin ziehst du? Darf ich das fragen?«

»Klar darfst du. Meine Tante hat eine kleine Wohnung in der Innenstadt. Dort kann ich bleiben, bis ich etwas anderes finde«, sagt Jafet mit Tränen in den Augen. »Kommst du ohne mich klar?«

»Ja«, sagt Dora und nickt. »Geh einfach.«

Sie schließt die Hintertür des Transporters. Nicht mit einem Knall, sondern eher vorsichtig, beinahe sanft. Nur innerlich schreit sie.

Wie ferngesteuert steigt sie wieder in den Volvo und macht sich auf den Weg nach Thingvellir. Es ist natürlich schon viel zu dunkel, doch sie hält an einem Großmarkt am Stadtrand und kauft noch eine Stirnlampe und Batterien. Nicht weil sie davon ausgeht, auf diese Weise Morgan zu finden, was nicht einmal bei Tageslicht der Rettungsmannschaft mit Hunden und Tauchdrohnen gelungen ist, sondern weil sie sich einfach nicht vorstellen kann, jetzt allein durch ihre halb leere Wohnung zu streunen und das Ende ihrer Beziehung zu beweinen. Damit hat sie nicht gerechnet. Aber das lässt sich über alles sagen, was sie heute erlebt hat. Es war nicht einfach, aber sie hat beinahe den ganzen Tag mit Polizeiarbeit außerhalb des Büros verbracht, anstatt sich im Dezernat hinter dem Schreibtisch zu verstecken.

Jafet, der meist ziemlich vorhersehbar ist, hat sich endlich aufgerafft und die Sache beendet. Vielleicht hat sie ihn in den letzten Monaten nicht nur unbewusst von sich weggestoßen. Aber bisher ist er immer zurückgekommen, hat ihnen immer noch eine Chance gegeben. Vielleicht aus Mitleid, denn sie ist schließlich nicht wie die meisten Leute. Sie ist krank. Auch wenn er das Wort nie in den Mund genommen hat, zumindest nicht vor ihr.

Sie bekommt einen Heulkrampf und dreht das Radio lauter. Technomusik dröhnt durch das Auto. Kurz darauf macht sie sie wieder aus. Musik war das, was sie zusammengebracht hat. Jafet betreibt einen kleinen Plattenladen in der Innenstadt, manchmal legt er dort auch auf. Nachdem sich Doras Interesse für Musik nach dem Unfall erweitert hatte, haben sie sich in dem Laden kennengelernt. Jafet hat ihr ständig neue Musik vorgestellt. Bald verbrachte sie so viel Zeit dort, dass sie einander zwangsläufig näherkamen und irgendwann anbändelten, wie der alte Rúrik es formulierte.

In Thingvellir ist es stockdunkel. Dora steigt aus dem Auto, und die Kälte trifft sie wie ein Schlag. Zum Glück ist sie warm angezogen. Auf der Suche nach warmer Unterwäsche hat sie vorhin den ganzen Kleiderschrank auf den Kopf gestellt. Sie zieht sich dicke Handschuhe an und setzt eine blaue Wollmütze auf, die sie in einem Schrank von Rúrik in der Tischlerei gefunden hat und die etwas nach Rauch riecht. Mit der Stirnlampe auf dem Kopf marschiert sie schließlich los Richtung Drekkingarhylur. Der Schnee knirscht unter ihren Füßen, doch ansonsten hört sie nichts außer ihrem schnellen Atem. Die Stirnlampe taucht die schneebedeckte Landschaft in ein geisterhaftes Licht. Ihr Handy hat sie im Auto gelassen, falls Elliði von ihrem Vorhaben Wind bekommen sollte. Aber vielleicht war das keine gute Idee. Niemand weiß, wo sie ist.

Als sie Drekkingarhylur endlich erreicht, spürt sie ihre Finger und Zehen nicht mehr. Sie bleibt stehen und richtet die Stirnlampe auf die Wasseroberfläche. Rund um den Bach ist der Schnee geschmolzen. Sie geht ziellos auf und ab und versucht zu verstehen, was mit Morgan passiert sein könnte. Falls der Hintergrund eine Art jugendliche Rebellion war, warum dann überhaupt an dem Klassenausflug teilnehmen und nicht einfach schwänzen? Nein, irgendetwas muss vorgefallen sein. Vermutlich wollte Morgan während der Klassenfahrt abhauen, um möglichst viel Aufsehen zu erregen, und ist per Anhalter in die Stadt zurückgefahren. Wenn im Nationalpark etwas passiert wäre, hätte die Rettungsmannschaft sie gefunden. Außerdem hätte Morgan dann um Hilfe gerufen, vor allem, wenn das Ziel der Aktion war, Aufmerksamkeit zu erregen.

Dora nimmt am Ufer auf einem flachen Stein Platz. Ihr kommt der Island-Song von Spilverk Þjóðanna in den Sinn:

Die Bergfrau setzt sich auf einen Stein / Raucht eine und streckt aus ihr Gebein / Ganz allein.

Nach einer Weile spürt Dora die Kälte. Erst wird ihr ein wenig schwindelig, dann verliert sie das Gefühl im Gesäß und den Zehen. Sie schwenkt die Kopflampe von rechts nach links und blickt sich um.

In der Ferne gleitet ein Autoscheinwerfer vorbei. Da blitzt ein paar Meter vor ihr kurz etwas auf. Sie steht auf und geht langsam in die Richtung. Richtet ihre Lampe aus. Dort liegt etwas im Schnee. Ihr Herz macht einen Sprung. Sie hebt ein Handy in einer rosa Hülle auf und betrachtet es. An einem Lederband baumelt ein kleiner Anhänger aus Metall.

Ein *M*.

13

Die Kellerwohnung an der Kópavogsbraut ist voller Diebesgut. In den letzten Wochen hat Hector die Stadt regelrecht auf den Kopf gestellt, alles von Ladendiebstahl bis hin zu groß angelegten Einbrüchen. Er war richtig in Fahrt. Es könnte am Speed liegen, aber manchmal nimmt er stundenlang nichts, weil der Rausch vom Stehlen ohnehin stärker ist. Unter dem Bett liegen vier Laufroller – zwei weitere hat er bereits den Jungs in der oberen Etage geschenkt – und allerlei Kleidungsstücke und Werkzeug, das er auf Baustellen hat mitgehen lassen. Er hat sich einfach einen Helm aufgesetzt, eine Warnweste angezogen und so getan, als würde er dort arbeiten. Außerdem hat er noch verschiedenes Diebesgut aus Einbrüchen in Wohnungen und Einfamilienhäusern, Laptops, Tablets, Spielcomputer, Handys, Uhren, Bluetoothlautsprecher, ausländische Banknoten, einen Vibrator, den er vielleicht auch irgendwie weiterverkaufen kann, und allerlei Kram, den er noch genau durchsehen muss.

Er weiß, dass es nur eine Frage der Zeit ist, bis die Polizei ihm auf die Schliche kommt. Auf Social Media tauscht man sich bestimmt schon in einigen Gruppen über ihn aus. Er sollte einen Gang runterschalten, was nicht leicht ist, wenn es gerade gut läuft. Doch sobald die Polizei sich einschaltet, muss er aufpassen und Geschäfte meiden. In die beiden großen Einkaufszentren des Landes sollte er dann keinen Fuß mehr setzen, dort sind überall Kameras.

Die Polen haben ihn völlig in Ruhe gelassen, er ist ihnen nicht wieder über den Weg gelaufen. Aber laut Gerüchten hat das Rauschgiftdezernat sie fast alle im Zuge einer Drogenrazzia festgenommen. Angeblich sitzen sie in Untersuchungshaft.

Emmi hat seit seinem Besuch im Motorradclub ein paarmal versucht, ihn anzurufen, und auch in die Wege geleitet, dass der Club ihn deckt. Hector ignoriert ihn nicht absichtlich, zumindest nicht bewusst, in den letzten Wochen war er nur wie in Trance. Er hatte keine Zeit für anderes.

Außer Emmi weiß niemand, dass er hier im Souterrain wohnt. Und genau der erwartet ihn vor dem Haus, als er den schweren Roller durch die Kellertür schiebt, um sich bei einem IT-Unternehmen in Hafnarfjörður umzusehen, das Ziel seines nächsten Einbruchs werden soll.

»Sie wollen mit dir reden«, sagt Emmi und nickt in Richtung eines schwarzen Fords Escalade, der ein Stück die Straße hoch steht. Auf einem Auge hat er ein großes Veilchen.

»Wollen sie mich zusammenschlagen?«, fragt Hector unbekümmert.

»Du solltest rangehen, wenn ich dich anrufe. Ich rufe für sie an«, sagt Emmi und seufzt.

Hector stellt den Roller vor der Kellertür ab und macht sich nicht die Mühe, ihn abzuschließen. Dann folgt er Emmi zu dem schwarzen Jeep. Am Steuer sitzt einer der Männer aus dem Motorradclub. Die anderen Fenster sind abgedunkelt, und er weiß nicht, was ihn erwartet, als Emmi ihm ein Zeichen gibt, sich auf die Rückbank zu setzen.

Er öffnet die Hintertür des Jeeps und steigt ein. Dort sitzt Nóri mit einer dunklen Sonnenbrille.

»Also dann«, sagt Nóri, und der Fahrer startet den Motor. Emmi bleibt auf dem Gehsteig zurück und breitet die Arme aus. Das kann nichts Gutes bedeuten. Aller Wahrscheinlichkeit nach wird er diese Spritztour nicht heil überstehen, aber vielleicht findet er ja noch irgendeinen Ausweg.

»Du bist auf uns zugekommen«, sagt Nóri. »Niemand hat dich gezwungen. Ich schon gar nicht.«

»Ich weiß schon, was wir abgemacht haben«, sagt Hector und achtet darauf, nicht zu defensiv zu klingen. »Aber sollte ich die Zahlungen nicht eher direkt an die Rauschgiftabteilung überweisen? Ich meine, sie haben die Polen von der Straße geholt. Ihr musstet gar nichts machen.« Er weiß, dass die Fahrt für ihn ohnehin nicht glimpflich enden wird, also kann er sich den Kommentar nicht verkneifen.

»Du verstehst da was falsch.« Nóri packt ihn am Hals und drückt ihn fest in den lederbezogenen Rücksitz. »Du bist hier nur auf freiem Fuß und klaust, was du kannst, weil ich es erlaube.« Als Nóri ihn endlich wieder loslässt, hat Hector das Gefühl, seine Augen könnten jeden Moment platzen.

»Okay, okay«, flüstert er und schnappt nach Luft, um wieder Sauerstoff ins Gehirn zu bekommen und nicht in Ohnmacht zu fallen. »Du bekommst die Summe, die wir vereinbart haben.«

»Der Deal ist vom Tisch«, sagt Nóri und zündet sich eine Zigarette an.

Hector erkennt durch das Fenster, dass der Fahrer auf ein Industriegelände am Rande von Kópavogur abbiegt. Das Gedankenkarussell in seinem Kopf läuft auf Hochtouren. Emmi hat sich bestimmt schon Zugang zu seiner Kellerwohnung verschafft und sie in kürzester Zeit leer geräumt. Ein mieser Move, aber so ist das nun mal. Hector ist jedenfalls nicht dumm. Die wertvollsten Gegenstände und den Großteil des Geldes hat er längst woanders versteckt. Wenn sie ihn zusammenschlagen wollen, muss er das aushalten. Hauptsache ist, dass er am Ende noch stehen kann. Die Verletzungen im Gesicht kann er unter einer Sturmhaube verstecken, und gegen die Schmerzen kann er sich auch immer was besorgen. Ärgerlich ist nur die Sache mit der Wohnung, er wird nicht mehr dorthin zurückkönnen, und möglicherweise dauert es, bis er etwas Neues findet. Wahrscheinlich muss er sich in der Zwischenzeit in einem Gästehaus oder einem Hotel einquartieren. Aber dann sollte er sich vor der Polizei in Acht nehmen, denn die hat bestimmt alle Unterkünfte im Blick. Vielleicht findet er ein Sommerhaus etwas außerhalb der Stadt, um in aller Ruhe seine Wunden zu lecken, aber auch das ist nicht ganz ungefährlich. Selbst die Sommerhäuser sind oft bewacht, diese verdammten Kameras sind überall.

»Und jetzt pass gut auf«, sagt Nóri, als der Fahrer vor einer Fleischerei anhält. Er packt Hectors Kopf und drückt ihn gegen die Scheibe.

14

In aller Frühe trifft Dora im Hauptdezernat ein. Es war eine schwierige Nacht. Nicht nur, weil Jafet sie verlassen hat, sondern vor allem, weil sie diesen Fall unbedingt zu Ende führen will. Eigentlich glaubt sie nicht an Schicksal, aber die ganze Nacht lang hat sie unruhig im Bett gelegen und über die nächsten Ermittlungsschritte nachgedacht.

Die Rettungsmannschaft sollte noch einmal losgeschickt und das Suchgebiet erweitert werden, die Schüler müssen verhört und die Überwachungskameras im Besucherzentrum von Thingvellir geprüft werden. Außerdem sollte man die Drogennester der Stadt abklappern und die Medien in die Fahndung nach Morgan mit einbeziehen.

Ihre Kollegen aus der Kriminalabteilung sind alle noch nicht da, und sie holt sich erst einmal einen Kaffee. Der Leiter der Nachtschicht hat ihr bereits berichtet, dass auch in den letzten Stunden niemand etwas von Morgan gehört hat.

Sie fühlt sich müde. Spürt ein Pochen im Hinterkopf, das beinahe eine angenehme Abwechslung zum Jucken und Brennen der Augen ist. Ihr Geist ist ungewöhnlich ruhig. Wenn sie es schafft, diese Ruhe für die nächsten Stunden beizubehalten, zumindest bis Elliði kommt, muss es nicht zwangsläufig sein, dass er ihr die Ermittlungen sofort entzieht. Die Razzia und die folgenden Festnahmen werden die

Abteilung noch eine Weile ziemlich beschäftigen. Elliði hat einfach nicht genug Personal, um den Fall jemand anderem zu übergeben.

Es ist auch nicht so, als müsste sie dafür ständig unterwegs sein, ermitteln kann sie auch von ihrem Schreibtisch in der hintersten Ecke des Büros aus. Keiner wird erwarten, dass sie sich auf eigene Faust in Thingvellir auf die Suche macht, das ist Aufgabe der Rettungsmannschaft. Und in der Stadt kann sie einfach Streifenpolizisten losschicken, während sie beim Telefon bleibt. Klingt ganz einfach. So einfach, dass sie bereits überlegt, wie sie Elliði am besten davon überzeugen könnte, während sie den heißen Kaffee trinkt und auf ihn wartet.

Als Erster kommt Gunnþór durch die Tür zur Abteilung. Er ignoriert sie erst und geht direkt zur Kaffeemaschine. Dann zögert er kurz und prüft noch einmal, ob sie wirklich allein sind, bevor er zu ihr geht.

»Du, was ich dir noch sagen wollte ... also ... tut mir leid wegen gestern«, sagt er und räuspert sich. »Ich verspreche, dass ich mir den Fall noch mal ansehe. An dem, was du gesagt hast, könnte was dran sein.« Dann geht er zu seinem Tisch und schaltet den Computer ein.

»Kein Problem«, sagt sie, aber ihr steigen sofort Tränen in die Augen. Schnell rennt sie zur Toilette und führt in einer der Kabinen einen kleinen Siegestanz auf. Dass Gunnþór sich bei ihr entschuldigt hat, ist ein Grund zum Feiern. Sie versteckt das Gesicht in ihrem Pullover und weint vor Freude. Dann reißt sie sich zusammen und betrachtet sich im Spiegel. Eigentlich ist sie gar nicht so hässlich, sie ist schlank, was sicher auch mit den Medikamenten zu tun hat, und bis auf ein paar wenige graue Haare hat sie eine dichte blonde Haarpracht. Das verletzte Auge sieht etwas seltsam aus, und wenn sie neue Leute trifft, starren sie oft darauf, doch das stört sie mittlerweile nicht mehr. Ihre Brüste sind nicht mehr so straff, und sie könnte etwas häufiger duschen, aber als sie sich zum Spiegel beugt, hat sie das Gefühl, zum Leben zu erwachen. Ihre Wangen bekommen ein wenig Farbe, und sie fühlt sich wieder bestärkt. Die Putzfrau, die seit einer Weile unbeweglich neben ihr steht, sieht ihr im Spiegel in die Augen. Dora würde sie am liebsten fragen, wie sie denn ihr Aussehen bewerten würde, aber kann es sich gerade noch verkneifen.

Als Elliði endlich auftaucht, ist die Kriminalabteilung bereits voll besetzt. Er wirft einen Blick durch den Raum und bittet Dora mit einer Handbewegung, in sein Büro zu kommen.

Dort schließt er die Tür hinter ihnen und setzt sich an den Schreibtisch. Er sieht sie an, wie um zu fragen, ob sie nicht auch Platz nehmen wolle, doch sie bleibt mit verschränkten Armen stehen.

Sie mustert ihren langjährigen Freund. Er hat tiefe Augenringe, sein Gesicht ist blass, die Fingernägel gelblich von Nikotin, und es würde ihm nicht schaden, ein paar Kilo abzunehmen. Für einen Moment fragt sie sich, wer von ihnen beiden eigentlich gesundheitlich schlechter dasteht. In den Augen der Gesellschaft ist es natürlich sie. Aber das könnte sich schnell ändern, wenn Elliði nicht bald etwas unternimmt.

»Gunnar hat mich gezwungen, den Vermisstenfall zu übernehmen«, platzt es dann aus ihr heraus, bevor Elliði etwas sagen kann.

»Und wie läuft es? Ist das Kind aufgetaucht?« Er lehnt sich in seinem Stuhl zurück.

Sie berichtet ihm von den bisherigen Ermittlungen und dass sie gestern Abend bei Drekkingarhylur ein Handy gefunden hat, das höchstwahrscheinlich Morgan gehört. »Ich habe vorhin bereits versucht, Morgans Vater Hákon anzurufen, um es zu bestätigen, aber er geht nicht ran.«

Erst sagt Elliði nichts, und Dora stellt sich vor, wie sich in seinem Kopf Zahnräder drehen.

»Was hast du vor?«, fragt sie schließlich, als ihr die Geduld ausgeht.

»Ist Jafet ausgezogen? Habt ihr euch getrennt?«, fragt Elliði.

»Woher weißt du das? Und was zur Hölle geht dich das an?« Ihr Geist ist plötzlich nicht mehr so ruhig wie am Morgen.

»Er macht sich Sorgen um dich. Und ich auch, das weißt du«, sagt Elliði leise, als wolle er auch sie dazu bewegen, leiser zu sprechen.

»Mir geht es bestens!«, sagt sie, obwohl sie es selbst nicht so recht glaubt. »Ich meine ... vielleicht nicht bestens, aber ... aber ich kann diese Ermittlung übernehmen«, fügt sie so ruhig wie möglich hinzu.

»Ja, genau. Der Vermisstenfall. Das war etwas chaotisch. Der Polizeichef hat mich vorhin in sein Büro gebeten. Irgendwie hat er herausgefunden, dass du damit betraut wurdest. Hast du jemandem davon erzählt?«, fragt Elliði im Flüsterton, als hätte er Angst, abgehört zu werden. Sie wirft einen Blick in das Großraumbüro auf der anderen Seite der Glaswand.

»Ich habe niemandem davon erzählt. Das würde ich nicht tun, ohne es vorher mit dir abzuklären.«

»Also, irgendjemand hat davon erfahren und ist damit direkt zum Chef gegangen. Die Leute hier sind nicht dumm, das ist schließlich die Kriminalabteilung. Wenn du das vermasselst, muss ich die Suppe nachher auslöffeln. Die interne Politik hier ist knallhart, ist dir das bewusst? Deshalb muss ich dich fragen, ganz direkt, traust du dir wirklich zu, diesen Fall zu übernehmen?« Elliði faltet die Hände, doch bevor sie etwas sagen kann, klopft es an der Tür.

»Herein«, sagt er, und die Tür geht auf.

Es ist Rado. Er sieht genauso verwundert aus wie Dora und bleibt erst einmal stehen.

»Komm rein und mach die Tür hinter dir zu«, sagt Elliði, und Rado tut, was er sagt. Elliði zeigt auf den freien Stuhl neben Dora, und Rado setzt sich.

»In den sozialen Medien verbreitet sich die Sache wie ein Lauffeuer«, sagt Elliði.

»Was?«, fragt Rado.

»Dieser vermisste Teenager.« Elliði sieht Dora an.

»Ja, es trendet tatsächlich, aber die klassischen Medien haben das Thema noch nicht aufgegriffen. Die Leute finden, dass wir nicht in die Pötte kommen«, sagt sie.

»Wer sagt das?« Rado rückt sich auf dem Stuhl zurecht. Von der Auseinandersetzung mit Sævar hat er eine kleine Wunde auf der Stirn. Er ist alles andere als ein harter Kerl, eher klein und schmal gewachsen. Der einzige Sport, den er macht, ist eine gelegentliche Laufrunde oder eine Partie Hallenfußball mit alten Schulfreunden. Er hat zwar einen braunen Gürtel in Ju-Jutsu, aber mehr oder weniger damit aufgehört, als Jurek geboren wurde.

»Das behaupten ein paar Leute im Internet, ja«, sagt Elliði. »Ich will, dass ihr beide die Ermittlungen leitet.«

»Ich kann das auch allein machen«, sagt Rado bestimmt.

»Nein, der Chef will, dass eine Frau die Leitung übernimmt. Das macht einen guten Eindruck. Ihr arbeitet zusammen«, sagt Elliði.

»Bei allem Respekt, aber ...« Rado sieht Dora zögerlich an. »Ist sie ...?«

»Er braucht gerade was zu sagen!«, faucht Dora. »Ist sein Schwiegervater nicht hier irgendwo in Untersuchungshaft? Bist du sicher, dass *er* damit klarkommt?« Sie sieht Elliði scharf an.

»Beruhig dich!«, zischt er, als würde er einen Hund zurechtweisen. Dann sagt er an Rado gerichtet: »Ich habe dir versprochen, dass wir etwas für dich finden werden. Du kannst auch ablehnen, dann werden sie dich beurlauben. So würdest du erst einmal in der Abteilung bleiben, verstehst du?«

»Ja«, sagt Rado und sieht Dora an, die still in sich hineinflucht.

»Und du!« Elliði wendet sich an Dora. »Nach der Razzia gibt es jede Menge Berichte für die Staatsanwaltschaft auszufüllen. Richtig viel Papierkram. Juckt es dich nicht in den Fingern?«

Als Dora und Rado aus dem Büro kommen, holt Gunnþór sich gerade einen Kaffee. Er zwinkert Dora zu und grinst. Plötzlich ist ihr klar, wer zu Polizeichef Bjarki Freyr gegangen ist. Es muss Gunnþór gewesen sein. Dora erwidert bloß sein Grinsen und sieht dann Rado an.

»Ich habe die Meldung zusammen mit einem Bild an die Medien geschickt. Als Nächstes wollte ich zu ihrer Schule fahren und mit der Klasse sprechen. Kommst du mit?«

»Auf dem Weg kannst du mich einweihen, was bisher passiert ist.« Auch er versucht, das Beste aus der Situation zu machen.

Sie nehmen den Volvo, denn mit Rados Jeep ist Ewa heute unterwegs, und fahren Richtung Hagaskóli, um mit Guðbjörgs Klassenkameraden zu sprechen. Noch im Aufzug der Polizeistation haben sie sich geeinigt, den Taufnamen zu benutzen, das ist schließlich immer noch Morgans offizieller Name.

Dora fährt, Rado sitzt müde auf dem Beifahrersitz. Er hat in der Nacht nicht viel geschlafen. Als er gestern Abend nach Hause kam, nachdem er Jurek senior die Medikamente gebracht hatte, war die Wohnung in relativ gutem Zustand. Alles war aufgeräumt, und Sachen, die kaputtgegangen waren, waren entsorgt worden. Ewas Anwalt hatte ihr gesagt, dass sie weiter in der Wohnung bleiben könnten und er sich darum kümmern wollte, ihren Laptop zurückzubekommen. Das Café war immer noch geschlossen, und er konnte ihr nicht sagen, wann sie wieder aufmachen dürfte. Der Anwalt klang nicht gerade zuversichtlich, dass es bald sein würde, denn auch dort hatte ihr Vater die Finger mit im Spiel.

Ewa hatte Jurek junior bereits aus der Kita abgeholt, als Rado kam. Der Junge saß auf dem Wohnzimmersofa und knabberte an einem Stück Pizza, während auf dem großen

Flachbildfernseher, der unversehrt geblieben war, eine Kindersendung lief. Ewa hängte Wäsche auf. Auf den ersten Blick wirkte alles so alltäglich, den beiden war nicht anzumerken, dass etwas anders war als sonst. Sie reichte ihm ein kaltes Bier aus dem Kühlschrank, und der fröhliche Gesang von Cocomelon hallte durch das Wohnzimmer, wie um zu betonen, dass alles genau so sei, wie es sein sollte. Dass in ihrem Leben nicht gerade ein riesiger Vertrauensbruch stattgefunden hatte, nach dem nichts mehr sein würde wie zuvor.

Rado war zu müde, um mit Ewa zu streiten. Alles, was die Machenschaften ihres Vaters anging, prallte für gewöhnlich von ihr ab, und sie zuckte nur die Schultern. Ewa konnte ohnehin nichts umhauen, also sagte er lieber nichts, sondern nahm nur das Bier entgegen, setzte sich zu Jurek aufs Sofa und aß ein Stück Pizza. Dann half er ihm beim Zähneputzen und machte ihn fertig fürs Bett. Als er zurück in die Küche ging, saß Ewa am Tisch und sah ihn an, sagte aber nichts. Rado war bewusst, dass diese Auseinandersetzung nicht so war wie ihre bisherigen, diesmal war die Lage wirklich ernst. Und in dem Moment wurde ihm auch zum ersten Mal richtig bewusst, was los war: Sie lebten in einer schönen, hellen Dreizimmerwohnung in Urriðaholt, das war ihr Zuhause, das einzige Zuhause, das ihr Sohn je gekannt hatte. Aber nun war dieser Ort auch in ein Verbrechen verwickelt.

»Was ist mit der Jacke und dem Schuh und dem Handy?«, fragt Rado, als Dora über die Brücke im Stadtsee Richtung Weststadt fährt.

»Die sind bei der Spurensicherung«, sagt sie und kneift die

Augen zusammen. Die tiefe Wintersonne spiegelt sich im Wasser und taucht die Häuser der Tjarnargata in ein warmes Licht. Es sieht aus, als würden sie glühen. Dora überlegt, ob sie ihren neuen Ermittlungspartner darauf hinweisen soll, sagt aber dann nichts.

»Was hat der Vater zu dem Handy gesagt? Kennt er den Zugangscode?« Rado versucht, nicht zu dramatisch zu klingen. Der Fall ist noch keine vierundzwanzig Stunden alt, und aller Wahrscheinlichkeit nach taucht das Kind bald in irgendeinem Drogennest auf. Vermutlich ist es bei einem Freund, von dem niemand wusste. Vielleicht jemand, der schon etwas älter ist. Es ist eine altbekannte Geschichte. Oft erschrecken diese Kinder, wenn sie ein Bild von sich in den Medien sehen, und bekommen Schuldgefühle. Es sei denn, sie sind schon zu tief gefallen. Dann tauchen sie erst auf, wenn ihnen die Drogen ausgehen. Oder sie werden wegen etwas anderem festgenommen.

»Ich habe ihn heute Morgen nicht erreicht«, sagt Dora. »Er geht nicht ans Telefon, aber ich weiß, wo er arbeitet.«

Rado verzieht das Gesicht. Welcher Vater hat sein Handy nicht dabei, wenn das eigene Kind vermisst wird?

»Was ist mit der Rettungsmannschaft?«, fragt er.

»Sie sollten bereits vor Ort sein. Heute wird das Suchgebiet erweitert, und sie werden sich in die Schluchten abseilen.«

Eine Weile schweigen sie.

»Sie haben deinen Schwiegervater festgenommen«, rutscht es Dora dann plötzlich heraus, als sie am Kreisverkehr vor dem Nationalmuseum Richtung Hotel Saga abbiegt. »Das muss schwer sein. Wirst du dich von deiner Frau scheiden lassen? Ich frage nur, weil mein Freund gerade seine Sachen in einen Transporter gepackt hat, als ich gestern nach Hause gekommen bin.«

»Am besten konzentrieren wir uns erst mal auf den Fall«, sagt Rado bestimmt

Dora nickt nur. Seine Worte beruhigen sie irgendwie. Er scheint jemand zu sein, der sich nicht so leicht aus der Fassung bringen lässt. Und er kennt bestimmt die Geschichten über sie, hat den Tratsch gehört und weiß, womit er es zu tun hat.

»Guðbjörgs Klassenlehrer Marteinn und die stellvertretende Schulleiterin erwarten uns bereits«, sagt sie, als sie die Aula des Gebäudes betreten. Der Saal erinnert an ein ländliches Vereinslokal, mit einer Bühne an einem Ende und lauter langen Tischen und Plastikstühlen in der Mitte.

Eine mollige Frau um die sechzig in einem gemusterten Hosenanzug bemerkt sie und stürmt regelrecht auf sie zu. Marteinn und Sandra sitzen ein Stück entfernt an einem der Tische.

»Guten Tag, Guðrún ist mein Name, ich bin die Konrektorin«, sagt die Frau und reicht ihnen die Hand. Rado schüttelt sie kräftig und stellt sich ebenfalls vor. Marteinn begrüßt Dora mit einem Nicken, das sie erwidert. Sie hat beschlossen, Rado erst einmal die Führung zu überlassen.

»Können wir hier sprechen?«, fragt er und sieht sich in dem Raum um.

»Gibt es irgendwelche Neuigkeiten?« Guðrún faltet die Hände.

»Nein«, sagt Dora. »Noch nicht.«

»Wer sind Guðbjörgs Freundinnen in der Klasse? Mit ihnen wollen wir zuerst sprechen.« Rado setzt sich an einen leeren Tisch.

»Das ist ihr Klassenlehrer«, sagt Dora zu ihm und zeigt auf Marteinn.

»Hallo«, Rado nickt Marteinn zu. Er holt ein kleines Notizbuch und einen Stift hervor und winkt den Lehrer zu sich.

Dora beobachtet ihren Kollegen aufmerksam. Innerhalb kürzester Zeit hat Rado die Kontrolle über die Situation übernommen. Mit beeindruckender Selbstverständlichkeit ist er schnell zum Mittelpunkt des Geschehens geworden. Ihr wird bewusst, dass sie viel von ihm lernen kann.

»Marteinn weiß, mit wem sie ... also Morgan mehr zu tun hatte«, sagt Guðrún, die immer noch mit gefalteten Händen neben ihnen steht.

»Sonja, Eydís und Birgitta«, sagt Marteinn. »Das sind Morgans beste Freundinnen.«

»Fangen wir mit Sonja an. Holt sie bitte her«, sagt Rado. Marteinn nickt und geht hinaus. Sandra folgt ihm.

»Um zwölf ist hier Mittagessen«, sagt Guðrún. »Und in einer halben Stunde ist Pause, in der öffnen wir für gewöhnlich auch die Aula.«

»Heute nicht«, sagt Rado freundlich.

»Nein, natürlich. Dann lasse ich Sie allein.« Guðrún sieht Dora an und verlässt dann mit langsamen, beinahe zögerlichen Schritten die Aula. Als wolle sie nicht wirklich gehen.

Kurz darauf betritt ein junges Mädchen zusammen mit Marteinn den Saal. Dora setzt sich neben Rado und beobachtet ihn unauffällig. Er hat schwarze Bartstoppeln, und seine Haut ist etwas dunkler als ihre. Ihr Blick fällt auf das offene Notizbuch. Eine der beiden Seiten ist mit kleinem Gekritzel vollgeschrieben.

Marteinn bleibt in der Tür stehen, aber das Mädchen kommt zögernd auf sie zu, als wäre sie auf dem Weg vor einen Richter. Sie ist groß und schlaksig, ihre Haare sind blond, beinahe weiß. Dora denkt, dass sie wie ein Alien aussieht, aber das behält sie für sich. Das Mädchen bleibt vor dem Tisch stehen und sieht Dora und Rado abwechselnd an.

»Setz dich«, sagt Rado leise, und sie tut, was er sagt. »Du bist Sonja, richtig?«

»Ja«, sagt das Mädchen ein wenig verdutzt.

»Und wie weiter?« Rado hält den Stift bereit.

»Ähm ... Kjartansdóttir«, sagt Sonja. »Was ... ähm ... wollen Sie von mir?«

»Bei dem Schulausflug gestern«, beginnt Rado. »Wie wirkte Guðbjörg da auf dich?«

»Du meinst Morgan«, sagt Sonja, als hätte er einen Fehler gemacht, den sie erst korrigieren musste.

»Ja, Morgan«, sagt Rado, und Dora sieht, dass er sich den vollständigen Namen von Sonja notiert.

»Morgan war ... ich weiß es nicht«, sagt Sonja und wirft einen Blick zu Marteinn hinüber, der immer noch in der Tür steht. »Wir hängen manchmal miteinander rum, aber nicht immer.« Sie starrt auf den Tisch und reibt ihre Hände aneinander.

»Und wie war es gestern?«, fragt Dora, und Sonja starrt sie mit ihren blassblauen Augen an.

»Ist Morgan etwa tot, oder was?«, fragt sie plötzlich und sieht wieder zu Marteinn hinüber, der daraufhin schnell auf sie zukommt.

»Nein, sie wird nur vermisst«, sagt Rado.

Das Mädchen fängt an zu zittern.

»Sonja«, sagt Marteinn, als er den Tisch erreicht. »Morgan wird nur vermisst.«

»Es ist unfassbar!«, sagt Sonja und springt auf. »Ich meine, Morgan will immer die ganze Aufmerksamkeit haben ... diese Diva!« Marteinn streckt die Hand nach ihr aus, doch sie schiebt ihn weg und stürmt aus der Aula.

»So ist das manchmal mit diesen Teenagern. Manchmal fahren sie von einem Moment auf den andern die Krallen aus«, sagt Marteinn und kratzt sich am Ohr. »Sonja hatte gestern Geburtstag. Sie fand, dass Morgan alle Aufmerksamkeit für sich beansprucht hat, obwohl es eigentlich ihr Tag sein sollte.«

»Wie beansprucht?«, fragt Dora.

»Als wir gestern losgefahren sind, hatte Morgan eine Panikattacke, also ging es erst einmal nur darum. Sonja behauptet, dass Morgan nur so getan hat. Was gut sein kann. Sie streiten sich öfter um den Platz im Scheinwerferlicht.« Marteinn verzieht den Mund zu einem schiefen Grinsen.

»Holt die anderen beiden«, sagt Rado. »Wir werden zusammen mit ihnen sprechen.« Er sieht Dora an, aber sie ist nicht sicher, ob er mit »zusammen« sie beide oder die Mädchen meint. Sie setzt sich auf ihre Hände, denn plötzlich verspürt sie den Drang, über seine Bartstoppeln zu streichen, um zu fühlen, wie rau sie sind.

Bei dem Gespräch mit Eydís und Birgitta kommt nicht viel heraus. Es macht die Sache nicht einfacher, dass die beiden Freundinnen ständig mit englischen Phrasen um sich schleudern. Dora weiß, dass Jugendliche in ihrem Alter oft so sprechen, aber immer wieder erinnert sie das Gespräch an eine schlechte amerikanische Serie. Als Rado klarwird, dass sie nicht wissen, warum Morgan verschwunden ist, bedankt er sich bei ihnen für das Gespräch. Sie haben nun bloß eine weitere Bestätigung dafür, wie unberechenbar Morgan oder Guðbjörg ist, denn die Freundinnen behaupten felsenfest, sie sei aus freien Stücken abgehauen.

Nachdem sie sich von Marteinn und Sandra verabschiedet haben, gehen sie zurück zum Auto. Dora versucht gerade, Sumarliði anzurufen, als Rados Handy in seiner Jackentasche vibriert. Er meldet sich mit Namen. Dann steckt er das Handy wieder weg, ohne etwas zu sagen, und rennt wie ferngesteuert los. Dora hört, wie Sumarliði rangeht, aber legt sofort wieder auf.

Rado verliert das Gleichgewicht und lässt sich vor der Schule in den Schnee fallen. Dora eilt zu ihm.

»Was ist los?«

»Es ist Jurek«, flüstert Rado, ganz blass im Gesicht. »Er ist tot.«

»Wer ist Jurek?«, fragt Dora und setzt sich neben ihn in den Schnee.

»Mein Schwiegervater.«

15

Als der Volvo auf den Parkplatz fährt, wartet Elliði bereits am Eingang. Rado steigt vor Dora aus. Während der Fahrt hat er nichts gesagt, doch jetzt schlägt er die Tür zu und stürmt ins Dezernat. Elliði stellt sich ihm in den Weg und hebt die Hände, um ihn aufzuhalten. »Er ist nicht hier. Sie haben ihn bereits in die Leichenhalle gebracht.«

»Was ist passiert?« Rado kann kaum das Gleichgewicht halten. »Ich muss sofort …«

»Beruhig dich.« Elliði nimmt ihm vorsichtig das Handy aus der Hand und umarmt ihn fest, auch wenn er sich dagegen wehrt. »Lass uns reingehen und uns setzen.« Er wirft einen Blick über Rados Schulter auf Dora, als wolle er sehen, ob mit ihr alles in Ordnung ist.

Sie nickt ihm zu, verzieht aber keine Miene. Es ist, als könne sie plötzlich etwas klarer denken. Sie empfindet Mitgefühl mit diesem Mann, ihrem neuen Kollegen. Sie kannte seinen Schwiegervater nicht, aber auch sie hat schon einige Menschen verloren. Manchmal auch sich selbst.

Sie folgt den beiden ins Gebäude. Elliði stützt Rado und hilft ihm, sich in einem leeren Büro auf einen Stuhl zu setzen. Er will gerade die Tür schließen, als Dora hineinschlüpft. Kurz zögert er, doch signalisiert ihr dann, dass sie bleiben kann. Sie sitzen ohnehin alle im selben Boot.

Elliði zieht eine Coladose aus seiner Tasche, öffnet sie und reicht sie Rado. Der trinkt einen Schluck und beruhigt sich etwas.

»Ich muss meine Frau anrufen«, murmelt er.

»Bisher weiß niemand davon«, sagt Elliði.

»Was ist passiert? War er nicht in Haft?«, fragt Dora.

»Er wurde heute Morgen tot in seiner Zelle aufgefunden. Vermutlich war es ein Herzinfarkt«, sagt Elliði und zündet sich eine Zigarette an, zieht einmal daran und reicht sie Rado, der kopfschüttelnd ablehnt.

»Gibt es etwas, das du mir sagen solltest?« Elliði drückt die Zigarette in einem Pappbecher aus, in dem noch ein Rest Kaffee ist. Der Geruch erinnert Dora an die ersten Jahre bei der Polizei, als jeder Tag so roch, vermischt mit dem Gestank von Schnaps und Erbrochenem. Manchmal hat sie es immer noch in der Nase.

»Ich war gestern bei ihm in der Zelle«, sagt Rado.

»Fuck!«, rutscht es Dora heraus.

»Ich habe ihm nichts getan, falls ihr das denkt.« Rado reibt die Hände aneinander, aber weder Dora noch Elliði wundert seine Reaktion. Er ist sichtlich betroffen und versucht nicht, es zu überspielen. »Jurek war herzkrank. Ich wurde gebeten, ihm seine Medikamente zu bringen.«

»Das hättest du melden müssen. Niemand hätte ihm verboten, seine Medikamente zu nehmen. Er hätte natürlich einen Arzt sehen dürfen, wenn er darum gebeten hätte.«

»Er wollte nicht, dass jemand von seiner Krankheit erfährt«, flüstert Rado nach langer Stille.

»Ich habe mir die Liste angesehen, du warst anscheinend

der Letzte, der ihn lebend gesehen hat. Was sollte das?« Elliði kneift die Augen zusammen und sieht Rado scharf an.

»Ich habe nicht nachgedacht. Außerdem wollte ich ihm in die Augen sehen. Dieser Mann hat mein Leben zer–« Rado räuspert sich und starrt auf die leere Wand des Büros, als wäre dort eine vernünftige Antwort auf die Frage zu finden.

»Und was jetzt?«, fragt Dora.

»Wie läuft es mit dem vermissten Mädchen?«, fragt Elliði.

»Sie ist immer noch verschwunden«, sagt Dora und greift nach der Coladose auf dem Tisch. Rado und Elliði beobachten beide verwundert, wie sie daraus trinkt. »Aber es geht voran. Ihre Schulfreundinnen waren nicht sonderlich hilfreich, aber ich wollte noch einmal mit dem Suchtruppleiter sprechen, und dann wollen wir die Drogennester überprüfen lassen.«

»Wir?«, fragt Rado.

»Ja, wir«, antwortet Dora vertrauensvoll. Rado sieht Elliði an.

»Ich glaube nicht, dass du etwas mit dem Tod deines Schwiegervaters zu tun hast«, sagt Elliði und zündet sich eine weitere Zigarette an. »Ich weiß nur, dass die Chefs mich heute Morgen schon viermal angerufen haben, um zu fragen, wie der Fall des Mädchens läuft, ob sie denn schon wieder aufgetaucht sei. Es geht um das Ansehen der Polizei. Irgendwelche Leute im Internet behaupten, wir würden uns keine Mühe geben, weil sie Schwarz ist. So sieht es mittlerweile aus. Ihr müsst das Mädchen also schleunigst finden. Dann können wir weitersehen. Es wird sicher eine Obduktion geben, weil Jurek in einer unserer Zellen verstorben ist, aber zuerst will ich dich bitten, Rado, deine Familie über den Tod deines Schwiegervaters zu informieren. Aber dieses Mädchen muss gefunden werden. Wenn das alles gerade zu viel für dich ist, dann finde ich jemanden, der den Fall für dich übernimmt. Du musst dich nur jetzt entscheiden, in zwanzig Minuten ist die Pressekonferenz, und die Chefs wollen, dass ihr beide sie leitet. Als Gesichter der Ermittlung.«

»Was hast du gesehen?«, fragt Dora an Rado gerichtet.

»Was meinst du?« Er rückt sich auf seinem Stuhl zurecht.

»Als du in der Zelle warst und ihm in die Augen geschaut hast?«

Rado antwortet nicht, er seufzt nur und steht auf.

»Lasst uns das Mädchen finden«, sagt er schließlich. »Ich stecke ohnehin in der Scheiße, egal was ich tue.«

Die Pressekonferenz oder eher die Presseankündigung, wie der Leiter der Öffentlichkeitsabteilung es lieber nennen möchte, findet auf der Außentreppe zum Dezernat statt. Taktisch gesehen ist das keine schlechte Idee, der kalte Wind sollte alle unnötigen Umschweife und Fragen unterbinden. Dora und Rado sollen höchstens zwei bis drei Fragen der Journalisten annehmen und die Pressekonferenz danach beenden.

Vor dem Dezernat haben sich zahlreiche Journalisten, Fotografen und Kameraleute versammelt. Dora liest schnell noch einmal über die Pressemitteilung, aber es fällt ihr schwer, sich zu konzentrieren, schließlich stehen der Polizeichef Bjarki Freyr, der immer nur Gorbi genannt wird, weil er wie Gorbatschow ein Feuermal auf der Stirn hat, und seine

Stellvertreterin Gunndís Ósk nur wenige Meter von ihr entfernt und unterhalten sich leise und mit ernsten Blicken. Außerdem tanzt der Pressesprecher die ganze Zeit um sie herum.

Elliði tritt an den Polizeichef und seine Stellvertreterin heran und wechselt leise ein paar Worte mit ihnen. Dann bittet er Dora und Rado, hinauszugehen und die Konferenz zu beginnen. Zunächst wird Dora eine kurze, präzise formulierte Mitteilung verlesen, die den Eindruck erwecken soll, dass die Polizeibehörde alle anderen Fälle hintangestellt hat, um sich voll und ganz auf die Suche nach Morgan zu konzentrieren. Danach wird Rado Fragen annehmen. Dora stellt sich auf die unterste Stufe der Eingangstreppe, die Horde bildet einen Halbkreis um sie, und das Blitzlichtgewitter beginnt. Sie räuspert sich und verliest, dass Guðbjörg gestern während einer Exkursion in Thingvellir verschwunden ist, und berichtet vom Stand der Ermittlungen. Sie schließt mit dem Appell, sofort die Polizei zu verständigen, sollte jemand über Informationen zu Guðbjörgs Aufenthaltsort verfügen.

Dora spürt Rado an ihrer Seite, und als sie fertig ist, tritt er einen Schritt nach vorne.

»Gibt es irgendwelche Fragen?« Er blickt in die Runde.

»Hat sie dunkle Hautfarbe?«, fragt Unnar, ein junger Mann um die dreißig, der einen beliebten True-Crime-Blog namens bransi.is betreibt, auf dem er über neue und ältere Kriminalfälle schreibt.

»Ja, ihr Vater ist weiß und die Mutter eine Schwarze. Weitere Fragen?«

»Moment«, sagt Unnar und drängelt sich ein Stück nach vorne. Er hält eine kleine Kamera und ein Mikrophon hoch.

»Hat die Rettungsmannschaft bereits etwas erreicht?«, fragt eine Journalistin vom öffentlich-rechtlichen Rundfunk.

»In Thingvellir wird seit gestern gesucht«, sagt Rado.

»War es ein Hassverbrechen?«, fragt Unnar und hält ihm die Kamera ins Gesicht.

»Es handelt sich um eine vermisste Person«, sagt Rado. Er sieht nicht Unnar an, sondern starrt auf das kleine Display auf der Rückseite der Kamera. Die Situation wirkt plötzlich seltsam verkrampft.

»Die Polizei hat gestern eine große Razzia durchgeführt. Ist ausreichend Personal vorhanden, um diesen Fall gut genug zu bearbeiten? Es steht die Vermutung im Raum, die Hautfarbe des Opfers könnte …«

»Das sind alle Informationen, die wir momentan haben«, sagt Rado stoisch. »Danke für Ihr Interesse.« Er wirft Dora einen kurzen Blick zu, und sie drehen sich zeitgleich um und gehen die Treppe hinauf zurück ins Dezernat.

Drinnen angekommen hören sie Unnar hinter sich rufen: »Die Bande, die gestern festgenommen wurde, hast du nicht Verbindungen zu ihr?« Der junge Mann ist ihnen gefolgt.

Rado tritt einen Schritt zurück und hält die Hand vor die Kameralinse. Dann dreht er sich in einer geschickten Bewegung zur Seite und packt dabei Unnars Hand. Rado verdreht sie ein wenig, und die Kamera fällt mit einem lauten Rumms zu Boden. Er tritt mit dem Fuß darauf und beschädigt dabei die Linse, lässt es aber so aussehen, als könnte es genauso gut ein ungeschicktes Versehen gewesen sein.

»Was zur Hölle machst du da?«, ruft Unnar.

»Tut mir leid«, sagt Rado und lässt seine Hand los. »Ich hab mich erschreckt.«

»Du hast genau gesehen, was er getan hat!«, sagt Unnar an Dora gerichtet.

»Er hat sich den Fuß vertreten«, sagt Dora. »Und jetzt geh und lass uns in Frieden.«

Zum Glück haben die Polizeichefs, Elliði und der Pressesprecher nichts mitbekommen. Sie haben sich vermutlich vor einer Weile in ihre Büros zurückgezogen, um sich die Pressekonferenz aus sicherer Entfernung auf dem Bildschirm anzusehen.

»Das war Absicht!« Unnar hebt die kaputte Kamera vom Boden auf, als Dora ihn packt und eigenhändig rauswirft. Er dreht sich noch einmal um und grinst. Ihr ist sofort klar, dass das nichts Gutes zu verheißen hat.

»Soll ich dich nach Hause fahren?«, fragt sie, als sie später mit Rado in der Cafeteria sitzt. Irgendwie ist ihr kalt, obwohl eigentlich gut geheizt ist, fast schon zu gut.

»Ja, vielleicht.« Rado hat den Kaffee und das Kopenhagener Gebäck auf dem Teller vor sich nicht angerührt. Sie fragt sich, ob das jetzt das Ende ist. Nach der Szene hat sie Rado beinahe am Zügel zum Aufzug und in die Cafeteria führen müssen. Es scheint, als könne er einfach nicht mehr.

»Erzähl mir, was los ist. Was geht dir durch den Kopf?«, fragt sie, greift nach dem Gebäck auf seinem Teller und beißt hinein.

»Alles und nichts. Bin ich wirklich so naiv? Wissen alle,

dass mein Schwiegervater ein Krimineller ist ... oder war. Wussten das alle? Sind sie deshalb auf Zehenspitzen um mich herumgetanzt? Ich meine, dieser Junge da unten, der wusste es bestimmt.«

»Das hat ihm jemand zugesteckt. Ich rede nicht viel mit anderen aus der Abteilung, trotzdem wusste ich, dass ihr familiäre Verbindungen habt. Aber wir sind hier in Island, es ist nicht so, als wäre dein Schwiegervater ein dicker Fisch gewesen ... bei allem Respekt. Es sah jedenfalls nicht danach aus. Mach dir deshalb keine Sorgen«, sagt sie und isst Rados Gebäck auf.

»Warum ... ähm ... warum bearbeitest du keine Fällle? Zumindest nicht so richtig?«, fragt Rado plötzlich.

»Frag mich doch einfach, was mit mir los ist. Das ist es doch, was du eigentlich wissen willst, oder etwa nicht?«

»Das hast du jetzt gesagt«, erwidert er und zuckt mit den Schultern.

»Es ist eine lange Geschichte. Komm, ich fahr dich nach Hause und gebe dir für den Rest des Tages frei, damit du deiner Familie die traurige Nachricht überbringen kannst. In der Zwischenzeit suche ich weiter nach dem Mädchen«, sagt Dora und steht auf. Dabei wird ihr ein wenig schwindlig. »Ach ja, übrigens, mein Beileid.«

»Danke«, sagt Rado und steht mit einem kurzen Seufzer auf. Auch ihm ist kalt geworden.

16

Rado lehnt Doras Angebot, ihn nach Hause zu bringen, dankend ab und nimmt sich stattdessen ein Taxi. Der Fahrer, der gerade neben seinem Auto geraucht hat, als Rado aus dem Dezernat heraustrat, schweigt während der gesamten Fahrt. Im Radio wird gerade über Guðbjörgs Verschwinden gesprochen. Im Internet grassieren bereits Theorien, der Rassismus innerhalb der Polizei sei der Grund, warum das Mädchen noch nicht gefunden wurde. Die Unterhaltung der Moderatoren wird von einer Werbung für Lammkeulen unterbrochen, was Rado an seinen verstorbenen Schwiegervater erinnert. Als die Beziehung zwischen Ewa und ihm bereits etwas ernster war, wurden sie einmal von Jurek senior und Marta zum Essen eingeladen. Es war im Sommer, und als sie bei ihrem Einfamilienhaus in einer Stichstraße in Hafnarfjörður ankamen, stand Jurek senior in der offenen Garage vor einem toten Lamm, das an den Hinterbeinen mit einer Kette an der Decke festgebunden war. Er hatte es bereits enthäutet und schnitt gerade die Eingeweide heraus. Das Blut tropfte auf den weiß lackierten Garagenboden. Ein paar Stunden später saßen sie auf der Terrasse hinter dem Haus und aßen das gegrillte Fleisch. Artur kam auch, aber viel zu spät und betrunken und vermutlich zugedröhnt, er stritt mit seinen Eltern auf Polnisch und stürmte dann verärgert weg. Später an dem

Abend erklärte ihm Ewa, dass ihr Vater gern ab und zu aufs Land hinausfuhr und sich ein Lamm holte. Zu dem Zeitpunkt war Rado noch Streifenpolizist, und sie hatten gescherzt, dass er seinen Schwiegervater vielleicht für Lammdiebstahl festnehmen sollte. Damals hätte ihm vermutlich schon etwas auffallen müssen, aber er bemerkte nichts. Die Liebe zu Ewa machte ihn blind.

Als das Taxi ankommt, kann Rado nirgendwo seinen Jeep sehen. Er bittet den Fahrer, noch kurz zu warten, während er reingeht, aber dort ist niemand. Rado wirft einen Blick auf die Uhr, der Junge ist wahrscheinlich noch im Kindergarten. Er holt tief Luft, es bleibt keine andere Möglichkeit, er muss Ewa anrufen. Sie geht nach dem ersten Klingeln ran.

»Hi, wo bist du?«, fragt er.

»Bei Mama«, sagt sie kühl.

»Ist Jurek bei dir?«

»Er ist noch im Kindergarten«.

»Wann kommst du nach Hause?«

»Weiß ich nicht«, sagt sie, und Rado hört im Hintergrund Stimmen, die sich auf Polnisch unterhalten.

»Ich muss mit dir reden«, sagt er.

»Das von Papa haben wir schon gehört«, sagt sie.

»Was?«

»Dass er tot ist«, sagt Ewa.

»Woher wisst ihr das?«, fragt Rado.

»Das ist jetzt auch egal. Du musst Jurek vom Kindergarten abholen. Ich weiß nicht, wann ich hier wegkomme.«

»Soll ich zu dir fahren?« Rados Herz schlägt schneller.

»Das ist keine gute Idee. Ich glaube, das Haus wird überwacht.«

»Von wem?«

»Na, von der Polizei. Konntest du herausfinden, wann ich den Tesla wiederbekomme?«, fragt Ewa.

»Du weißt, dass ich so etwas nicht erfahre«, sagt er. Darauf meint Ewa nur, sie müsse jetzt weg, und legt auf.

Rado hört jemanden vor der Tür und macht schnell auf. Vor ihm steht der Taxifahrer mit dem Kartenlesegerät in der Hand. Bezahlen müssen alle.

Er geht in den Keller und holt den schwarzen Buggy, den sie eigentlich nicht mehr benutzen, weil Jurek irgendwann nicht mehr darin sitzen wollte. Er steht zusammengeklappt neben der Tiefkühltruhe, und Rado kramt ihn mühevoll hervor. Er muss ihn erst ein Stück tragen, denn aufgeklappt wäre er zu breit für den schmalen Kellerflur.

Es hat etwas getaut, der Schnee ist zu Matsch geworden. Rado kämpft sich mit dem Buggy in den Kindergarten und stellt ihn davor ab. Er ist früh dran, aber in der Wohnung hätte er es keinen Augenblick länger ausgehalten. Die Kinder sind gerade vom Nachmittagsschlaf aufgewacht und essen einen Snack. Als Jurek seinen Vater bemerkt, läuft er mit wackeligen Beinen auf ihn zu. Plötzlich muss Rado über all die Kinder nachdenken, die Tag für Tag in diese Welt hineingeboren werden. Sie werden geweckt und ins Bett gebracht und angezogen und gefüttert, zurechtgewiesen und geküsst. Das Gefühl überrollt ihn wie eine Welle, als der kleine Knopf sich mit ausgebreiteten Armen um seinen Hals wirft. Er hat noch nie jemanden so sehr geliebt wie diesen Jungen. Rado hebt ihn hoch, obwohl Jurek vor anderen Kindern nicht mehr getragen werden will, und sieht ihm in die Augen. Sein Gesichtsausdruck ist wie immer schwer zu lesen. Rado, der eigentlich nicht an Übernatürliches glaubt, fragt sich plötzlich, ob die Gene, die seine Vorfahren über die Jahrzehnte bis in dieses kalte Land im hohen Norden weitergegeben haben, irgendeinen Fluch mit sich bringen. Ob das Kind weiß, und sei es unterbewusst, wie wenig Freude einem zugestanden wird, und beschlossen hat, ihr gar nicht erst nachzugeben. Oder gibt es so etwas wie Kinderdepressionen oder Kinderschwermut? Nein, der Junge ist nicht wirklich schwermütig, das ist nicht das richtige Wort. Vielleicht eher gleichgültig? Er tut, als gehe ihn der Rest der Welt nichts an. Etwas, wofür Rado ihn tagtäglich beneidet.

Rado geht mit dem Jungen im Buggy nach Hause. Der Kleine zeigt es nicht, aber er findet es natürlich auch irgendwie aufregend, durch den Schneematsch geschoben zu werden. Rado hätte nicht gedacht, dass der Tag sich so entwickeln würde. Dass sie nur zu zweit sein würden und die Familie ohne ihn um Jurek senior trauert. Rado beschließt, dass Ewa diejenige sein sollte, die dem Jungen vom Tod seines Großvaters erzählt. Es ist das erste Mal, dass jemand in seinem näheren Umfeld stirbt. Rado denkt an all die Verwandten zurück, die er im Bosnienkrieg verloren hat, und fragt sich, welche Auswirkungen das auf ihn hatte. Aber er weiß die Antwort nicht. Als seine Eltern in Island Asyl bekamen, war er etwa so alt wie Jurek jetzt, vielleicht ein bisschen älter.

Rado ist sich sicher, dass seine Eltern bewusst beschlossen haben, vor Rado und seinem Bruder Zeljko nie über das frühere Heimatland und den Krieg zu sprechen. Manchmal haben sie ihre Eltern flüstern gehört, wenn die dachten, sie würden schon schlafen. Als sein Vater bereits in Rente war, sah er ihn manchmal auf der Bank vor ihrem Wohnblock in Árbær sitzen, völlig abgemagert, mit seinen schwarzen Haaren, zitternd vor Kälte, aber in einer viel zu dünnen Jacke. Als wolle er sich selbst für etwas bestrafen.

Irgendwann saß er so oft dort draußen, dass Rado immer damit rechnete, ihn dort anzutreffen. Manchmal, wenn er aus der Schule nach Hause kam, blieb er stehen und beobachtete seinen Vater aus der Ferne. Er rauchte weder noch telefonierte er oder dergleichen. Er saß nur dort auf der Bank, mit den Händen im Schoß, und machte nichts. Bekam kaum mit, was um ihn herum geschah. Er saß einfach nur auf der Bank, wie ein zum Tode Verurteilter vor der Hinrichtung. Mit dem Umzug nach Island waren sie sozial abgestiegen. Es gab nie genug, sie mussten sich irgendwie durchschlagen. Rado schrieb einmal in der Schule eine Hausarbeit über ausländische Arbeitskräfte auf dem Arbeitsmarkt. Früher wurde die Arbeitserlaubnis noch an den Arbeitgeber ausgestellt, der Einwanderer hatte keine Rechte, keine Aufenthaltsgenehmigung, war kein Teil der Gesellschaft. Rado fand das ziemlich seltsam. Wenn man recht überlegt, ist kaum etwas isländischer als arme Menschen, schon seit Jahrhunderten hat die Bevölkerung hier andauernd gehungert. Statt der vier Beschützer des Landes – des Stieres, des Adlers, des Drachen und des Riesen – könnte genauso gut ein abgemagerter Mann das Wappen zieren.

Erst viel später fand er heraus, was in Srebrenica vorgefallen war. Sein eigenes Volk hatte Krieg geführt. Er fragt sich, was er, der Vater eines Jungen, der gerade seinen Großvater verloren hat, daraus lernen könnte. Vielleicht würde es ihm dabei helfen, die aktuellen Geschehnisse besser zu verstehen?

Rado schüttelt den Kopf und geht zum Bónus-Supermarkt, der neben Costco liegt. Er will nicht sofort nach Hause, und Jurek scheint im Buggy momentan noch zufrieden zu sein. Selbst fällt es ihm schwer, die Ereignisse der letzten vierundzwanzig Stunden zu verarbeiten. Er verspürt Wut, Schuldgefühle und Trauer. Aber das, was er betrauert, ist nicht der Schwiegervater, sondern vielmehr die eigene Unschuld, wenn man das Brett, das er jahrelang vor dem Kopf hatte, so bezeichnen will. Er ist tief in Gedanken versunken, während er den Wagen durch das grell beleuchtete, warme Geschäft schiebt.

Er ahnt nicht, dass in einem Mietwagen auf dem Parkplatz der Morra sitzt und den Vater mit seinem Sohn beobachtet.

Am Abend kocht er Nudeln mit Käsesoße für Jurek, der auf dem Boden sitzt und malt. Nach dem Essen will Rado ihn baden und dann ins Bett bringen. Erst dann will er Dora anrufen und sie fragen, ob es in dem Fall irgendwelche Neuigkeiten gibt. Er spürt immer noch dasselbe flaue Gefühl im Magen, aber er versucht, sich nichts anmerken zu lassen, will Jurek nicht beunruhigen. Der Junge spürt immer sofort, wenn etwas nicht stimmt. So war Rado auch, als er klein war. Während er die sämige Soße über den Nudeln verteilt, versucht er sich zu erinnern, wann er seinen Bruder zuletzt gesehen hat.

Das Handy reißt ihn aus seinen Gedanken. Er gibt Jurek eine kleine Plastikgabel und sieht nach, wer anruft. Er kennt die Nummer nicht, aber geht trotzdem ran.

»Sumarliði behauptet, sie hätten jeden Quadratzentimeter im Nationalpark abgesucht«, sagt Dora am Telefon.

»Sumarliði?« Rado streut ein wenig Meersalz über die Nudeln.

»Er leitet die Rettungsmannschaft.«

»Was sagt die Spurensicherung?«

»Sie meint, an der Jacke und dem Schuh sei nichts Auffälliges. Weder Blut noch sonstige Flüssigkeiten. Nichts, was auf eine Auseinandersetzung hindeuten würde«, sagt Dora. Sie schafft es kaum, zwischen den Sätzen Luft zu holen. »Das Handy ist eine andere Sache. Die Spurensicherung hat bereits bei dem Mobilfunkbetreiber die Infos über die letzte Nutzung angefragt. Eine Bankkarte auf Morgans Namen wurde vor etwa einer Woche zuletzt benutzt. Die letzte Abbuchung war von einem Vape-Laden in der Hverfisgata. Ich hab angerufen, aber dort wurde Morgan in den letzten Tagen nicht gesehen.«

»Okay.« Rado schenkt Jurek, der bereits die Käsenudeln in sich hineinschaufelt, ein Glas Wasser ein. Er scheint sie gar nicht erst zu kauen, sondern im Ganzen hinunterzuschlucken. »Gab es noch keine Hinweise aus der Öffentlichkeit?«

»Nein.«

»Okay«, sagt Rado und seufzt. »Und die Drogennester?«

»Bisher hat sie keiner dort gesehen«, sagt Dora frustriert.

»Was ist mit dem Vater?«

»Was soll mit ihm sein?«

»Hast du heute mit ihm gesprochen?«, fragt Rado.

»Nein, noch nicht.«

»Ist das nicht etwas seltsam? Ich meine, dass er nicht erreichbar ist?« Rado reicht seinem Sohn das Glas und nimmt ihm den Teller weg, damit er nicht an den Nudeln erstickt. Sein Mund ist so voll, dass er Hamsterbacken hat.

»Ja, ziemlich seltsam«, sagt Dora. »Was sagt dein Bauchgefühl?«

»Über ihn?«

»Ja.«

»Ich habe ihn ja noch nicht getroffen«, sagt Rado. »Aber wir müssen ihn erreichen. Er hat doch das Sorgerecht, oder etwa nicht?«

»Doch, das hat er.«

»Er scheint jedenfalls nicht sehr besorgt um seine Tochter zu sein.« Rado beobachtet Jurek dabei, wie er sein Wasser austrinkt, bevor er ihm das Glas zurückreicht.

»Und, wie ist es bei euch?«, platzt es aus Dora heraus.

»Bei uns?«, fragt Rado etwas barsch und bereut den Tonfall sofort. »Wie zu erwarten war. Sollen wir uns morgen gegen acht im Dezernat treffen?«

»Ja«, sagt sie nach kurzem Schweigen. »Ich werde hier sein.« Dann legt sie auf.

Etwa vierzig Minuten später hat Rado Jurek fertig gebadet, ihn umgezogen und ihm geholfen, die Zähne zu putzen. Sie gehen ins Kinderzimmer, und Jurek wählt ein Buch aus, das er vor dem Schlafen vorgelesen bekommen möchte. Rado schlägt die Decke zurück, doch der Junge schüttelt den Kopf. Eigentlich ist Rado froh darüber, denn heute will er selbst auch nicht allein sein. Er trägt Jurek ins große Schlafzimmer, und sie legen sich ins Bett. Es riecht nach Ewa. Jurek kuschelt sich an ihn, und Rado liest vor. Der Junge schläft ein, bevor er mit dem Buch fertig ist.

Rado geht leise in die Küche und räumt auf. Er hat noch nichts gegessen, aber er hat auch keinen Appetit. Das flaue Gefühl lässt im Magen keinen Platz für etwas anderes. Er überlegt, ob er Ewa anrufen soll, aber beschließt, es zu lassen. In Wahrheit weiß er nicht, was er ihr sagen würde. Er steckt das Handy wieder weg, macht das Licht in der Küche aus und legt sich neben Jurek ins Bett. Er ist todmüde und schläft schnell ein.

Als sich Ewa irgendwann zu ihm legt, wacht er kurz auf. Ihre Augen sind verweint. Er umarmt sie, aber sie sagt nichts. In seinem Traum steht er mit Jurek vor dem Supermarkt. Schwarze Raben kreisen über ihren Köpfen.

Er wacht erneut auf, als der Kleine mitten im Bett steht und im Halbschlaf etwas auf Polnisch vor sich hinmurmelt.

Ewa erwacht und richtet sich auf.

»Was sagt er?«, fragt Rado und sieht sie an.

»Die Scheiße der Scheiße.«

17

Dora nennt sie die Schädel. Die schlimmsten Junkies. Die, die gar nichts mehr essen, sondern nur noch Drogen nehmen. Die so abgemagert sind, dass ihre Knochen überall hervorstehen. Ihre Gesichter sind wie Schädel, über die man Haut gezogen hat.

Sie sind wandelnde Zombies und sehen Dora an wie wilde Tiere, die in einem einsamen Wald auf Artgenossen stoßen. Denn suchtkrank ist sie auch. Aber auf eine Art, die in der Gesellschaft eher akzeptiert wird. Orte wie diesen muss sie nicht aufsuchen, sie geht stattdessen zum Arzt, der ihr die Tabletten verschreibt, ohne irgendwelche Fragen zu stellen. Aber die Medikamente sind so zusammengesetzt, dass man automatisch süchtig danach wird. Das ist der große Schwindel.

Die ganze Nacht schon fährt sie mit zwei erfahrenen Streifenpolizisten die Drogennester ab. Die beiden Kollegen sind sich sehr ähnlich, groß gewachsen, wie Bären oder pummelige Wikinger, die sich bei der Arbeit kein Bein ausreißen, aber gewissenhaft und mit viel Menschenkenntnis vorgehen. Die beiden ziemlich sympathischen Männer begleiten sie in die Ecken der Stadt, wo die schlimmsten Junkies zu finden sind. Manchmal halten sich die Drogensüchtigen in Wohnungen auf, zu denen sie noch irgendwie Zugang haben, vielleicht das Zuhause von welchen, die etwas weiter oben in der Hackordnung stehen. Die selbst noch keine Schädel sind, aber sie ausnutzen und von ihnen Sex oder Diebesgut gegen Drogen eintauschen. Die beiden Streifenpolizisten in stichsicheren Westen und Handschuhen klopfen für Dora an eine Tür nach der anderen.

Aber Morgan ist nirgendwo zu finden.

Bei einer Wohnung müssen sie gar nicht erst klopfen, weil es keine Tür mehr gibt. In der dreckigen Wohnung sitzen vier Schädel vor einem großen Flachbildschirm und spielen ein Computerspiel. Alle tragen Kapuzenpullis. *Kapuzenpullis, Kapuzenpullis, Kapuzenpullis.* Ihre inoffizielle Uniform. Dazu Jogginghosen und Sneaker oder Doc Martens. Sie erinnern Dora an Patienten in einer Anstalt. Ihr Alter ist schwer zu schätzen, die Drogen lassen die Leute älter wirken, als sie sind. Alle haben den gleichen Gesichtsausdruck, als hätte jemand den neuesten Instagram-Filter über sie gelegt. *Skull face.* Sie blicken nicht einmal auf, als Dora und die Polizisten die Wohnung betreten. Ihre Aufmerksamkeit klebt am Bildschirm. Ein völlig abgemagerter Junge mit einem chinesischen Zeichen auf den Hals tätowiert hält einen Joystick und bewegt sich vor und zurück, als befinde er sich nicht in dieser dreckigen Wohnung, sondern in der schönen bunten Welt auf dem Bildschirm. Seine langen Haare trägt er in einem Knoten.

Einer der Polizisten tritt sanft gegen das Sofa, aber fest genug, um die vier aus ihrer Trance zu reißen. Sie sehen Dora und die beiden Männer verdutzt an.

»Was?«, fragt eine blonde Frau um die dreißig mit Aknenarben auf den Wangen. Sie hat nervöse Zuckungen im Gesicht.

»Wir sind auf der Suche nach diesem Mädchen«, sagt Dora und zeigt ihr Handy der Frau, die sofort ihren Arm packt und an sich heranzieht. Die Polizisten machen sich bereit einzugreifen, doch Dora gibt ihnen mit einem Blick zu verstehen, dass sie die Situation unter Kontrolle hat.

»Gibt es irgendeine Belohnung?«, fragt die Frau und betrachtet das Bild von Morgan auf dem Handy. »Ich bin sehr gut darin ... du weißt schon ... Dinge zu finden.« Es klingt, als sei die Suche nach Morgan für sie ein Spiel. Die Polizisten schmunzeln und schütteln die Köpfe.

»Wir haben niemanden gesehen«, sagt der Junge mit dem chinesischen Tattoo, ohne den Blick vom großen Bildschirm abzuwenden. Seine Stimme klingt seltsam tief. Die Frau lässt Dora los, sie sieht etwas betrübt aus.

»Niemanden gesehen«, murmelt sie und kratzt sich den Unterarm.

Dora lässt den Blick durch die Wohnung schweifen und beschließt, sich genauer umzusehen. Sie schleicht in den Flur, und keiner der Schädel auf dem Sofa scheint etwas dagegen zu haben. Vor einer geschlossenen Tür liegt etwas Spielzeug auf dem Boden. Dora strafft die Schultern und geht in das Zimmer. Hier muss einmal ein Kind gelebt haben. Oder mehrere Kinder. An der Wand hängt ein großes Plakat von Pippi Langstrumpf, von der Inszenierung im Stadttheater. Die Frau, die Pippi spielt, sieht aus wie sechzig. Irgendwo hat Dora einmal ein Interview mit ihr gelesen.

In dem Zimmer befindet sich auch ein IKEA-Kinderbett, mit Bettzeug, aber ohne Matratze. Auf dem Boden liegt ein Schwimmreifen in Form eines Pelikans, der so wenig Luft in sich hat, dass er den Kopf hängen lässt. Auf einer weißen Kommode, deren Schubladen alle geöffnet sind, steht ein Dreifachrahmen mit Bildern von drei kleinen Kindern im Alter von etwa zwei bis fünf Jahren. Alles Mädchen. Auf einem kleinen Regal über dem Bett stehen ein paar Glasflaschen, deren Hälse aufgrund von Produktionsfehlern verbogen sind. Dora erinnert sich dunkel daran, dass einer ihrer Cousins einmal solche Flaschen gesammelt hat. In einer Zeit, in der Leute Kugelschreiber, Servietten und Zündholzschachteln gesammelt haben, galten sie mal als ziemlich wertvoll.

»Nein, bitte … nicht da rein«, hört Dora die Frau hinter sich rufen.

»Komm mal runter, Sibba«, sagt einer der Polizisten zu ihr.

Dora dreht sich um, aber dort ist niemand. Sie verlässt das Zimmer und macht die Tür wieder zu.

Auf dem Weg die Treppe hinunter erklären die Polizisten ihr, dass man der Frau mit den Narben im Gesicht alle ihre Kinder abgenommen hat.

»Sie hat sie immer wieder fallen lassen.«

»Und sie gegen die Wand gehauen«, sagt der andere Polizist und seufzt. »Diese Leute.«

Dora muss an die entstellten Glasflaschen in dem Kinderzimmer denken. So viel Leid auf so wenigen Quadratmetern.

Gegen fünf Uhr morgens hat sie genug. Die Polizisten meinen, es gebe noch jede Menge Orte, wo das Mädchen sein könnte. Aber nicht überall ist es möglich, einfach so reinzustürmen. Die Bewohner sind entweder cleverer oder stehen höher in der Hackordnung. Mancherorts sollte man sich nur in Begleitung der Spezialeinheit hinwagen. Doch die Wahrscheinlichkeit, dass Morgan sich dort irgendwo aufhält, ist ohnehin gering. Dora würde sich am liebsten lange unter die Dusche stellen und die Nacht von sich abwaschen. Sich abschrubben, bis die Haut anfängt zu bluten. Irgendeinen Weg finden, ihre Aura zu reinigen. Aber das wird erst später möglich sein.

Der letzte Halt auf ihrem Ritt durch die Unterwelt ist bei Morgan, oder Guðbjörg, zu Hause im Laugarnes-Viertel. Ihr Vater Hákon geht immer noch nicht ans Telefon, es scheint ausgeschaltet zu sein. Die Wahrscheinlichkeit, dass er das Handy ausgerechnet an dem Tag verliert, an dem seine Tochter verschwindet, ist äußerst gering. Dora hatte ein wenig gehofft, sie würden ihn vielleicht in einem der Drogennester antreffen.

Das Haus in Laugarnes ist dunkel, als der Streifenwagen in der asphaltierten Einfahrt voller Schneematsch und Pfützen anhält.

»Ist auf seinen Namen irgendein Fahrzeug registriert?«, fragt einer der Polizisten.

Dora sitzt auf der Rückbank. Sie fühlt sich wie eine Praktikantin und nicht wie die Leiterin der Ermittlungen in einem Vermisstenfall.

»Nein, er hat keinen Führerschein«, sagt sie. »Der wurde ihm lebenslänglich abgenommen.«

»Was willst du tun? Denkst du, er ist zu Hause?«, fragt der Polizist am Steuer.

»Klopfen. Wir müssen anklopfen. Es muss irgendwie möglich sein, den Mann zu erreichen.« Sie löst den Sicherheitsgurt und steigt aus. Die beiden Polizisten folgen ihr durch den Schneematsch zum Eingang der Kellerwohnung auf der Hinterseite des Hauses.

Als sie sehen, dass die Tür offen steht, schieben die beiden Dora beiseite und stürmen mit erhobenen Taschenlampen in die dunkle Wohnung.

»Polizei!«, ruft einer von ihnen so laut, dass sie zusammenzuckt. Sie findet einen Schalter, macht im Vorraum Licht und geht die Treppe hinunter in die Wohnung. Dabei achtet sie darauf, nichts zu berühren. In ihrer Tasche hat sie noch ein Paar Handschuhe, die sie anzieht. Irgendeine Spannung liegt in der Luft. Hier ist etwas passiert. Aber was, kann sie noch nicht sagen.

Die Polizisten machen weitere Lichter an, und Dora folgt ihnen in einen engen Flur mit Linoleumboden. Sie rutscht aus und greift nach dem Arm des Kollegen vor ihr, der sich kampfbereit umdreht. Als er sieht, dass keine Gefahr besteht, wird sein Gesichtsausdruck genervt.

»Versuch doch wenigstens, dich auf den Beinen zu halten«, faucht er.

Die Polizisten öffnen die Türen zu den beiden Schlafzimmern und dem kleinen Bad, bevor sie sich im Wohnzimmer umsehen. Die Wohnung ist menschenleer, und es riecht nach Zitrone.

»Nimmt er Speed?«, fragt einer der Kollegen plötzlich.

»Was?«, fragt Dora.

»Es sieht danach aus«, sagt der andere und nickt langsam.

Dora blickt um sich. Sie geht noch einmal in die Zimmer.

Dort ist alles sauber und ordentlich. Sie versteht nicht, worauf ihre Kollegen hinauswollen.

»Wie meinst du das, warum sieht es danach aus?«

»Schau mal«, sagt einer der Männer und seufzt. Er geht mit ihr in die Küche und zeigt ihr den blitzblank geputzten Ofen.

»Siehst du das? Eigentlich ein alter Ofen, aber er glänzt wie neu. Und hier.« Er öffnet den Kühlschrank, und auch der ist in die Jahre gekommen, aber pieksauber. Er ist fast leer, darin stehen nur ein Glas saure Gurken und eine Flasche Ketchup. »Der Kühlschrank ist das klassische Beispiel«, sagt er. »Picobello sauber, aber nichts zu essen. Das ist nicht normal, diese Leute nehmen was und fangen dann an zu putzen. Kein gewöhnlicher Ofen oder Kühlschrank ist so sauber. Wir hatten schon Einsätze in ziemlich üblen Gegenden, wo alles so sauber war, dass man dort jemanden hätte operieren können. Diese Leute bekommen von dem Speed manische Schübe.«

»Aber selbst sind sie völlig dreckig und verschwitzt«, fügt der andere Polizist hinzu und geht ins Bad, in dem ebenfalls alles glänzt. »Sie denken, dass wir so was nicht merken. Aber wer auch immer hier wohnt, ist definitiv auf Speed, das ist völlig klar.«

Dora macht den Kühlschrank wieder zu und geht in eines der Schlafzimmer. Sie erkennt schnell, dass es Hákons ist, auf einem Stuhl und dem Bett liegen Arbeitsklamotten. Sie wirft einen Blick in den Kleiderschrank, darin liegt ein schwarzer Müllsack voller Männerkleidung. Auf einem Kleiderbügel hängen ein Anzug und ein Hemd. Sie schließt den Schrank und geht in das Zimmer auf der anderen Seite des Flurs. Es gehört offensichtlich einem Teenager. Auf dem Regal über einem schmalen Bett mit lila Decke stehen Plastikfiguren in Packungen mit Sichtfenstern. Vor dem Fenster steht ein vollgeräumter Schreibtisch, an den Wänden hängen Plakate mit japanischen Mangafiguren, und auf dem Bett liegt ein Stapel Mangahefte. Dora geht zu dem Schreibtisch und macht sich Licht. Sie entdeckt Risse in der Tischplatte und einige Farbflecke unter ein paar Schulbüchern. An der Wand hängen zwei gerahmte Zeichnungen, vermutlich von Morgan selbst, nicht ganz so professionell wie die Mangas, aber definitiv kunstvoll. Dass in diesem Haus Talente gefördert werden, wagt sie jedoch zu bezweifeln.

Sie tritt einen Schritt zurück und betrachtet noch einmal den Schreibtisch. Auf den ersten Blick wirkt er ziemlich unordentlich, aber alles andere in dem Zimmer ist aufgeräumt, wenn auch nicht so klinisch sauber wie der Rest der Wohnung. Sie überlegt, ob Morgan vielleicht den Inhalt ihrer Schultasche auf dem Tisch ausgeleert und nur ein paar wenige Sachen eingepackt hat, bevor sie hinausgestürmt ist.

Sie öffnet den Kleiderschrank, nichts ist zusammengelegt, und es sieht aus, als würde die Hälfte der Sachen fehlen, wenn nicht sogar mehr. Das muss nichts heißen, aber es könnte ein Hinweis darauf sein, dass Morgan vielleicht geflohen ist und nur das Nötigste mitgenommen hat.

In der Schublade des Schreibtisches findet Dora ein paar Zeichenblöcke. Sie blättert darin, was mit den Handschuhen nicht einfach ist, aber sie bekommt einen guten Eindruck von Morgans künstlerischem Schaffen. Alle Zeichenblöcke haben etwas gemeinsam: Die Bilder sind entweder nur Skizzen oder unfertige Zeichnungen. Dora betrachtet die beiden gerahmten Bilder. Eines davon zeigt eine Frau mit dunkler Haut. Soweit Dora von den wenigen Bildern, die sie von Morgan gesehen hat, schließen kann, sehen die beiden sich ähnlich. Die andere Zeichnung ist von einer Lavalandschaft. Darauf ist Vollmond, und der Mond hat die Form eines Herzens, was das ansonsten sehr kunstvoll gezeichnete Bild etwas unbeholfen aussehen lässt. Sie greift sich an die Stirn, ihr brummt der Schädel. Es ist wieder Zeit für ihre Medikamente, aber sie will sich noch ein wenig weiter umsehen. Zwischen dem Zeichenblock, den sie als den neuesten einschätzt, und den Bildern auf dem Schreibtisch liegt eine starke Entwicklung. Aus der Zeit dazwischen müsste es einige Zeichnungen geben, die nicht auffindbar sind. Morgan könnte sie mitgenommen haben. Wo sollten sie sonst sein?

»Was ist dein Plan?« Einer der Polizisten taucht im Türrahmen hinter ihr auf und gähnt.

»Ich will die Spurensicherung rufen. Sie sollen prüfen, ob geputzt wurde, um etwas zu verbergen.« Sie legt die Zeichenblöcke vorsichtig zurück an ihren Platz. Irgendwie hat sie Morgan bereits ins Herz geschlossen. Im Stillen verflucht sie, dass die Welt so sein muss, wie sie ist.

Der Kindersitz befindet sich im Tesla, der immer noch in Gewahrsam der Polizei ist. Beim Kaffee sagt Ewa, dass sie mit Jurek zu Fuß zum Kindergarten will. Draußen ist es dunkel, es ist erst sechs Uhr morgens. Ewas Gesicht ist verweint, sie zittert leicht.

»Soll ich nicht heute bei dir bleiben?«, fragt Rado.

»Nein, geh ruhig arbeiten. Du wirst dort gebraucht, ich habe das Bild von dem Mädchen in der Zeitung gesehen. Ihr müsst sie finden, die Eltern sind bestimmt völlig verzweifelt. Deine Position … deine Arbeit …«

»… ist auch nur ein Job. Dein Vater ist gerade gestorben«, flüstert er und schielt zum Schlafzimmer hinüber.

»Was sagen sie dort?«, fragt Ewa. »Über dich? Über uns?«

»Ich denke, ich tue ihnen leid. Manchen zumindest. Sie haben mich schließlich an der Nase herumgeführt, als die Razzia gegen deinen Vater vorbereitet wurde.«

»Wie ging es ihm? Als du ihn gesehen hast?«, fragt Ewa und vergräbt das Gesicht in den Händen, aber schiebt sie dann über die Ohren, als wolle sie die Antwort gar nicht hören.

»Ganz normal eigentlich. Wie immer«, sagt Rado nach kurzer Stille.

»Also hat er die Medikamente bekommen?«

»Natürlich«, sagt Rado. »Sein Tod wird untersucht. Weil er in der Zelle gestorben ist, meint Elliði. Aber letztendlich war es einfach ein Herzinfarkt. Was aus mir wird, muss sich herausstellen.« Er nimmt ihre Handys und legt sie in einen Schrank im Schlafzimmer, bevor er sich wieder zu Ewa setzt. »Ich muss trotzdem wissen, womit ich es zu tun habe. Was hat dein Vater gemacht?«

»Ich weiß nichts. Mama weiß auch nichts, und wenn Artur etwas weiß, dann … sagt er jedenfalls nichts.« Ewa zuckt mit den Schultern. »Die Konten sind alle gesperrt, das Café ist zu. Der Anwalt versucht gerade, sich einen Überblick zu verschaffen. Ich meine … ich weiß nicht einmal, welchen Besitz er zurücklässt. Und Mama weiß auch fast nichts. Du bist ganz sicher, dass du ihm die Medikamente gegeben hast?«, fragt sie dann.

»Ja«, sagt Rado und versucht, ihren Gesichtsausdruck zu lesen. »Warte? Was willst du mich damit eigentlich fragen?«

»Entschuldige.« Sie greift nach Rados Arm. »Ich bin ziemlich durch den Wind. Bei Mama zu Hause geht alles drunter und drüber … alle reden viel Unsinn. Sie können nicht mehr klar denken.«

»Du glaubst doch nicht etwa, dass ich etwas mit dem Tod deines Vaters zu tun habe?« Er steht auf.

»Nein, natürlich nicht«, flüstert Ewa. »Alles ist nur so … durcheinander.« Sie wischt sich ein paar Tränen aus dem Gesicht. »Ach ja, wir werden das Begräbnis bezahlen müssen. Es gibt sonst kein Geld.«

»Nichts?«, fragt Rado verwundert.

»Nein. Sie haben ja alles genommen«, sagt sie forsch, doch als der gerade aufgewachte Jurek in die Küche kommt und ihr in die Arme fällt, setzt sie ein gekünsteltes Lächeln auf.

Rado küsst Ewa und den Jungen zum Abschied. Der Kleine wirkt müde, was verständlich ist, er hat unruhig geschlafen. Rado ist erstaunlich ruhig, wenn man bedenkt, dass seine Frau ihn indirekt beschuldigt hat, ihren Vater umgebracht zu haben. Aber sie hat noch nie ein Blatt vor den Mund genommen. Wahrscheinlich musste sie den Gedanken nur einmal aussprechen, um ihn vom Tisch zu haben.

Eigentlich mochte er das schon immer an ihr, bei ihr scheint irgendein Filter zu fehlen. Ähnlich wie bei seiner neuen Kollegin. Rado hat ein bisschen das Gefühl, dass er Dora bei den Ermittlungen an der Hand halten muss, damit sie nicht von der Spur abkommt. Aber das kennt er nur zu gut. Er hatte in seinem Leben schon einmal mit einem psychisch kranken Menschen zu tun. Dora erinnert ihn an Zeljko, und das macht ihm ein wenig Angst. Sein Bruder und er waren zwei Jahre auseinander, aber Rado konnte ihn nicht retten. Am schlimmsten war es in der Jugend, als Zeljko Wahnvorstellungen bekam. Meist gelang es Rado, ihn zu beruhigen, indem er ihn fest umarmte. Aber irgendwann wurde Zeljko zu stark für ihn. Und zu krank. Später, als Rado mit Ju-Jutsu begann, musste er immer wieder an seinen Bruder denken, wenn er in einem verschwitzten Ringkampf im Turnsaal auf der Matte lag. Manchmal schloss er die Augen und hatte das Gefühl, Zeljko sei wieder bei ihm.

Sie teilten sich ein Zimmer in der kleinen Wohnung ihrer Eltern in Árbær, doch irgendwann wurde es in Zeljkos Nähe zu gefährlich. Ihre Mutter schob es auf die Familie väterlicherseits, sie meinte, die Störung komme daher. Sie wollte Zeljko nachts im Zimmer einschließen und bat Rado, auf dem Sofa im Wohnzimmer zu schlafen, was er aber nicht wollte. Eher ließ er sich mit seinem Bruder zusammen einschließen. Er hatte keine Angst vor ihm. Angst machte ihm nur, dass er vielleicht dieselbe Krankheit in sich tragen könnte, dass er auch den Verstand verlieren könnte. Aber das geschah zum Glück nie.

Rado kam schon immer nach ihrer Mutter. Er war viel ruhiger als Zeljko. Manchmal schämte er sich auch für die ungehemmte Art seines Bruders. Hatte keine Lust, ihn andauernd in der Schule und vor seinen Freunden in Schutz zu nehmen.

Rado hat Zeljko seit 5475 Tagen nicht gesehen. Er weiß nicht einmal, ob er überhaupt noch lebt. Wenn er die Augen schließt, fällt es ihm schwer, sich an ihn zu erinnern. Er sieht nur den verstörten Gesichtsausdruck, gezeichnet von Zorn und Schmerz.

Als er beim Dezernat in der Hverfisgata ankommt, schiebt er die Gedanken an ihn beiseite. Heute muss er sich konzentrieren und sich ins Zeug legen. Sie müssen das Mädchen finden.

18

Hector sitzt mit einer Platzwunde im Gesicht in dem ehemaligen Büroraum auf der oberen Etage des Clubhauses der *Söhne der Götter.* Seine Hände sind hinter dem Rücken gefesselt, und er spürt die Finger nicht mehr.

In einer Ecke steht Emmi mit verschränkten Armen. Nóri sitzt an einem Schreibtisch, der wahrscheinlich schon dort stand, als der Motorradclub eingezogen ist, und studiert den Grundriss eines Gebäudes. Die anderen Clubmitglieder entladen gerade einen Lieferwagen mit den Sachen aus Hectors Wohnung in der Kópavogsbraut, durch das Fenster kann er sie dabei ganz gut beobachten.

Sie betrachten jedes Objekt genau. Ein paar von den Kleidungsstücken und Schuhen, die er geklaut hat, um seine eigene Garderobe aufzupeppen, probieren sie sogar an. In den meisten Fällen sind ihnen die Sachen zu klein.

»Sind das Kindergrößen?«, ruft einer der Männer. Er winkt mit einem Hoodie zu ihm hoch, und die anderen lachen laut. Nóri gibt ihnen mit einer Handbewegung zu verstehen, sie sollen still sein. Das Gelächter verstummt, und sie machen sich wieder an die Arbeit. Wieder muss sich Hector das Schlimmste gefallen lassen, was einem Dieb passieren kann. *Dass einem die Beute gestohlen wird.*

»Du hättest mich nicht fesseln müssen«, sagt er, doch er

kann nur undeutlich sprechen, weil seine Zunge immer noch geschwollen ist.

»Ist das so?« Nóri sieht Hector an. »Vorhin im Jeep hast du noch versucht zu fliehen.«

»Ich habe kurz nur Panik bekommen«, sagt Hector. »Aber ich gehe nirgendwohin.«

»Na dann.« Nóri gibt Emmi ein Zeichen, der daraufhin mit einem Drahtschneider die Fesseln aufschneidet. Das Blut strömt wieder in Hectors Finger, und ihm wird ein wenig schwindlig.

»Du hast also vor, dich wie ein Mann zu benehmen?«, fragt Nóri. Hinter ihm hängt ein großes und ausgesprochen hässliches Bild von einem Wikinger auf einem Motorrad vor einem Hintergrund mit dunklem Himmel, einer Lavalandschaft und Funkenregen. In einem Rahmen daneben hängt ein Text in Zierschrift auf irgendeiner Tierhaut. Hector versucht zu erkennen, was dort steht: *Der wahre Norden wird nie sterben. Seht, wie er sich aus dem Meer erhebt! Seht die nordischen Männer. Die einzig wahre weiße Rasse.* Damit muss der Club gemeint sein, wahrscheinlich eine Art Manifest.

»Verstanden?« Nóri räuspert sich.

Hector nickt.

»Du bist nicht nur ein Dieb, sondern auch ein Schmied«, sagt Nóri und verzieht den Mund. »Gerade schmiedest du einen Plan. Irgendein Komplott. Irgendwelche Luftschlösser. Damit kannst du gleich wieder aufhören.«

»Okay?«, sagt Hector, als verstehe er nicht, worauf Nóri hinauswill. Doch in Wahrheit passt die Beschreibung genau, er überlegt schon die ganze Zeit, wie er aus dieser verzwickten Situation wieder herauskommt.

»Ich bin gelernter Klempner, wusstest du das?« Nóri sieht sich wieder den Grundriss an.

Hector antwortet nicht, woher hätte er das auch wissen sollen. »Darf ich?«, fragt er leise. Nóri sieht ihn verwundert an, aber als Hector sich über den Schreibtisch lehnt, scheint ihm ein Licht aufzugehen.

»Nach jemandem wie dir habe ich gesucht«, sagt Nóri und sieht Hector an und dann Emmi, der nicht versteht, was gerade passiert.

»Wie gesagt, ein bisschen kenne ich mich mit solchen Zeichnungen aus.« Hector betrachtet den Grundriss, der von der Fleischerei sein muss, an der sie am Morgen vorbeigefahren sind und in die sie einbrechen wollen. Es ist nicht das erste Mal, dass er sich im Vorfeld eines Einbruchs mit Grundrissen beschäftigt, für gewöhnlich macht er sich immer erst mit den Gegebenheiten vor Ort vertraut. Meist mit Hilfe eines Insiders oder gleich des Eigentümers, wenn der die Versicherung betrügen will. »Ich habe keine Überwachungskameras gesehen.«

»Was schon einmal gut ist!«, sagt Nóri und nickt.

»Nicht unbedingt.« Hector ballt seine Hände zur Faust, um die Durchblutung anzuregen. »Wem gehört die Fleischerei?«

»Welche Rolle spielt das?« Nóri verschränkt die Hände und lässt die Fingerknochen knacken. Dann holt er ein Taschenmesser und eine kleine Tüte Speed aus der Tasche seiner Lederjacke. Er gibt ein wenig Pulver auf die Messerspitze und reicht es Hector, der es sich nach kurzem Zögern beinahe unwillkürlich in die Nase zieht.

»Das ist mein Mann«, sagt Nóri, und Hector nickt, doch auf einmal überschlagen sich seine Gedanken. Als hätte jemand einen Schalter umgelegt. »Das ist mein Mann.« Nóri lächelt und nickt ein paarmal.

Hectors Blut fängt an zu brodeln, als sich das Speed in seinem Körper ausbreitet. Das Zeug ist gut, aber es brennt höllisch. Nicht nur in der Nase, sondern überall. Plötzlich fragt er sich, wer er eigentlich ist und was das Schicksal mit ihm vorhat.

Dein Mann. Sein Mann. Ihr Mann. Nie sein eigener. Immer gehört er jemandem. Bloß ein weiterer Knecht des Nordens.

19

Im Dezernat kommt ihm Guðjón aus der Kriminaltechnischen Abteilung entgegen. Er ist um die fünfzig, klein und rundlich, mit einem Bart, der an den Wangen langsam ergraut.

»Kommst du mit nach Laugarnes?«, fragt er. Er hat seine Tasche dabei und trägt einen Overall.

»Ist was passiert?« Rado schaut aufs Handy, es ist kurz vor acht.

»Könnte sich um einen Tatort handeln«, sagt Guðjón.

Rado zögert kurz und folgt ihm dann.

Dora geht nicht ans Telefon, also lässt er sich von Guðjón die Adresse geben. Er fährt schnell, in der Hoffnung, noch vor der Spurensicherung anzukommen. Was zur Hölle soll das heißen, dass es sich um einen Tatort handeln könnte? Falls ihr Vermisstenfall sich als Mordfall entpuppt, werden die Ermittlungen vermutlich sofort an jemand anders übergeben werden. Es ist eine Sache für Dora und ihn, nach einem verschollenen Teenager zu suchen, aber ein Mord ist ein ganz anderes Kaliber.

Er biegt in die Straße ein und fährt auf das Haus zu. Davor steht bereits ein Polizeiwagen, aber Menschen sind keine zu sehen. Er steigt aus und geht langsam zu dem Auto, in dem zwei Polizisten sitzen. Große Kerle. Rado weiß, wer sie sind, sie heißen Gísli und Friðbjörn. Am Steuer sitzt Gísli, und als er ihn bemerkt, öffnet er das Fenster.

»Du hier? Bist du nicht –« Bevor er weiterreden kann, stößt ihn Friðbjörn mit dem Ellenbogen an.

»Wo ist der Eingang zum Souterrain?«, fragt Rado und blickt zum Haus hinüber.

»Hinten«, sagt Gísli und gähnt. »Aber es soll niemand reingehen, bevor die Spurensicherung nicht Zeit hatte, sich den Laden anzusehen. Bist du in die Ermittlungen involviert?«, fragt er, und Rado nickt.

»Ach so. Deine Kollegin ist hier«, sagt Friðbjörn und wirft einen Blick nach hinten auf den Rücksitz. Rado beugt sich vor und sieht, dass Dora dort tief und fest schläft.

»Vor etwa einer Stunde ist sie weggepennt«, sagt Gísli leise. »Sie ist ein Energiebündel, bis ihre Batterien irgendwann plötzlich leer sind.« Es klingt, als würde er über ein Kind sprechen. Rado sieht, dass die Spurensicherung gerade ankommt.

»Ist das Mädchen in der Zwischenzeit irgendwo aufgetaucht?«, fragt Friðbjörn hoffnungsvoll. Auch er ist ziemlich müde.

»Noch nicht«, sagt Rado.

Friðbjörn flüstert seinem Kollegen etwas zu, der zur Antwort nickt.

»Na gut, unsere Prinzessin da hinten sollte dann mal jemand wecken. Unsere Schicht ist jetzt zu Ende, wir müssen zurück ins Dezernat«, sagt Gísli etwas verlegen.

Rado öffnet die Hintertür und versucht, Dora vorsichtig wach zu rütteln.

»Hey du, guten Morgen«, sagt er, erst im Flüsterton und dann etwas lauter und bestimmter, doch sie rührt sich nicht. Rado beugt sich über sie, um sicherzugehen, dass sie atmet, als sie plötzlich ein Auge öffnet. Ihre Gesichter sind nur wenige Zentimeter voneinander entfernt. Rado weicht zurück, und Dora richtet sich auf. Ihre Augen sind gerötet, und sie braucht ein paar Sekunden, um sich zu orientieren.

»Guten Morgen«, wiederholt Rado.

Sie atmet tief ein und steigt aus dem Polizeiwagen.

»Ist der Eingang hinten?«, fragt Guðjón, der in seinem weißen Overall aus dem Fahrzeug der Spurensicherung aussteigt. Die Straße um sie herum erwacht langsam zum Leben, und die Polizeipräsenz zieht die Aufmerksamkeit der Anwohner auf sich, die gerade ihren Tag beginnen.

»Ja«, murmelt Dora und stützt sich auf dem Dach des Polizeiwagens ab.

»Ist das hier ihre Adresse?«, fragt Rado.

»Ja«, sagt Dora und versucht sich zu strecken.

»Was ist da drinnen los? Warum hast du die Spurensicherung gerufen?« Rado verabschiedet sich mit einem Nicken von Gísli und Friðbjörn, die zurück zur Station fahren. Er sieht Dora an, sie zittert am ganzen Körper. »Ist alles in Ordnung?«

»Ja«, sagt sie. »Es ist nur … diese Wohnung … mit ihr stimmt irgendwas nicht. Irgendwas … ist hier faul.«

»Okay.« Er nickt Guðjón zu, der zum Eingang der Kellerwohnung geht. Dann sieht er Dora an. »Willst du nicht nach Hause fahren und dich kurz hinlegen? Ich bin ja hier.« Das Weiße in Doras Augen ist mittlerweile völlig rot. Er überlegt, ob er sie nicht eher zum Arzt bringen sollte. »Wann hast du zuletzt eine Nacht durchgeschlafen?«

»Ich weiß es nicht.« Sie verzieht das Gesicht. Ein stechender Schmerz zieht sich von ihrem Scheitel bis tief ins Gehirn, und es fühlt sich an, als würde jemand mit einer Nadel darin herumstochern. Außerdem verspürt sie einen starken Druck hinter den Augen. Es kommt ihr vor, als könnte ihr Gehirn jeden Augenblick platzen. Wie in diesen Videos im Internet, wo Leute Gummibänder um Wassermelonen spannen, bis sie zerfetzen.

»Soll ich mir auch die Abflüsse ansehen?«, ruft Guðjón, der am Hauseck steht. Rado zuckt nur mit den Schultern. »Ja oder nein?«

»Ja, die Abflüsse auch«, ruft Dora, und Guðjón verschwindet in der Wohnung.

»Du vermutest also, dass der Vater ihr etwas angetan hat?«, sagt Rado eher zu sich selbst als zu Dora. Sie steht zwar vor ihm, aber er ist nicht sicher, ob sie ganz bei Bewusstsein ist. »Warum sollte er das tun? Welche Motive hat er? Ist er etwa vorbestraft? Wurde er schon einmal angezeigt? Sollten wir das Jugendamt kontaktieren?«

»Ich verstehe nicht, was du meinst«, flüstert sie und stützt sich mit einer Hand auf der Mauer hinter ihr ab.

»Sie hat ihm vielleicht gedroht, davon zu erzählen, und er hat dann ...« Rado blickt sich um. Er bemerkt eine Familie, Eltern mit zwei Kindern im Grundschulalter, die bei einem SUV stehen und zu ihnen herüberstarren. Die Frau hält einen Schoßhund im Arm, der einen Pullover in Tarnfarben trägt und wie Espenlaub zittert. Rado nickt ihnen zu.

»Ich habe keine Vorstrafen gefunden«, sagt Dora.

»Okay, aber du hast ihn getroffen. Welchen Eindruck hattest du von ihm?«

»Er ist einfach ... normal. Es kam mir aber vor, als wäre er irgendwie benommen.«

»Auf Drogen?« Rado sieht hinüber zu der Familie, die aus der Einfahrt des Nachbarhauses fährt und sie immer noch beobachtet. Als wären Dora und Rado interessanter als das, was sie selbst heute vorhaben. Er würde nur zu gern mit ihnen tauschen.

»Sind nicht alle auf irgendwas?«, faucht Dora auf einmal aufgebracht. »Du sagst Drogen, aber die Frage ist, was für Drogen und woher? Von irgendeinem Schädel mit Kapuzenpulli oder über ein Rezept von einem feinen Arzt?« Das Reden kostet sie so viel Energie, dass sie in die Knie gehen und sich mit dem Rücken an die unverputzte Mauer lehnen muss.

»Wenn du dich so aufführst, kann ich nicht mit dir zusammenarbeiten«, sagt Rado nach einer kurzen Stille ruhig. »Es gibt keinen Grund, so zu schreien.«

»Okay«, flüstert sie beschämt. »Du hast recht, ich bin nur gestresst, und als du angefangen hast, von Drogen zu reden, habe ich es auf mich bezogen. Ich bin nämlich auch auf Medikamenten, die ich jeden Tag nehmen muss.«

»Und? Wirken sie?«

»Meistens.« Sie sieht Rado an, der über ihr steht.

»Dann solltest du sie gewissenhaft nehmen.« In seinem Gesicht ist ein kleines Grinsen zu sehen. »Komm, in meinem Jeep kann man die Sitze zurücklegen. Du kannst dich ein bisschen ausruhen, während wir auf Guðjón warten.« Er reicht ihr seine Hand und hilft ihr beim Aufstehen.

Nach etwa einer Stunde kommt Guðjón mit seiner Tasche um die Ecke. Sein strenger Blick ist schwer zu deuten. Rado vermutet, dass Guðjón ziemlich abgebrüht ist, da in seinem Beruf selbst gute Nachrichten meist etwas Schlechtes bedeuten. Sobald die Umstände eines Todesfalles irgendwie verdächtig scheinen, wird er gerufen. Eine gute Nachricht bedeutet also, dass an einem Tod nichts verdächtig war, aber gestorben ist trotzdem jemand. Natürlich gibt es Ausnahmen, doch das hat Rado selten erlebt. Um eine Karriere in der Spurensicherung anzustreben, muss man vermutlich Masochist sein, vielleicht hilft auch schon eine gewisse Gleichgültigkeit. Aber niemandem kann einfach alles egal sein. So jemandem ist er noch nie begegnet, auch nicht in der Spurensicherung. Aber warum hört Sisyphus nie auf, seinen Stein den Berg hochzuwälzen, nur um ihn wieder runterrollen zu sehen? Die Antwort ist einfach: Er kann nicht anders. Was auch der Grund ist, warum er und Dora, die auf dem Beifahrersitz seines Toyotas eingeschlafen ist, sich hier in Laugarnes herumtreiben, mit diesem Felsbrocken, zu dem der Vermisstenfall mittlerweile geworden ist.

Leise steigt er aus dem Jeep, will sie nicht wecken, obwohl er es vermutlich tun sollte. Etwas in ihm hält ihn davon ab. Als würde er versuchen, sie zu beschützen und vor den schlechten Neuigkeiten zu bewahren, die Guðjón berichten wird.

Guðjón schüttelt leicht den Kopf, aber Rado weiß, dass das alles Mögliche bedeuten kann.

»Na?«, fragt er.

»Kein Blut. Nichts in den Abflüssen«, sagt Guðjón und zieht an einer E-Zigarette, die so groß ist wie ein Handy aus den Neunzigern. Ein schaler künstlicher Melonengeruch breitet sich in der frischen isländischen Winterluft aus. »Ich hasse Kellerwohnungen, Menschen sollten nicht unter der Erde leben. Dort herrscht keine gute Aura.«

»Na gut.« Rado tritt einen Schritt zurück, um nicht mitten in der Melonenwolke zu stehen. Er hat keine Lust, sich mit Guðjón über die Aura von Kellerwohnungen zu unterhalten, die zu Tatorten werden.

Guðjón aber scheint in Plauderlaune zu sein. »Wie geht es dir eigentlich?«, fragt er und sieht ihn an.

»Was meinst du?«

»Du hast doch sicher mitbekommen, dass im Dezernat über dich geredet wird.« Guðjón bläst noch einmal Melonendampf aus und schluckt.

»Mir ging es noch nie besser.« Rado ist selbst verwundert, wie überzeugt er klingt.

»Hm«, brummt Guðjón. »Dieses Land ist viel zu klein, das kann ich dir sagen. Das ist nicht das erste Mal, dass ich diese Wohnung untersuche.«

»Wann warst du schon mal hier?« Rado ist ganz Ohr.

»Das war ein ganz anderer Fall. Ein alter Mann, der hier gelebt hat, ist gestorben. Es stellte sich heraus, dass er auf den Fliesen im Bad ausgerutscht war und sich das Genick gebrochen hat. Ich glaube, es sind immer noch dieselben Fliesen, ich kann mal auf den Bildern von damals nachsehen. Das muss nichts heißen, und eigentlich ist es auch egal, aber es sind immer noch dieselben Fliesen. Komisch, ich habe längst vergessen, wie der Mann aussah, aber an die Fliesen erinnere ich mich noch. Aus irgendeinem Grund hat mein Gehirn beschlossen, an dieser unnötigen Information festzuhalten ... So, aber jetzt muss ich los.« Guðjón zieht noch einmal an der E-Zigarette. »Weiß gar nicht, ob ich das überhaupt sagen darf, aber was soll's. Ich muss zur Obduktion deines Schwiegervaters.«

Bevor Rado etwas sagen kann, geht die Tür seines Jeeps auf.

Guðjón und er drehen sich um und sehen Dora aussteigen.

Aus ihrem Auge rinnt Blut. Es strömt ihr wie Tränen über die Wange, bevor es in den Schnee tropft.

20

Rado wartet auf dem Parkplatz vor der Notaufnahme, als Elliði aus seinem Auto steigt und durch den Schneematsch auf ihn zueilt.

»Was ist passiert?«, fragt er außer Atem.

»Sie wird gerade untersucht«, sagt Rado und zieht seinen Mantel enger um sich. Es ist kalt geworden. »Erklär mir bitte, was mit ihr los ist. Ich weiß, dass sie etwas speziell ist, aber ich meine, körperlich?«

»Verdammt«, murmelt Elliði und zündet sich eine Zigarette an. »Hat sie dir nicht davon erzählt?«

»Nein.« Rado vergräbt die Hände in den Taschen. »Sie hat erwähnt, dass sie Medikamente nehmen muss, aber dann hat plötzlich ihr Auge angefangen zu bluten.«

»Wo?« Elliði zieht an seiner Zigarette.

»Wir waren zu Hause bei dem Mädchen in Laugarnes, als sie auf einmal …«

»Ist das Mädchen aufgetaucht?«, fragt Elliði hoffnungsvoll.

»Nein.«

»Okay.« Elliði drückt die halb gerauchte Zigarette aus. »Das ist nicht gut. Was ist mit dem Vater?«

»Er ist nicht erreichbar. Soweit ich weiß, ist Guðjón in der Wohnung nichts aufgefallen. Höchstens, dass das Mädchen vielleicht nicht die beste Kindheit hatte. Was nicht zwangsläufig illegal ist«, sagt Rado. »Aber was ist mit Dora? Hat sie etwas gegen dich in der Hand?«

»Dora?« Elliði kneift die Augen zusammen. »Vor vielen Jahren hatten wir einen gemeinsamen Einsatz, bei dem sie verletzt wurde. Man hat sie nie als arbeitsunfähig eingestuft, und an manchen Tagen geht es ihr besser als an anderen. Ich wollte ihr eine Chance geben, etwas Freiraum. Sie ist nicht die Einzige, die … die eine besondere Rolle hat.«

»Elliði, sie hat aus dem Auge geblutet!«, sagt Rado und schüttelt den Kopf.

»Aber sie ist auch verdammt schlau, findest du nicht?« Sein Blick wird wieder hoffnungsvoll.

»Wir sind hier doch nicht …«

»Es ist, wie es ist. Lass uns erst mal abwarten. Ich gehe rein und schaue, wie es ihr geht und was die Ärzte sagen. Das Einzige, was du im Moment für mich tun kannst, ist, dieses Mädchen zu finden.« Elliði zündet sich eine weitere Zigarette an.

Rado versucht, aus seinem Vorgesetzten schlau zu werden, der manchmal wirkt, als wäre ihm alles egal, während er gleichzeitig bereit ist, alles für seine Kollegin zu tun, die vor langer Zeit einen Unfall hatte, an den sich kaum noch jemand erinnert. Am Ende nickt er nur und geht zu seinem Jeep. Als er den Parkplatz der Notaufnahme verlässt, sieht Elliði ihm hinterher und winkt.

Als er im Dezernat ankommt, geht Rado nicht ins Großraumbüro der Kriminalabteilung, sondern setzt sich in den ungenutzten Raum im Erdgeschoss, in den Elliði ihn nach der Auseinandersetzung mit Sævar gebracht hat. Er fragt niemanden um Erlaubnis. Der Mann, den er fragen müsste, ist ohnehin nicht da und scheint es mit diesen Dingen auch nicht allzu genau zu nehmen.

In dem Raum steht die Luft. Rado schiebt die Hand durch das Gitter am Fenster und öffnet es. Das Büro ist seit Jahren, vermutlich sogar Jahrzehnten, nicht renoviert worden. Die Wände sind immer noch holzverkleidet, und am Fenster steht ein alter Heizkörper mit seltsamen Flecken, die er lieber nicht genauer unter die Lupe nehmen will.

Er stellt seinen Laptop auf den verstaubten Schreibtisch, auf dem immer noch die Coladose steht, die Elliði ihm gegeben hat. An der Wand hängt ein Kalender einer Hilfsorganisation für Menschen mit Behinderung aus dem Jahr 1997. Vom Flur her erklingen manchmal Stimmen, aber ansonsten ist es still, hier wird ihn niemand stören. Früher wurde dieser Raum manchmal benutzt, um Leute »zurechtzurücken«, wenn sie sich aufspielten, aber das ist mittlerweile Geschichte. Ein Raum wie aus einer anderen Zeit. In Büros wie diesen wurde in den Siebzigern der Fall der beiden verschwundenen Männer Guðmundur und Geirfinnur untersucht – oder eben nicht. Erst vor wenigen Jahren wurden alle fünf Schuldsprüche von damals aufgehoben, und sogar die Premierministerin hat sich öffentlich bei den fälschlich verurteilten Personen entschuldigt.

Rado beginnt damit, alles einzutippen, was er bisher über Morgans Verschwinden weiß. Er beschließt für sich, nicht mehr Guðbjörg zu sagen, sondern überall nur noch den Namen Morgan zu benutzen, denn so wollte das Kind schließlich genannt werden.

Auf dem Weg zur Notaufnahme hat Dora ihm, ohne dass er gefragt hätte, von ihren Überlegungen erzählt, dass Morgan womöglich ausziehen oder abhauen wollte. Was plausibel wäre, wenn ihr Vater wirklich drogenabhängig ist. Rado überlegt, ob sich Morgan vielleicht das Leben genommen hat. Die Dinge im Zimmer könnten auch fehlen, weil Morgan nicht wollte, dass sie gefunden werden. Womöglich waren die Zeichnungen auch ein Abschiedsgeschenk für jemanden. Dora hat außerdem erzählt, dass sie mit dem Oberarzt der Kinderstation im Krankenhaus gesprochen hat: Morgan hat sich dort einmal über eine Geschlechtsumwandlung informiert. Da Morgan zu dem Zeitpunkt noch nicht sechzehn war, hätte es dafür die Erlaubnis eines Erziehungsberechtigten gebraucht, doch Hákon sei strikt dagegen gewesen.

Aber Morgan muss noch ein größeres soziales Umfeld haben als den Vater und die Freundinnen aus der Schule. In diesem kleinen Land sind alle miteinander verwandt. Die Mutter ist zwar nicht präsent, aber Morgans Vater hat doch bestimmt Familie. Rado loggt sich ein und öffnet die Übersicht der ein- und ausgegangenen Anrufe auf dem Handy, die ihnen der Mobilfunkbetreiber geschickt hat. Das Handy, das Dora in Thingvellir gefunden hat, liegt noch immer bei der Spurensicherung, und bisher wurde nicht bestätigt, dass es tatsächlich Morgan gehört. Obwohl Dora auf dem Weg ins Krankenhaus versucht hat, ihn auf den neuesten Stand der Ermittlungen zu bringen, hat er trotzdem das Gefühl, alles noch einmal durchgehen und prüfen zu müssen. Wofür bei einem Fall wie diesem eigentlich keine Zeit ist.

Er sieht sich die Liste mit Telefonnummern an und schlägt jede einzelne gewissenhaft nach. Die Liste ist nicht lang, und die meisten Nummern sind von ihren Schulfreundinnen. Eine wurde besonders oft gewählt, und er findet heraus, dass sie einem Pflegeheim gehört. Anstatt nach Morgans Verwandten zu recherchieren und zu prüfen, ob jemand davon in dem Heim lebt, beschließt er, direkt hinzufahren, um zu sehen, ob dort jemand Morgan kennt.

Bevor er sich aufmacht, ruft er kurz den True-Crime-Blog bransi.is auf. Dort gibt es bereits ein Video von ihm, auf dem er die Kamera zerstört. Außerdem kommentiert Unnar die Vorfälle, aus seiner Sicht natürlich. Daneben ist ein Bild von Jurek senior, auf dem er gerade mit seinem Anwalt das Amtsgericht verlässt, das Gesicht hinter einer Plastikmappe versteckt. Unter dem Video scheint ein Logo auf, eine Zeichnung von zwei Pistolen, die sich um eine Kerze winden, was darauf hinweisen soll, dass es sich um eine Todesanzeige handelt, die Rado aber nicht anklickt. Das Video von ihrer Auseinandersetzung hat schon über achttausend Likes, und noch während er es sich ansieht, werden es mehr. Weiter unten auf der Seite entdeckt er ein Bild von Morgan; die Bildunterschrift wurde direkt von ihrer Pressemitteilung übernommen. Das Bild hat ebenfalls bereits sechstausend Likes. Die Websites der größten Medien erwähnen die Auseinandersetzung mit keinem Wort, aber Unnar ist unter professionellen Journalisten auch nicht sonderlich beliebt. Auf den meisten Seiten findet sich nur eine kurze Notiz zu

Morgans Verschwinden, die zwischen den vielen Beiträgen untergeht. Rado wünscht sich nichts mehr, als bald eine Meldung zu sehen, dass Morgan wiederaufgetaucht und wohlauf ist.

Er parkt seinen Toyota vor dem Pflegeheim Droplaugarstaðir, das nicht weit vom Hauptdezernat entfernt liegt. Er sieht auf die Uhr. Bald wird der Rettungsdienst bei anderen Rettungsmannschaften im ganzen Land um Verstärkung bitten und eine große Suche starten, bei der jede einzelne Hütte aufgebrochen und die gesamte Küste abgesucht wird. Die Frage ist, ob sie nicht auch gleich nach Hákon suchen sollten. Rado hat bereits geprüft, ob Morgan am Flughafen aufgetaucht ist, doch die Grenzpolizei schließt das aus.

Im Eingangsbereich des Pflegeheims ist es ruhig. Er geht zu einem Empfangstisch hinter einer Glasscheibe, doch dort sitzt niemand. Etwas weiter entfernt schleppen zwei Männer gerade ein großes Sofa über den Flur. Im Eingangsbereich steht ein gefliester Couchtisch, der wahrscheinlich auch noch in eines der Zimmer gebracht werden muss. Sisyphus ist überall.

Neben dem Empfang befindet sich ein Büro. Die Tür steht offen, und auf dem Schild liest Rado, dass es sich um das Büro der Heimleiterin handelt, eine Frau namens Birna, die um die sechzig ist. Rado erklärt sein Anliegen und zeigt ihr ein Bild von Morgan auf seinem Handy. Birna sieht es sich an und nickt.

»Sie kennen das Mädchen also?« Er steckt das Handy wieder in die Tasche.

»Ob sie wirklich ein Mädchen ist, weiß ich nicht, aber ich kenne Morgan.« Birna grinst und wirkt dabei ruhig und bestimmt zugleich.

»Woher?«, fragt Rado.

»Morgan kommt manchmal vorbei, um hier jemanden zu besuchen.«

»Wen denn?«

»Kommen Sie mit, dann bringe ich Sie zu ihr.«

Er folgt Birna durch die Flure des Heims. Sie grüßt alle, denen sie begegnen, und unterhält sich ab und zu kurz mit Mitarbeitenden. In einem der Zimmer schimpft ein älterer Herr mit einem jungen Mann, der einen Flachbildschirm befestigt.

Birna führt ihn weiter durch eine kleine offene Küche und einen Aufenthaltsraum, wo ein paar Heimbewohner gerade Radio hören. Schließlich bleibt sie vor einem Zimmer stehen.

»Hier ist sie«, sagt Birna. Für einen Moment denkt Rado, Morgan könnte hinter der Tür stehen, was natürlich unsinnig ist. »Soll ich mit reingehen und Sie vorstellen? Damit sie nicht erschrickt, wenn plötzlich ein Polizist vor ihr steht?«

»Wenn Sie denken, dass das besser wäre.«

»Nicht unbedingt.« Birna schüttelt den Kopf und tritt einen Schritt zurück. »Wahrscheinlich ist es ihr egal. Dann bin ich unten, wenn etwas ist«, sagt sie und geht.

Rado klopft leise und öffnet nach kurzem Warten vorsichtig die Tür.

»Wer ist da?«, fragt eine tiefe Frauenstimme.

Er tritt ein und sieht sich in dem Zimmer um. Es ähnelt den anderen Räumen im Heim, die er durch offene Türen bereits gesehen hat. In der Mitte steht ein Pflegebett und sonst nicht viel, nur eine kleine Kommode, die als Nachtkästchen dient. Von einer Schiene an der Decke hängen ein paar Bilder an Schnüren. Es scheint nicht üblich zu sein, Löcher in die Wände zu bohren, dafür wechseln die Bewohner vermutlich zu oft. Im Bett liegt eine schlanke Frau, die ihre Haare zu einem langen grauen Zopf geflochten hat. Sie trägt ein weißes Nachthemd, das aussieht wie aus dem letzten Jahrhundert, wenn nicht sogar aus dem davor.

»Guten Tag, ich heiße Rado und bin Kriminalbeamter bei der Polizei Reykjavík.« Er schließt die Tür hinter sich und wendet sich wieder der Frau zu. Um ihre Augen und die gebogene Nase hat sie tiefe Falten. Sie beugt sich vor und richtet mit einer Fernbedienung das Bett auf, damit sie gerade sitzen kann, streicht die Decke glatt und sieht Rado an.

»Sind Sie Jugoslawe?«, fragt die alte Frau und kneift die Augen zusammen.

»Nein«, antwortet er und tritt näher. Er meint, in ihrer Stimme einen leichten Akzent zu hören, zumindest klingen die Betonungen etwas ungewöhnlich. »Ich habe bosnische Wurzeln, aber fühle mich als Isländer. Und Sie?«

»Ich bin 1956 gekommen, am 23. Dezember, als Flüchtling aus Ungarn. Eigentlich wollte ich nach Kanada, aber dafür hätte ich drei Monate warten müssen«, sagt die alte Frau, und er hat den Eindruck, dass sie die Geschichte schon oft erzählt hat.

»Kennen Sie dieses Mädchen?« Er reicht ihr sein Handy mit dem Bild von Morgan. Die alte Frau holt eine Lesebrille aus der Schublade der Kommode.

»Ja«, sagt sie, nachdem sie nur einen kurzen Blick auf das Bild geworfen hat. »Das ist die kleine Guðbjörg.«

»Sind Sie verwandt?« Er steckt das Handy wieder ein.

»Ich bin ihre Oma.«

Rado stutzt. »Wie alt waren Sie, als Sie nach Island gekommen sind?«

»Sie sind nicht so dumm, wie Sie aussehen.« Die alte Frau grinst. »Guðbjörg und ich sind nicht blutsverwandt. Ich war sechsundzwanzig, mein Mann wurde nach Serbien geschickt. Jetzt bin ich zweiundneunzig.«

»Aber Sie kennen Morgans Familie? Den Vater?«

»Ich weiß nur, dass er ein Nichtsnutz ist«, sagt sie verächtlich.

»Wann haben Sie sie zuletzt gesehen?« Er wird ungeduldig, und die alte Frau scheint das zu bemerken.

»Ist ihr etwas zugestoßen?«

»Sie wird vermisst. Wir … die Polizei sucht nach ihr.«

»Hat sie etwas angestellt?«

»Nein, sie ist nur verschollen.«

»Sie kommt mich manchmal besuchen. Wir haben uns über eines ihrer Schulprojekte kennengelernt, bei dem junge Leute in Heime für alte Leute wie mich geschickt werden. Ich mag sie. Sie hat Mumm. Es war ihre Idee, dass ich ihre Oma sein könnte. Ich habe zugestimmt, denn sonst hab ich ja niemanden. Und sie ist auch allein.« Die alte Frau nimmt die Lesebrille ab und steckt sie wieder in die Kommode. Rados Blick fällt auf ein gerahmtes Schwarz-Weiß-Foto in einem silbernen Rahmen, das darauf steht. Die Frau bemerkt seinen Blick. »Das ist das einzige Bild, das ich von ihm habe.

Von meinem Mann. Ich habe noch mehr Verwandte verloren, aber von denen habe ich nicht einmal Fotos. Haben Sie Bilder von den Menschen, die Sie verloren haben, Rado?«, fragt sie mit sanfter, aber auch ein wenig anklagender Stimme.

»Wann haben Sie sie zuletzt gesehen?« Er versucht, beim Thema zu bleiben.

»Dieses elende Land«, sagt sie und sieht aus dem Fenster. »Hier gibt es kaum einen Unterschied zwischen Tag und Nacht. Wie in aller Welt soll ich mich daran erinnern, wann sie zuletzt hier war?«

Als er akzeptiert hat, dass sich die alte Frau wirklich nicht an Morgans letzten Besuch erinnert, verabschiedet er sich und geht zurück zum Ausgang. Im ganzen Gebäude riecht es nach Kaffee und frischen Waffeln. An einer Ecke läuft er beinahe in eine alte Frau mit Rollator, als das Handy in seiner Tasche vibriert. Er sieht nach, wer es ist, doch die Nummer ist unbekannt.

»Rado«, meldet er sich.

»Kannst du mich abholen?«, fragt Dora mit rauer Stimme am anderen Ende der Leitung.

»Wo?«

»Im Krankenhaus in Fossvogur. Ich warte am Eingang.«

»Bin in fünfzehn Minuten da.«

»Okay«, sagt sie und legt auf.

Er atmet tief ein und sieht sich um. Er hat das Gefühl, etwas Wichtiges vergessen zu haben. Plötzlich fällt es ihm ein, und er geht noch einmal in Birnas Büro. Auf sein Klopfen hin blickt sie vom Computerbildschirm auf.

»Entschuldigen Sie, die alte Frau, bei der ich gerade war, wie heißt sie?«

Birna wirft einen kurzen Blick auf den Bildschirm und sieht dann wieder Rado an. Sie schmunzelt leicht.

»Morgana.«

21

Dora wartet bereits draußen, als er am Krankenhaus ankommt. Sie ist blass und sieht aus wie ein Geist. Er hält ihr die Tür zum Beifahrersitz auf, und sie klettert mit Mühe hinein.

»Nach Hause?«, fragt er.

»Nein, zur Arbeit«, antwortet sie.

»Vor ein paar Stunden warst du noch kaum bei Bewusstsein.« Rado versucht, direkt mit ihr zu sein.

»Es geht mir gut. Lass uns zum Dezernat fahren.«

»In Ordnung, aber ich will wissen, was mit dir los ist. Warum blutet dein Auge? Wenn wir zusammenarbeiten, sollte ich das wissen, finde ich.«

»Mir wurde in den Kopf geschossen, okay? Können wir jetzt zur Station fahren?« Sie zuckt mit den Schultern.

»Und du hast überlebt?« Er fragt nicht wirklich, die Bemerkung rutscht eher aus ihm heraus.

»Nur knapp«, murmelt Dora.

»Als Elliði und du …?«

»Er wusste nichts von der Waffe. Hat mich zu einem Mann geschickt, der sie plötzlich hervorgezogen und sich damit erschossen hat.« Sie seufzt, und Rado fährt los.

»Können wir auf dem Weg für Sandwiches anhalten?«, fragt sie.

»Ja, wo?«

»Bei Hlölli. Ich bin am Verhungern.«

Während sie essen, erzählt er ihr vom Besuch im Pflegeheim. Sie sitzen im Jeep, der illegal auf dem Ingólfstorg in der Innenstadt Reykjavíks parkt. Zu Doras Verwunderung kannte Rado den Laden nicht, also hat sie zwei New-York-Sandwiches für sie bestellt.

»Fata Morgana«, sagt sie mit vollem Mund.

»Was meinst du?«

»Das bedeutet ihr Name. Eine Luftspiegelung. Das ist ein physikalisches Phänomen. Aufgrund von unterschiedlich warmen Luftschichten scheint es so, als würde man in der Ferne Wasser oder flüssiges Silber sehen«, sagt sie, und Rado muss sich zurückhalten, ihr nicht etwas gelbe Soße vom Kinn zu wischen.

»Daher hatte Morgan wahrscheinlich die Idee zu dem Namen. Mit Morgan Freeman hat es also eher nichts zu tun«, sagt er in einem verzweifelten Versuch, witzig zu sein.

»Nein, sie ist gewiefter als das.« Dora trinkt einen Schluck Mineralwasser.

»Hat er auf dich geschossen?«, fragt Rado plötzlich. »Ich verstehe immer noch nicht, was genau passiert ist.«

»Nein, er wollte sich selbst erschießen, aber hat eben auch mich erwischt. Er saß an einem Schreibtisch, und ich stand hinter ihm. Die Kugel ging durch seinen Kopf und hat dann auch mich getroffen. Was von ihr übrig war jedenfalls. Und dazu noch Knochen und so was … Körperflüssigkeiten. Das meiste konnten die Ärzte herausoperieren, bis auf ein paar

Teile, bei denen sie sich nicht getraut haben. Doch genau die ... machen mir jetzt im Alltag Probleme. Das ist aber das erste Mal, dass mein Auge plötzlich angefangen hat zu bluten.« Sie sieht ihn an. »Der Mann soll sehr schlau gewesen sein, und es kommt mir oft so vor, als hätte ich etwas davon abbekommen. Vorher war ich nur ein dummes Blondchen«, sagt sie und grinst.

»Uff.« Rado legt das Sandwich beiseite. Der Appetit ist ihm vergangen.

»Sollten wir nicht langsam schwerere Geschütze auffahren?«, fragt sie. »Das Suchfeld noch mehr erweitern? Gab es mittlerweile irgendwelche Hinweise aus der Öffentlichkeit?«

»Nein, nichts.« Er öffnet das Fenster. »Ich würde sagen, wir warten noch einen Tag ab ... dann fahren wir die Artillerie auf.«

»Ist gut«, sagt Dora und steckt sich den Rest ihres Sandwiches in den Mund.

Die Beleuchtung im Großraumbüro tut Dora nicht gut, also entscheiden sie sich dafür, in dem leeren Büro im Erdgeschoss zu arbeiten. Rado holt einen zweiten Stuhl vom Flur und stellt ihn an den Schreibtisch.

»Du kannst dir aussuchen, auf welchem du sitzen willst«, sagt er und deutet mit dem Kopf zu den beiden Stühlen. Einer davon ist mit einem grellen Stoff und Kunstleder überzogen, aber Dora setzt sich auf den, den er gerade eben geholt hat.

Er nimmt ihr gegenüber Platz und klappt seinen Laptop auf. Da vibriert ihr Handy, und sie geht ran. Er beobachtet, wie sie mit ernstem Blick zuhört, ohne etwas zu sagen. Dann legt sie auf.

»Am Empfang ist jemand, der behauptet, Morgan gesehen zu haben«, sagt sie und steht auf.

»Wann?«, fragt Rado.

»Gestern Abend.«

Als sie sehen, wer am Empfang der Polizeistation wartet, seufzen sie beide auf. Es ist Unnar.

»Hey! Wartet kurz. Ich hab was«, sagt er und hebt die Hände.

»Ich hoffe mal, du bist nicht nur hier, um unsere Zeit zu verschwenden«, sagt Dora kühl.

Sie bringen Unnar in ihr kleines Büro und bitten ihn, am Schreibtisch Platz zu nehmen.

»Raus mit der Sprache.« Während Rado die Tür schließt, setzt sich Dora und rückt sich auf dem Stuhl zurecht.

»Was ist mit dir los? Du siehst aus wie ein Geist.« Unnar starrt sie an.

»Regelblutung«, sagt Dora mit starrer Miene.

Rado hustet, um sein Lachen zu überdecken.

»Okay.« Unnar sieht ihn verwirrt an.

»Was hast du für uns?« Rado stellt sich so vor ihn, dass er sich verrenken muss, um zu ihm hochzublicken.

»Dieses Mädchen … das ihr sucht. Ich …«

»Du was?«, fragt Dora scharf, und Unnar dreht sich um und sieht sie an.

»Auf bransi.is bekomme ich regelmäßig Hinweise zu offenen Fällen, die der Polizei, wie ihr wisst, manchmal helfen«, sagt er zögerlich.

»Willst du uns jetzt Werbeslots verkaufen?«, fragt Rado, und Unnar dreht sich wieder zu ihm.

»Ich … nein …«

»Was dann? Was hast du für uns?« Er beugt sich über Unnar. Das Büro scheint wie infiziert von der Gewalt, die hier über die Jahre hinweg ausgeübt wurde. Am liebsten würde er dem jungen Mann eins mit einem alten Telefonbuch überziehen. Er verschränkt die Arme und geht auf die andere Seite des Schreibtisches.

Unnar holt sein Handy hervor und hält es hoch. »Ich habe überlegt, ob wir eine Vereinbarung treffen könnten, bezüglich …« Er kann den Satz nicht zu Ende sprechen, denn Dora greift plötzlich über den Tisch und packt ihn am Kragen.

»Denkst du, wir sind hier bei irgendwelchen Verhandlungen? Wir suchen ein sechzehnjähriges Kind, das verschwunden ist.« Ihr Gesicht ist nur wenige Zentimeter von Unnars entfernt. Rado unternimmt nichts, um sie aufzuhalten, obwohl der Mann ihn flehend ansieht. »Weißt du etwas über sie?« Dora lässt ihn los, und Unnar fällt wieder auf seinen Stuhl zurück.

»Nein«, flüstert Unnar verlegen. »Aber ich weiß, wo ihr Vater sein könnte.«

»Wo?«, fragt Dora.

»Seht mal.« Unnar zeigt erst Dora und dann Rado ein Bild auf seinem Handy. Darauf ist Hákon zu sehen, wie er sichtlich betrunken mit zwei Männern an einem Tisch sitzt. Es muss in einer Art Vereinshaus sein, auf dem Tisch liegt ein altmodisches Tischtuch, und im Hintergrund sind dicke gelbe oder goldfarbene Vorhänge zu sehen.

»Wo wurde dieses Bild aufgenommen?«, fragt Dora.

»Ich weiß, wo wir hinmüssen.« Rado geht zur Tür und gibt Unnar ein Zeichen, mit ihm zu kommen.

Auch Dora steht auf, aber Rado bedeutet ihr mit einer Geste, erst einmal sitzen zu bleiben.

»Aber wie wäre es mit einer Vereinbarung?« Unnar wirkt sofort mutiger, als sie draußen auf dem Flur stehen, wo mehr Leute unterwegs sind und die Wahrscheinlichkeit geringer ist, dass Rado ihm die Mucken austreibt. Doch Rado zieht ihn um eine Ecke, wo weit und breit niemand ist, nur sie beide.

»Ich mache einen Deal mit dir«, sagt er ruhig. »Du kennst doch die polnische Bande, die festgenommen wurde. Gib mir alle Informationen, die du über sie hast, dann werde ich dich vor allen anderen anrufen, wenn bei den Ermittlungen etwas Neues herauskommt. Dann müssen alle anderen Medien sich auf dich beziehen. So läuft das doch, oder?«

»Ist das dein Ernst?«, fragt Unnar verblüfft.

»Absolut«, sagt Rado und sieht Unnar in die Augen. Er versucht, aus seinem Gesichtsausdruck herauszulesen, ob er ihm vertrauen kann.

»Okay, cool. Abgemacht.« Unnar reibt sich die Hände. »Aber weißt du nicht schon alles über sie? War dein Schwiegervater nicht der Anfü-?«

»Wir können es auch lassen, und du verpisst dich einfach«, sagt Rado.

»Nein, nein. Ich habe verstanden. Sorry.« Unnar hebt die Hände. Man muss kein Polizist sein, um die Geste zu verstehen.

Als Rado zurück ins Büro kommt, sitzt Dora an seinem Computer.

»Was hat er gesagt?« Sie lässt die Augen nicht vom Bildschirm.

»Wer?« Rado sieht sie an.

»Worüber habt ihr da draußen gesprochen?« Sie erwidert seinen Blick, und Rado zögert erst, doch irgendetwas, entweder seine Lage oder Dora, lässt ihn einlenken. Er erzählt ihr von dem fragwürdigen Deal, den er mit Unnar gemacht hat und den er eigentlich zumindest mit ihr hätte absprechen sollen.

»Willst du dich dran halten?«, fragt sie.

»Ich weiß es nicht. Ich kann nicht ewig meine Augen und Ohren vor der Familie meiner Frau verschließen«, sagt er. »Wenn es nicht schon zu spät dafür ist.«

»Eins kann ich dir versichern«, sagt Dora, »wenn Elliði verspricht, zu dir zu halten, wenn wir Morgan finden, dann wird er das auch tun. Warum hast du eigentlich keine Bilder von deiner Familie auf dem Computer? Ich finde hier kein einziges Foto.«

»Jetzt reiß dich mal zusammen«, sagt er. »Komm, wir drehen eine Runde.«

Rado parkt den unmarkierten Polizeiwagen vor einem großen Gebäude im Gewerbegebiet Skeifan. Dort befinden sich eine chemische Reinigung, die Praxis eines Chiropraktikers, ein Geschäft für Outdoorbekleidung, ein Ersatzteilhändler für Computer sowie eine Postfiliale, Büros und ein Raum für Klangmeditation.

»Was ist hier?«, fragt Dora, als sie aussteigen.

»Der goldene Saal, hast du noch nie davon gehört?« Er schließt das Auto ab.

»Ist der nicht im Hotel Borg?«, fragt sie und folgt ihm in das Gebäude.

»Hier gibt es auch einen.« Rado steuert direkt die erste Etage an. Die Treppe ist mit Teppichboden bedeckt, was bei einem Gebäude wie diesem eher ungewöhnlich ist, aber Dora weiß auch, dass ihre Schritte dadurch gedämpft werden. Kurz bevor sie den ersten Stock erreichen, bemerkt sie ein rot blinkendes Licht an der Wand, eine Überwachungskamera. Sie ist so auffällig platziert, dass es Absicht sein muss. Sie werden vielleicht nicht gehört, aber irgendjemand kann sie sehen.

Rado geht zu einer soliden Tür mit einem Guckloch und klopft leise an. Kurz darauf geht die Tür auf, und sie betreten einen Vorraum, der Dora wie aus einer anderen Welt vorkommt.

Der Eingangsbereich ist dunkel, und ein großer, muskelbepackter Mann sitzt mit stumpfem Blick auf einem Barhocker. Er ist um die dreißig, trägt einen Adidas-Trainingsanzug und eine Sonnenbrille. Dora schätzt, dass er mindestens zweihundert Kilo wiegt. Am liebsten würde sie ihn nach seinem genauen Gewicht fragen, aber sie hält sich zurück. Der Mann steht auf und nimmt die Sonnenbrille ab.

»Was wollt ihr?«, fragt er und mustert sie, wie um zu prüfen, ob von ihnen eine Gefahr ausgeht.

Dora fragt sich, ob er aufstehen musste, um ihnen die Tür aufzumachen, oder ob es über irgendeinen Mechanismus lief. Sie bekommt die Antwort, als sie hinter sich ein leises Klicken hört und die Tür zugeht, ohne dass der Mann einen Finger rührt. In einer Ecke bemerkt sie noch eine Überwachungskamera, ebenfalls mit rot blinkendem Licht. Eine weitere Person muss im Blick haben, wann jemand kommt, und entsprechend den Mechanismus bedienen.

»Ich will nur mit ihm reden«, sagt Rado ruhig.

»Er ist nicht da.« Der große Mann geht einen Schritt auf Rado und Dora zu und versperrt ihnen mit seinem massigen Körper den Weg.

»Doch, doch. Er ist da.« Rado lächelt den Mann an und lässt sich nicht aus der Ruhe bringen, tritt sogar noch einen Schritt näher. Sie starren einander eine Weile an, bis der Mann schließlich die Hand hebt und einen Vorhang hinter sich aufzieht.

Dahinter verbirgt sich ein dunkler Saal. An einem Ende steht eine Bar, an der ein paar Männer trinken und sich leise unterhalten. In der Mitte stehen Tische mit altmodischen Tischtüchern, und vor den Fenstern hängen Vorhänge, die kein Licht in den Raum lassen und genauso aussehen wie auf Unnars Bild. An der Wand daneben hängen lauter Bilder. Dora sieht sie sich genauer an, es sind Bauernhöfe und Leute bei der Landarbeit darauf zu sehen.

»Wo sind wir hier?«, flüstert sie Rado zu.

»Hier war einmal ein Heimatverein von irgendwelchen Leuten aus abgelegenen Fjorden im Osten. In der Pandemie haben sie aufgegeben, jetzt gehört der Saal Gústav Karl«, flüstert er zurück und wirft einen Blick zur Bar, wo besagter Gústav Karl die Ellbogen auf den Bartresen stützt und sie ansieht.

»Wie der schwedische König?«

»Andersrum, der König heißt Carl Gustaf.«

Als sie auf die Bar zugehen, wird Rado ein bisschen nervös. Gústav Karl ist in der Unterwelt ein dicker Fisch. Er wird bald fünfzig, obwohl er jünger aussieht, und ist schon seit jungen Jahren in kriminelle Machenschaften verwickelt. Wahrscheinlich ist er einer der gefährlichsten Männer des Landes, wenn nicht sogar der gefährlichste. Er hat mehr Macht als die anderen und überall zumindest indirekt seine Finger im Spiel. Früher galt er mal als Handballtalent und hat sogar eine Weile für die Jugendnationalmannschaft gespielt, aber eine große Sportlerkarriere war letztendlich nicht mit seinem Temperament vereinbar.

Rado fürchtet, dass es ein Fehler war, Dora mitzunehmen. Gústav Karl ist ein Pulverfass, völlig unberechenbar. Wenn ihr etwas herausrutscht, das ihm nicht passt, könnte es gefährlich werden. Er trägt eine Radlerhose, ein ärmelloses Sportshirt und eine Weste, was für das ungeschulte Auge aussehen könnte wie Radsportausrüstung, aber Rado vermutet, dass die Weste entweder stich- oder schusssicher ist, vielleicht auch beides. Gústav Karl ist braun gebrannt und gut in Form, er sieht nicht aus wie ein Krimineller, sondern eher wie ein Start-up-Gründer, der Apps entwickelt oder eine Billigfluglinie leitet.

»Mein Beileid«, sagt der Mann spöttisch und starrt Rado an. Die Nachricht von Jurek seniors Tod hat sich in der Unterwelt offenbar schnell herumgesprochen.

»Danke«, sagt Rado, ohne eine Miene zu verziehen. Als den Männern um Gústav Karl herum klarwird, dass er und

Dora von der Polizei sind, ziehen sie sich zurück und setzen sich an einen Tisch in der Mitte des Saals. Rado vermutet, dass sie dort die ganze Nacht lang Poker gespielt haben. Sie kommen aus allen Schichten der Gesellschaft, außer der Spielsucht haben sie vermutlich nichts gemeinsam. Er nimmt an, dass es diejenigen sind, die in der Nacht verloren haben und sich noch kurz stärken wollen, bevor sie den Tag beginnen und sich der harten Realität stellen, die mit ihrer nächtlichen Beschäftigung einhergeht. Weder Hákon noch die anderen Männer auf Unnars Bild sind unter ihnen.

»Standet ihr euch nahe?«, fragt Gústav Karl, und sein Tonfall klingt immer noch spöttisch. Rado schüttelt stumm den Kopf, um klarzustellen, dass er nicht weiter über den Tod seines Schwiegervaters sprechen will.

Doras Blick fällt auf Gústav Karls Knöchel. Sie sind blutig und geschwollen.

Rado fragt ihn, ob er Hákon gesehen habe, und zeigt ihm das Bild auf seinem Handy.

»Von wann ist das Foto?«, fragt Gústav Karl und sieht Dora und Rado abwechselnd an.

»Von heute Nacht«, sagt Dora, obwohl sie es nicht weiß. Das Bild könnte genauso gut einen Monat alt sein.

»Okay«, sagt Gústav Karl. »Worum geht es?«

»Wir ermitteln in einem Vermisstenfall. Seine Tochter ist verschwunden.«

»Die kleine Schwatte?« Gústav Karl verzieht keine Miene.

»Weißt du, wo wir ihn finden können?«, fragt Dora. Gústav Karl richtet sich auf und reibt sich die Hände.

»Er war gestern Abend hier. Hatte Geld dabei, es gab einen

Kampf.« Gústav Karl streicht über seine blutigen Knöchel. »Dann ist er einfach gegangen.«

Im Saal des Heimatvereins kann man auf alles wetten, was auf den Internetwettportalen angeboten wird. Bis zu einem gewissen Rahmen gibt es auch die Möglichkeit, für Wetten Kredite aufzunehmen, und die Einsätze müssen nicht zwangsläufig in Form von Geld sein.

»Okay«, sagt Rado. »Weißt du, wohin?«

»Keine Ahnung«, sagt Gústav Karl und verschränkt die Hände hinter dem Rücken.

Rado schaut zu Dora. »Ich denke, wir sind hier fertig.«

Als sie wieder draußen auf dem Parkplatz stehen, fragt sie: »Denkst du dasselbe wie ich?«

»Ja, er könnte ihn hinten irgendwo versteckt haben. Hákon ist nicht erreichbar, womöglich gibt es dafür einen guten Grund«, sagt er und flucht in sich hinein.

»Wenn wir da reinwollen, brauchen wir die Spezialeinheit. Bis die kommen, können wir uns ein bisschen umsehen.« Sie prüft, ob es noch weitere Ausgänge gibt.

»Die Sache ist nur, dass ich bei der Spezialeinheit momentan keinen guten Stand habe.« Rado seufzt und vergräbt die Hände in seinen Jackentaschen. Es ist windig und kalt.

»Haben wir irgendeine Ausrüstung im Auto?« Sie geht zu dem unmarkierten Polizeiwagen und durchsucht den Kofferraum.

»Was hast du vor?«

»Der Rowdy an der Tür ist furchteinflößend, aber auch schwerfällig. Wer so groß ist, rechnet nicht damit, angegriffen zu werden.« Sie holt einen Elektroschocker hervor und prüft den Akkustand. »Wenn ich ihn damit treffe, kannst du ihn mit diesen Kabelbindern fesseln«, sagt sie und reicht ihm ein Bündel.

»Atme erst mal tief durch, alles mit der Ruhe.« Er blickt zu den abgedeckten Fenstern des Heimatvereins hoch.

»Wir können nicht warten, wir müssen da rein und schauen, ob es noch einen versteckten Raum gibt.« Sie steckt den Elektroschocker ein.

»Bist du sicher, dass da was ist?«

»War das nicht mal ein Veranstaltungsraum? Hinter der Bar muss es zumindest eine Küche und eine Putzkammer geben.« Sie holt eine stichsichere Weste aus dem Kofferraum und zieht sie unter ihre Jacke.

»Sollten wir nicht trotzdem erst Verstärkung rufen?« Rado legt seine Hand auf Doras Schulter. »Hör mir mal zu.«

»Nein, hör du mir mal zu. Wenn wir den Rambo ausschalten, dann sind wir gegen Karl Gústav zu zweit. Ich weiß, dass du eine Weile in der Spezialeinheit warst. Falls er etwas versucht, solltest du ihn überwältigen können. Ihn zumindest so lange aufhalten, dass ich den Elektroschocker benutzen kann.« Sie atmet tief ein und rückt ihre Weste zurecht.

»Er heißt Gústav Karl. Eben nicht wie der König, sondern umgekehrt.« Rado steckt die Kabelbinder in seine Tasche. »Lass uns nichts überstürzen, am besten rufen wir die Zentrale an und bitten um Verstärkung.«

»Ich wurde bei einem Einsatz angeschossen und hab es überlebt. Da oben gibt es nichts, wovor ich Angst habe«, sagt sie, und bevor er sie umstimmen kann, stürmt sie zum Eingang.

Als der Koloss ihnen öffnet, hält ihm Dora sofort den Elektroschocker an den Hals. Rado steht hinter ihr und sieht erst nicht, was sie macht. Der Mann zuckt zusammen, dann packt er Doras Hals. Rado schiebt sich an ihr vorbei und rammt dem Mann den Ellenbogen in den Bauch. Er lässt Dora los. Nichts von dem, was Rado tut, um den Kerl zu überwältigen, würde er jemals gegen einen Gegner beim Ju-Jutsu anzuwenden wagen. Er tritt ihm gegen das Schienbein, bricht ihm einige Finger und schiebt ihm sein Knie in die Weichteile, so dass er hinfällt. Am Ende packt er ihn im Nacken und zählt im Kopf die Sekunden, damit der Mann zwar bewusstlos wird, aber nicht erstickt. Kurz darauf fällt der schwere Körper zu Boden und reißt den Vorhang mit sich.

Sie gehen weiter Richtung Bar. Die Männer, die sich vorhin an einen separaten Tisch gesetzt haben, sind immer noch dort, aber an der Bar steht niemand mehr. Gústav Karl ist weg, also geht Rado zu den Männern.

»Wo ist er hin?«, fragt er einen Kerl in blaugrauer Arbeiterweste und Werkzeughose. Seine Pupillen sind geweitet, er ist sichtlich zugedröhnt.

»Du kannst nicht einfach ...« Der Mann grinst Rado an und will gerade aufstehen, als Rado ihn im Nacken packt und sein Gesicht auf die Tischplatte donnert, bevor er ihn an den Haaren wieder hochzieht. Benommen blickt der Mann erst seine Kumpels an und dann Rado, der keine Miene verzieht.

Er hatte nicht vor, dem Mann die Nase zu brechen, aber für einen Moment ist das Adrenalin mit ihm durchgegangen.

»Er ist hinten«, flüstert einer der Männer, der ein knittriges Hemd und eine schmale Krawatte trägt. Sein Gesicht kommt Rado bekannt vor, er könnte ein großer Player in der Businesswelt sein.

Rado und Dora werfen sich einen Blick zu und gehen langsam Richtung Bar. Dora hält den Elektroschocker bereit und schaut hinter den Tresen. Dort ist niemand, und Rado zeigt stumm auf eine Tür. Er gibt Dora ein Zeichen, dass er zuerst hineinwill. Sie nickt. Er holt tief Luft und stemmt sich mit aller Wucht gegen die Tür. Sie fliegt auf, und er fällt bäuchlings in die Küche. Über ihm steht Gústav Karl mit einem Baseballschläger und holt zum Schlag aus, doch in dem Moment rammt Dora ihn von der Seite. Gústav Karl schlägt ihr mit der flachen Hand ins Gesicht, packt die Hand, in der sie den Elektroschocker hält, verdreht sie und drückt den Abzug. Dora beginnt zu zucken, und Rado sieht, dass sie aus dem Gleichgewicht gerät. Im Liegen tritt er Gústav Karl in die Knie, der auf ihn fällt. Rados Instinkte übernehmen: Gústav Karl ist ziemlich flink und viel stärker als er, aber letztendlich bringt ihm das nichts. Rado weiß, dass er ihn mit dem Tritt verletzt hat, und er kann sich schnell ein Bild davon machen, was Gústav Karl draufhat und was nicht. Er bringt ihn mit einem Achselgriff zu Fall, und solange Gústav Karl noch Kraft hat, wehrt er sich wie ein Anfänger. Rado fragt sich, ob er der Sache ein Ende setzen soll, schließlich würde niemand diesen Psychopathen vermissen. Aber dann sieht er Dora, die über ihnen steht und Gústav Karl mit Kabelbindern die

Hände fesselt. Rado ist erleichtert, das Letzte, was er an diesem Unglückstag will, ist, jemanden umzubringen. Er lässt Gústav Karl los, und Dora setzt ihm einen Fuß auf die Brust, so dass er nicht mehr hochkommt.

Rado sieht sich in der Küche um. Außer ihnen ist dort niemand. Sein ganzer Körper tut ihm weh, und er fragt sich, ob er sich vielleicht die linke Schulter ausgekugelt hat. Linksseitig zieht sich ein pochender Schmerz vom Hals bis zur Hüfte. Gústav Karl liegt regungslos auf dem Boden. Er ringt um Luft, aber strahlt eine seltsame Würde aus. Als habe er kein Problem damit, den Kampf verloren zu haben.

»Wo ist er?« Dora beugt sich über ihn und erhöht den Druck auf seiner Brust.

»Er ist weg.«

»Wohin ist er gegangen?« Rado verzieht das Gesicht und greift sich an die Schulter. Aber Gústav Karl sagt nichts mehr, er weiß, wie er mit Polizisten umgehen muss.

»Was jetzt?« Dora sieht Rado an, der zu einer weiteren Tür geht. Er öffnet sie und entdeckt eine kleine Putzkammer, die mit dicken Platten schalldicht gemacht wurde. In der Mitte steht ein Stuhl, und als Rado das Licht anmacht, sieht er, dass der Boden wie ein abstraktes Gemälde aussieht. Überall sind Blutflecke, manche braun und getrocknet, andere noch dunkelrot.

Er gibt Dora ein Zeichen, den Fuß von Gústav Karls Brust zu nehmen und zu ihm zu kommen. Sie beugt sich hinunter und sieht sich die Blutflecke an. Manche sind wirklich noch sehr frisch.

»Wer saß zuletzt hier?« Sie sieht Gústav Karl an, der ihren

Blick seelenruhig erwidert. Sie nickt, greift sich einen Fleischklopfer und schlägt ihm damit aufs Knie. Er zuckt vor Schmerzen zusammen und Rado ebenfalls, denn damit hat er nicht gerechnet. Er möchte etwas sagen, aber Dora kommt ihm zuvor.

»So können wir nicht weitermachen«, sagt sie.

»Hast du sie nicht mehr alle? Du kleines Miststück«, faucht Gústav Karl. »Findest du das etwa in Ordnung?« Er schaut zu Rado. Seine Wut klingt überraschend ehrlich.

»Wollen wir nicht über deine Putzkammer hier reden?«, fragt Rado und wirft durch die offene Tür einen Blick in den Saal. Die Männer am Tisch sind aufgestanden, und der Rowdy am Eingang windet sich, um die Kabelbinder zu lösen, aber es gelingt ihm nicht.

»Wo ist der Computer?«, fragt Dora Gústav Karl, aber er antwortet nicht. Er starrt nur Rado an, als warte er immer noch auf eine Antwort. »Bist du taub?«, fragt sie und zieht ein großes Steakmesser aus einem Messerbock.

»Hey!«, ruft Gústav Karl, als Dora ihm das Messerblatt zwischen die Beine schiebt. »Rado?!«

Rado verlässt die Küche und geht quer durch den Saal zu dem Rowdy, der sich wie ein gestrandeter Wal wälzt.

»Wo ist der Computer?«

»Mach mich los, bitte. Ich bekomme keine Luft. Ich glaube, ich hab eine Panikattacke.« Er hört auf, sich zu wehren, aber hyperventiliert weiter.

»Hast du nicht einmal für Tindastóll in Sauðárkrókur Basketball gespielt?« Rado beugt sich hinunter und betrachtet sein Gesicht. »Du heißt doch Hannes Bjarki?«

»Das stimmt«, antwortet der große Mann, und sein Gesicht leuchtet ein wenig auf. Wahrscheinlich hofft er, doch noch freizukommen.

»Du hättest beim Basketball bleiben sollen«, sagt Rado und tritt ihm fest in den Bauch.

»Was machst du mit mir?«, kreischt der Mann.

»Wo ist der Computer?« Rado hockt sich hin und reibt über die Augen des Mannes, der vor Schmerzen aufheult.

»Was zur Hölle? Ihr seid doch Bullen! Das dürft ihr nicht!« Der Mann versucht, sein Gesicht abzuwenden, aber vergeblich. Er hat keine Kraft mehr, und Rado hält ihm die Nase und den Mund zu. Seine Augen sind vor Panik weit aufgerissen, und er versucht, nach Luft zu schnappen.

»Ich will dich nicht noch einmal fragen«, sagt Rado und steht auf, als er plötzlich einen Schrei aus der Küche hört, der ihn aber wenig kümmert. Sein einziges Ziel ist es, Morgan zu finden. Der Psychopath da auf dem Küchenboden findet es in Ordnung, sich über den Tod seines Schwiegervaters lustig zu machen. Seine Kollegen haben ohnehin keinen Respekt vor ihm und vertrauen ihm auch nicht. Und nur Gott weiß, wie lange die Frau, die er liebt, ihn bereits anlügt. Er hat das alles so satt. Solche Räume wie diese Putzkammer hinter der Küche rauben ihm alle Lebenskraft. Wahrscheinlich kann er sie nur wiederbekommen, wenn er sich einfach von seinen Impulsen leiten lässt, genau wie seine Kollegin, diese verrückte, aber geniale Frau in der Küche, der das so leicht zu fallen scheint. Er wird ihr nicht verbieten, mit Gústav Karl zu machen, was ihr in den Kopf kommt. Der Mann hat es nicht anders verdient.

Der Riese auf dem Boden vor ihm ist keine große Leuchte, aber er scheint langsam zu verstehen, dass Rado alles ziemlich egal ist, und das macht ihm Angst.

»Es gibt noch eine Geheimtür ... da in dem ... Kabuff«, stöhnt er, nicht ganz sicher, wie er den Raum nennen soll. »Und dahinter befindet sich ein anderer ... Raum. Dort ist der Computer.«

»Danke«, sagt Rado, lässt ihn los und geht zurück zur Küche. Auf halbem Weg hält er inne und dreht sich noch einmal um. »Warum hast du mit dem Basketball aufgehört?«

»Ich hab während der Pandemie eine Angststörung entwickelt.«

»Hast du Covid bekommen?«, fragt Rado.

»Nein, aber Angst davor«, sagt der große Mann und wendet beschämt das Gesicht ab.

»Okay«, sagt Rado und schüttelt den Kopf. Er dreht sich wieder um und geht in die Küche. Dieses Gespräch führt nirgendwohin.

Als er in der Küche ankommt, hat Dora bereits Gústav Karls Hose aufgeschnitten, und er liegt mit nacktem Unterkörper auf dem Boden. Sie steht mit dem Messer vor ihm.

Rado hat Gústav Karl noch nie so gesehen, er ist kreidebleich im Gesicht, völlig entsetzt. Als er Rado sieht, versucht er sich zusammenzureißen, aber die Situation ist einfach nur irre. Rado sieht, dass Doras Pupillen geweitet sind. Sie steht unter dem Einfluss von Medikamenten, die sie hoffentlich irgendwie zurückhalten. Irgendwelche Gauner während einer Festnahme hart anzufassen, ist eine Sache, aber so was ist eine ganz andere Nummer. Das Gespräch will Rado nicht mit Elliði führen müssen.

»Wollen wir es nicht gut sein lassen?«, fragt er und sieht Dora an.

Sie nickt und zieht das Messer weg. Rado kneift die Augen zusammen, um sich zu vergewissern, dass nichts blutet. Dann streckt er die Hand aus, und Dora gibt ihm das Messer.

»Okay«, sagt sie. »Ich habe draußen die Fenster gezählt und hier drinnen auch. Eines fehlt. Hier muss noch irgendwo ein Raum sein.«

»Ich weiß.« Rado geht in die Putzkammer und klopft die Wände ab. Nach einer Weile findet er einen Knopf, und als er ihn drückt, öffnet sich die Wand zu einem weiteren Raum. Er hält kurz inne, doch dann reißt er sich zusammen und geht hinein, ohne zu wissen, was ihn erwartet.

Das Geheimzimmer ist eine Art Kontrollraum mit einigen Computerbildschirmen, die diverse Sportwettseiten zeigen. Auf einem größeren Bildschirm läuft ein Spiel der italienischen Liga und auf einem kleineren in der Ecke sind die Bilder der Überwachungskameras unten, vor dem Saal und an der Bar zu sehen. Er setzt sich und bewegt eine kabellose Maus, in der Hoffnung, den Zeiger zu finden, um ins Menü zu kommen.

»Was machst du da?«, hört er Doras Stimme hinter sich.

»Ich will zurückspulen.« Rado schüttelt die Maus, aber der Zeiger taucht nirgendwo auf.

»Nimm einfach die Festplatte mit«, sagt sie, beugt sich unter den Tisch und holt eine kleine schwarze Box hervor.

»Sollten wir nicht gleich nachsehen? Das wäre doch am schnellsten?«

»Nein, ich weiß, wo er ist.« Sie steckt die Festplatte ein.

»Der Vater? Wo?« Rado steht auf und blickt sich um. Dora wedelt mit ihrem Handy und lächelt.

22

Als Rado und Zeljko Teenager waren, wurden sie von ihrer Vergangenheit eingeholt. Jahrelang hatten ihre Eltern ihnen nie etwas erzählt. Rado hielt das immer für eine seltsame Taktik. Die Brüder wussten natürlich von dem Krieg und dass sie deshalb nach Island gekommen waren, aber über ihr Leben davor wurde zu Hause nicht gesprochen.

Manchmal erzählte ihre Mutter beiläufig von ihren Eltern oder anderen Verwandten, meist im Zusammenhang mit völlig alltäglichen Dingen. Was es zum Essen gab oder wie man am besten Wäsche faltete oder eine Wand strich. Aber wenn die Brüder genauer nachfragten, zog sie sich sofort in ihr Schneckenhaus zurück. Dasselbe galt für ihren Vater. Die Vergangenheit war ein Minenfeld, und sie lernten, sich davon fernzuhalten. Nicht weil sie zu feige waren, ihren Eltern die Stirn zu bieten, sondern weil sie merkten, dass es sie überfordern würde. Wenn sie doch einmal nachhakten, folgten Tage von erdrückendem Schweigen. Ihr Vater wollte dann gar nicht erst aufstehen, und ihre Mutter sagte kein Wort. Es ist schwer für zwei Jungen, sich das nicht nahegehen zu lassen.

Als Rado fünfzehn war und Zeljko siebzehn, veränderte sich alles. In der Zeit kam auch Zeljkos psychische Erkrankung auf. Die Manien, die Wutanfälle und Depressionen. Er hatte ein Buch von einem britischen Journalisten über das Massaker in Srebrenica in die Hände bekommen und ihre Eltern mit lauter unangenehmen Fragen gelöchert. Rado ist nicht sicher, ob Zeljko es aufgrund seiner Krankheit tat oder ob die Erkrankung ihm erst die nötige Deckung gab. Ein Psychologe riet den Eltern, nachsichtig und geduldig mit ihm zu sein. Ihr Bestes zu tun, um ihn nicht unnötig aufzuregen. Er bekam Medikamente, die ihn besänftigen sollten, aber das taten sie nicht. Die Dosierung musste ständig erhöht werden. An manchen Tagen wirkte er wie ein Zombie und konnte kaum sprechen. An anderen war er nicht zu bremsen. Als er begann, über das Massaker zu sprechen, war er nach einer ruhigen Woche plötzlich ganz aufgewühlt. Er wusste, dass ihre Eltern sich Fragen zu dem schrecklichen Ereignis verschließen würden, und kam vorbereitet, zählte Fakten auf, die er offensichtlich auswendig gelernt hatte.

Die Eltern flehten ihn an, damit aufzuhören, und der Vater versuchte vergeblich, ihn in das Zimmer zu zerren, das die Brüder sich teilten. Irgendwann zogen ihre Eltern sich in ihr Schlafzimmer zurück. Zeljko blieb Rado gegenüber am Küchentisch sitzen, und die Schilderungen des Massakers, seiner Vorgeschichte und der Folgen sprudelten nur so aus ihm heraus. Rado saß regungslos da und lauschte, während sein Bruder vom Einfall der bosnisch-serbischen Armee in Srebrenica erzählte, bei dem innerhalb von zehn Tagen über achttausend bosnische Muslime zwischen sechzehn und sechzig Jahren ermordet worden waren. In Europa hatte es seit dem Zweiten Weltkrieg keinen derartigen Massenmord gegeben. Erst hielt sich Zeljko an die Fakten, und Rado hörte ihm aufmerksam zu, doch dann fing er an, von ihren Eltern und Verwandten zu sprechen. Er meinte, dass sie eine Mitschuld an diesem schrecklichen Ereignis hätten. Dass die einzige Möglichkeit für ein ewiges Leben sei, Reue zu zeigen oder mit dem Tod für die Taten zu bezahlen. Als Zeljko später am Abend in ihrem Zimmer eingeschlafen war, sprach Rado mit den Eltern im Wohnzimmer leise darüber, eine passende Anstalt für ihn zu suchen. Doch dazu kam es nicht, denn am nächsten Morgen war Zeljko verschwunden, und sie sahen ihn nie wieder.

Ein paar Jahre später starb ihr Vater, und Rado zog aus. Seine Mutter empfand das als Verrat. Rado hatte das Gefühl, dass sie die Wut und die Trauer über Zeljkos Verschwinden an ihm ausließ. Sie konnte einfach nicht damit umgehen.

Seine Mutter lebt immer noch in der Wohnung in Árbær. Obwohl ihr Verhältnis kühl ist, ruft Rado sie jeden Tag an und lädt sie immer ein, wenn es einen Anlass gibt. Aber sie kommt nie. Findet immer eine Ausrede und tut so, als wäre auch sie verstorben oder verschollen. Rado weiß nicht genau, was in ihr vorgeht, aber er achtet darauf, sie zumindest regelmäßig mit Jurek zu besuchen. Doch während dieser Besuche interessiert sie sich kaum für den Jungen und ist ihm gegenüber verhalten, was Jurek bestimmt merkt.

Irgendwann wird er verstehen, dass sie es nicht leicht hat. Dann wird er die Trauer erkennen, die ihre kleine Wohnung eingenommen hat. Davor will Rado seinen Sohn eigentlich bewahren. Er hat es selbst nur knapp überlebt.

23

Dora zeigt Rado auf ihrem Handy ein Bild von einem Mann, der in Hákons Wohnung geht. Sie hat an einer Mülltonne vor der Wohnung eine kleine Überwachungskamera angebracht, die ihr bei jeder Bewegung eine Benachrichtigung schickt. Das Bild ist unscharf, aber Dora ist sich ganz sicher, dass es sich bei dem Mann um Hákon handelt.

Rado besteht darauf zu fahren, und sie rasen in dem Zivilfahrzeug durch den Nachmittagsverkehr nach Laugarnes. Nach dem Kampf im Heimatverein spürt er seine linke Seite kaum noch. Sie haben Gústav Karl und den Rowdy auf dem Boden liegen gelassen, aber Rado ist sicher, dass es den beiden früher oder später gelingen wird, sich zu befreien.

Er weiß auch, dass Gústav Karl die Sache nicht auf sich sitzen lassen wird. Ihr Besuch hat ihnen einen gefährlichen Feind beschert. Irgendwann wird Gústav Karl kontern, das hat er auch versucht, Dora klarzumachen, aber es schien sie nicht zu kümmern. Rado fragt sich, ob ihre Gleichgültigkeit körperliche Ursachen haben könnte. Ist sie vielleicht todkrank und lässt sich deshalb nicht von einem Psychopathen mit brutalen Racheplänen einschüchtern? Er verdrängt den Gedanken, erst sollte er sich auf die nächsten Schritte konzentrieren.

Sie parken ein Stück entfernt, um Hákon nicht zu alarmieren. Dora öffnet den Kofferraum und holt eine weitere stichsichere Weste hervor, die sie Rado reicht. Sie wüssten schließlich nicht, was sie dort drinnen erwarte. Er nickt und zieht die Weste an. Auseinandersetzungen hat er heute bereits genug für einen Tag gehabt.

Sie klettern über Zäune und stapfen durch verschneite Gärten. Als sie endlich das Haus erreichen, sind sie beide völlig durchnässt. Sie teilen sich auf und gehen einer von der rechten, eine von der linken Seite hinter das Haus zum Eingang der Kellerwohnung.

Dort angekommen, vereinbaren sie mit Gesten den nächsten Schritt. Rado hört Doras flachen Atem, als sie endlich in die Wohnung stürmen. Sofort sieht er die Blutflecke auf dem Boden. Er geht ins Wohnzimmer, wo Hákon zusammengekauert auf dem Sofa liegt. Er steht nicht auf, als er Rado bemerkt. Hákon stinkt nach Alkohol und Urin.

»Nein«, wimmert er nur und vergräbt sein Gesicht in den Händen. Rado dreht sich um, aber Dora ist nirgendwo zu sehen.

»Ich bin von der Polizei«, sagt er und tritt vorsichtig näher, um zu prüfen, ob Hákon bewaffnet ist.

»Sie ist nicht hier«, hört er Dora hinter sich sagen, bevor sie an ihm vorbei zum Sofa stürmt und Hákon unsanft aufrichtet. »Wo ist sie? Wo warst du?«, ruft sie.

Rado sagt nichts. Er weiß nicht, ob er sich anders verhalten würde. Dora lässt Hákon los, der sich aufgesetzt hat und auf den Boden starrt. Aus seinen geschwollenen Mundwinkeln fließt eine Mischung aus Speichel und Blut. Er hat auf beiden Augen Veilchen, die Schwellungen sehen aus wie zwei schiefe

Hörner auf seinem ansonsten so hübschen Gesicht. Die Augenbrauen stehen hervor wie bei einem Klingonen.

»Was hast du getan?«, fragt Dora. Ihre Stimme klingt beinahe zärtlich, und Hákon sieht sie verwirrt an.

»Nichts«, sagt Hákon schließlich, aber weder Rado noch Dora glauben ihm. Dora hat bereits eine Vermutung, was passiert sein könnte.

»Hält Gústav Karl deine Tochter gefangen, bis du deine Schulden begleichst? Wo ist sie?«

»Nein«, sagt Hákon und schüttelt den Kopf, so dass der Mix aus Speichel und Blut auf den Boden tropft. »So ist es nicht, das ist ganz allein meine Sache. Morgan hat damit nichts zu tun. Das ist nur zwischen Gústav und mir.«

»Warst du gestern bei ihm?« Sie setzt sich ihm gegenüber auf den Couchtisch, und Hákon nickt.

»Ja, ich war mit einem Kumpel dort und habe Poker gespielt. Das Glück war nicht auf meiner Seite, und Gústav ist knallhart. Ich glaube, es macht ihm Spaß, mich zu schlagen«, sagt Hákon, und Dora und Rado tauschen einen Blick.

»Dir muss doch aufgefallen sein, dass deine Tochter immer noch verschwunden ist«, sagt Rado, und Hákon sieht ihn verwirrt an. »Niemand weiß, wo sie ist.«

»Ach ja, stimmt«, sagt Hákon, fischt eine Zigarette aus seiner Tasche und zündet sie an. »Das hat sie aber schon oft gemacht. Manchmal taucht sie einfach ab.« Er sieht Dora an, zieht an der Zigarette, und der Filter färbt sich rot vom Blut.

»Bist du wirklich so naiv oder einfach nur ein Jammerlappen?« Rado würde Hákon am liebsten packen und schütteln.

»Ihre Jacke wurde völlig durchnässt bei Drekkingarhylur gefunden! Zusammen mit einem Schuh und ihrem Handy!«

»Hast du Kinder?«, fragt Hákon und sieht Dora an, die den Kopf schüttelt. »Sie können ziemlich dramatisch sein, diese Teenager. Das Mädchen wird bald wieder auftauchen.«

»Willst du Gústav Karl anzeigen?«, fragt Rado. Hákon antwortet nicht.

»Was machen wir nur mit dir?«, fragt Dora besorgt. »Wo ist dein Handy?«

Hákon holt ein altes, zerkratztes Handy hervor, das aussieht wie aus der Anfangszeit der Mobiltelefonie.

»Hast du ein Ladegerät dafür?«, fragt sie, und Hákon nickt. »Sieh zu, dass es immer an ist.«

»Ich bleibe ohnehin erst mal hier.« Hákon lehnt sich auf dem Sofa zurück.

»Ja, aber sie könnte dich anrufen. Oder nach Hause kommen.«

Rado sieht sich im Wohnzimmer um und betrachtet dann Hákon. Er kennt Morgan zwar nicht, aber er ist sich dennoch sicher, dass sie nie im Leben freiwillig in diese Wohnung zurückkehren würde.

»Fällt dir jemand ein, zu dem sie gegangen sein könnte? Irgendwelche Verwandte? Andere Freunde, von denen wir nicht wissen?« In Doras Stimme erklingt ein Tonfall, den Rado nur zu gut kennt. So spricht er auch mit dem dreijährigen Jurek, wenn sie ein verloren gegangenes Kleidungsstück oder Spielzeug suchen.

Hákon schüttelt den Kopf. »Es gibt niemanden«, sagt er bestimmt.

Plötzlich fängt Rados Handy an zu vibrieren. Er sieht nach, wer es ist. »Elliði«, sagt er zu Dora und fragt sich, ob ihr Chef etwa von ihrem Besuch beim Heimatverein erfahren hat. Sie nickt, und er geht ran. Elliði klingt sehr förmlich und fordert sie auf, sofort zurück zur Station zu kommen, er müsse mit ihnen reden.

Bevor sie gehen, fragt Rado noch, ob er einen Krankenwagen rufen soll, aber Hákon schüttelt den Kopf.

»Mir fehlt nichts«, murmelt er.

Er scheint kaum mitzubekommen, dass Dora und Rado die Wohnung verlassen. Dora wundert das nicht, es passt zu einem Mann, dem egal zu sein scheint, dass seine eigene Tochter vermisst wird.

»Was für ein verkorkster Fall«, sagt sie, als sie zurück zur Station fahren.

»Ich denke nicht, dass er lügt. So wirkt er nicht auf mich«, sagt Rado. »Er weiß nicht, wo sie ist.«

»Nein.« Sie seufzt. »Warum will Elliði uns sehen?«

»Keine Ahnung.«

»Denkst du, sie ist noch am Leben?« Dora sieht Rado an.

Er sagt nichts. Der Gedanke, dass Morgan tot sein könnte, ja, vielleicht sogar ermordet wurde, erfüllt ihn mit Schrecken. Vermutlich ist es, weil er völlig erschöpft und von Schmerzen geplagt ist, vielleicht aber auch, weil Morgan sonst niemanden hat. Die Frage bringt ihn so sehr aus der Fassung, dass ihm die Luft wegbleibt.

Dieses Mädchen, dem sie beide noch nie begegnet sind, hat sich einen Weg durch ihre stichsicheren Westen gebahnt und ist ihnen in kürzester Zeit ans Herz gewachsen.

24

In dem kleinen Büro des Hauptdezernats herrscht eine seltsame Stille. Als Dora und Rado eintreten, sitzt Elliði an seinem Schreibtisch, und hinter ihm steht Polizeichef Bjarki Freyr, ein Mann über sechzig, groß gewachsen und mit autoritärem Auftreten.

Dora und Rado versuchen beide, aus Elliðis Blick schlau zu werden, aber er ist schwer zu lesen. Sein Gesichtsausdruck ist steinern wie immer. In seiner Nähe hat Dora immer das Gefühl, etwas ausgefressen zu haben.

»Warum tragt ihr die Westen?«, fragt Elliði.

»Wir waren bei dem Vater und wollten auf Nummer sicher gehen«, antwortet Dora.

»Ist er …« Elliði verstummt mitten im Satz. Er weiß nicht genau, was er fragen will.

»Er ist unberechenbar«, wirft Rado ein.

»Die Suche nach dem Mädchen hat noch nichts ergeben.« Bjarki Freyr geht einen Schritt auf sie zu und sieht sie abwechselnd an. Sie sahen schon mal besser aus, Rados Auge ist geschwollen, und Dora ist kreidebleich im Gesicht.

»Ich habe den Rettungsdienst beauftragt, die Suche auf Reykjavík und Umgebung auszuweiten und die Küste abzusuchen. Ein Hubschrauber wird das Gebiet zwischen Thingvellir und der Stadt abfliegen, und Taucher sollen in den Gewässern suchen. Ich habe einen Trupp losgeschickt, um die Sommerhäuser im Nationalpark abzuklappern, und die Medien werden noch einmal dazu auffordern, dass die Leute sich mit Hinweisen an die Polizei wenden«, sagt Bjarki Freyr.

Dora und Rado sehen erst einander und dann Elliði an, der ihren Blicken ausweicht. Es scheint klar, dass der Fall nicht mehr in ihren Händen ist.

»Die Sache ist die«, sagt Elliði, »ihr habt euch bisher –«

»Gunnþór würde den Fall gerne übernehmen und diese Ermittlungen zu Ende bringen.« Bjarki legt seine Hand auf Elliðis Schulter. »Eure Lage ist momentan ziemlich aussichtslos.«

»Welche Lage? Was soll das heißen?« Dora legt den Kopf schief.

»Hat dein Auge nicht während eines Einsatzes angefangen zu bluten?« In Bjarki Freyrs Gesicht zeichnet sich ein arrogantes Lächeln ab. »Sollten wir das nicht bedenken, bevor wir fortfahren? Es ist fraglich, ob du überhaupt dazu imstande bist, Einsätze zu übernehmen. Elliði und ich haben vollstes Vertrauen in dich, aber wir wollen nicht, dass die Behörde in einen Rechtsstreit gerät, aufgrund deines … Zustands … also, deines Gesundheitszustands. Außerdem geht es um dein eigenes Wohl und unsere Verantwortung für … unsere Leute.«

»Ich …« Dora sieht Elliði an.

Eine erdrückende Stille breitet sich in dem kleinen Büro aus.

»Was ist mit mir?«, fragt Rado schließlich.

»Das ist eine gute Frage. Natürlich ist im Laufe der Zeit einiges aufgekommen, wir leben in einem kleinen Land. Früher hat man hier oft mal ein Auge zugedrückt, aber die Zeiten haben sich geändert. Die Polizei wird ein unabhängiges Gutachten zu deiner Situation in Auftrag geben. Bis das vorliegt, wurde beschlossen, dich zu beurlauben«, erklärt Bjarki Freyr und sieht Rado an, der nicht anders kann, als zu bewundern, wie der Polizeichef die einstudierte Antwort klingen lässt, als wäre er nur der Überbringer der Nachricht. Obwohl er mit Sicherheit an der Entscheidung beteiligt war. Er ist gewieft, auf die Behörde kann Rado schließlich nicht wütend sein. Er lächelt schief und schüttelt den Kopf.

»Was den Kindersitz im Tesla angeht«, sagt Bjarki Freyr, »er ist noch bei der Spurensicherung, aber soweit ich weiß, kannst du ihn zurückhaben. Du hast doch Isofix-Befestigungen in deinem Toyota? Ist er nicht Baujahr 2008?« Der Polizeichef klingt sogar ein wenig besorgt, aber bei den Worten vergeht Rado das Grinsen. Das Gedankenkarussell in seinem Kopf nimmt Fahrt auf. Werden sie ihnen auch die Wohnung nehmen? Wird Jurek jetzt obdachlos?

»2006«, seufzt er schließlich.

»Sobald die Lage klarer ist, wird die Behörde euren Beitrag zu den bisherigen Ermittlungen berücksichtigen«, sagt Bjarki Freyr schließlich, dann geht er und lässt Elliði allein mit den Auswirkungen seiner Worte zurück.

Ein taktisches Manöver, wie ein Spaltgriff beim Ringen, gnadenlos und effektiv. Der Polizeichef hat Dora und Rado auf die Matte gelegt, ohne auch nur einmal die Stimme zu heben und ohne sich die sorgfältig gebügelte Uniform zu zerknittern.

Sie beschließen beide, Gnade mit Elliði walten zu lassen. Es bringt nichts, ihm die Schuld zu geben, von allen Vorgesetzten hat er sie noch am allermeisten unterstützt. Er versucht gar nicht erst, sie aufzumuntern. Sie sind erwachsene Menschen, und außerdem ist er müde, denn die Ermittlungen gegen Rados Schwiegerfamilie nehmen ihn voll und ganz ein. Bei dem Gedanken wird Rado erneut und stärker als je zuvor bewusst, wie absurd und erniedrigend die Situation ist. Auch Dora ist ungewöhnlich still. Rado hätte es nicht gewundert, wenn sie vor dem Polizeichef einen Wutanfall bekommen oder zumindest etwas völlig Unangebrachtes gesagt hätte. Aber nein, sie macht keinen Mucks. Wahrscheinlich aus Rücksicht auf Elliði. Vielleicht ist sie aber auch einfach müde.

Auf ihren Wunsch hin beenden sie die Schicht, wo sie anfing, bei Hlölli in der Innenstadt. Dort sitzen sie schweigend im Jeep und essen ihre Sandwiches. Das Letzte, was Rado jetzt tun will, ist, in die Kriminaltechnische Abteilung hineinspazieren und Jureks Kindersitz abholen, aber das wird ihm nicht erspart bleiben. Er muss einfach seinen Stolz überwinden und es tun.

»Das war's dann also«, sagt er schließlich und legt zum zweiten Mal an diesem Tag ein halb aufgegessenes Sandwich beiseite. »Versprich mir bitte, dass du die Sache gut sein lässt. Du bist nicht ganz heil, körperlich, meine ich. Ich mache mir Sorgen um deine Gesundheit.«

Dora starrt eine Weile aus dem Fenster und sieht ihn dann an.

»Die Ärzte wollen mich noch mal unters Messer legen. Anscheinend gibt es neue Technologien, sie denken, dass sie jetzt aus meinem Gehirn entfernen können, was sie beim ersten Mal nicht rausgeholt haben«, sagt sie.

»Das ist doch gut, oder?«

»Mein Kopf war anders. Als ich im Krankenhaus aufgewacht bin, nach dem ... Schuss. Erst habe ich es gar nicht gemerkt, ich habe einfach weitergemacht. Aber plötzlich wurde ich anders behandelt. Und dann habe ich solche Anfälle bekommen. Und mein Zustand war mal besser, mal schlechter. Ein ständiges Auf und Ab. Und irgendwann habe ich verstanden, was los ist.« Sie legt ihr Sandwich beiseite und sieht ihn an. »Wir können nicht einfach aufhören, nach ihr zu suchen. Das geht doch nicht! Wie kommen diese Leute auf die Idee, dass Gunnþór der Richtige ist, um diese Ermittlung zu leiten?«

»Sollten wir nicht erst mal schauen, dass wir selbst klarkommen?« Rado startet den Motor.

»Vielleicht«, sagt Dora, und er fährt zurück zum Dezernat, wo ihr Auto noch steht.

Er beobachtet sie, als sie im Volvo vom Parkplatz fährt. Wie um sich zu vergewissern, dass sie die Ermittlungen auch wirklich hinter sich lässt. Dann atmet er tief durch, steigt aus dem Jeep und geht durch den Hintereingang zur Kriminaltechnischen Abteilung, um sich von Guðjón den Kindersitz seines Sohnes geben zu lassen. Für die nächsten Tage sind Unwetter und anhaltende Glätte vorhergesagt. Es wäre ziemlich anstrengend, den Weg zum Kindergarten mit dem Buggy zu bestreiten.

Bei der Spurensicherung liegt der Sitz auf dem Boden. Der Tesla ist nirgendwo zu sehen. Rado bezweifelt stark, dass darin etwas Verdächtiges gefunden wurde, aber vermutlich ist er in den Händen der Abteilung für Wirtschaftsdelikte. Er betrachtet einige der Gegenstände, mit denen die Kriminaltechniker zu tun haben. Beim Anblick von halb verbranntem Kinderspielzeug und einem Teddy in einer Plastiktüte auf einem der Stahlregale bekommt er ein flaues Gefühl im Magen. Er weiß, dass es sich um Beweisstücke aus einem Großbrand handelt, der vor ein paar Wochen in einem besetzten Haus ausgebrochen ist. Eine rumänische Familie ist dabei umgekommen.

Er hebt gerade den Kindersitz vom Boden auf, als Agnar, der ebenfalls in der Abteilung arbeitet, hereingestürmt kommt. Er nickt Rado zur Begrüßung zu. Offenbar weiß er, dass man ihm erlaubt hat, den Sitz zu holen. Agnar und Rado sind etwa gleich alt und immer schon gut miteinander ausgekommen.

»Habt ihr etwas in ihrem Handy gefunden?«, fragt Rado.

»Welches Handy?« Agnar hat offenbar hat keine Ahnung, wovon er spricht.

»Von dem vermissten Mädchen«, sagt er und stellt den Sitz wieder ab.

»Wir haben ihren Schuh und die Jacke, aber an denen war nichts Auffälliges. Guðjón ist gerade bei der Obduk–« Agnar fällt plötzlich ein, wie Rado zu Jurek senior steht, und wendet verlegen den Blick ab. »Ich meine … da war kein Handy.«

»Kannst du mal nachsehen?«, fragt Rado.

Agnar überlegt kurz und nickt dann. Er verschwindet in einem Büro und kommt wenig später wieder.

»Wie gesagt, ein Handy haben wir nie bekommen«, sagt er und hebt resigniert die Hände. »Ich kann aber noch mal bei Guðjón nachfragen, vielleicht hat er es noch nicht eingetragen, auch wenn ich mir das nur schwer vorstellen kann.«

»Okay.« Rado nickt und geht mit dem Kindersitz hinaus. Er müht sich gerade damit ab, ihn auf der Rückbank seines Jeeps zu befestigen, als ihn jemand von hinten packt, so dass er das Gleichgewicht verliert und auf dem vereisten Boden landet. Er blickt auf, über ihm steht Sævar.

»Na?«, sagt Sævar und tritt ihm in den Unterleib. Er hat Stahlkappen auf den Schuhen, und Rado spürt trotz der Schutzweste die Tritte in den Rippen. Sævar packt ihn am Kragen und holt zum Schlag aus. Rado schließt aus Reflex die Augen, doch es passiert nichts. Als er sie wieder öffnet, sieht er Bjarki Freyr, der hinter Sævar steht und dessen Hand festhält. Das müsste er gar nicht, denn allein die Anwesenheit des Polizeichefs lässt Sævar erstarren.

»Das reicht jetzt«, sagt Bjarki Freyr und lässt ihn los.

Rado rappelt sich auf. Er ist völlig durchnässt und versucht vergeblich, seine Hose trockenzuwischen. Nach Sævars Stahlkappen tut ihm seine linke Seite noch höllischer weh.

»Verpiss dich zurück nach Serbien, du verdammter Ausländer!«, faucht Sævar.

Bjarki Freyr schüttelt nur den Kopf.

Rado bekommt kein Wort heraus, er wankt zum Jeep, knallt die Hintertür zu und setzt sich ans Steuer.

Sævars Bemerkung geht ihm nicht aus dem Kopf. Vielleicht hat er recht, vielleicht sollte er wirklich zurück ins Vaterland gehen. Es kann kaum schlimmer sein als die ewige Plackerei auf dieser verdammten Insel.

Sævar und Bjarki Freyr blicken ihm hinterher, als er vom Parkplatz fährt.

Und auch der Morra beobachtet ihn von der anderen Straßenseite aus.

Es ist Zeit.

25

Hector sitzt in einem kleinen Lieferwagen mit dem Logo eines Elektrikers, den es nicht gibt. Trotzdem stehen Name und Telefonnummer auf beiden Seiten und hinten auf dem Auto. Das kleine Seitenfenster ist abgedunkelt, und im Laderaum befinden sich eine Campingtoilette, ein Multipack Cola, allerlei Süßigkeiten, Snacks und ein paar Tüten Speed. Außerdem steht dort eine Kamera auf einem Stativ, mit der Hector alle ein und aus gehenden Personen vor der Fleischerei, in die er einbrechen soll, abfotografiert. Ein sogenannter Kolibri-Einbruch. Den Begriff hat er mal von einem Engländer im Gefängnis gelernt. Ein Einbruch, bei dem man nicht weiß, was es zu stehlen gibt. Er könnte zwar noch einmal bei Nóri nachhaken und ihn fragen, ob es dadrinnen einen Geldschrank oder einen Safe gibt. Wenn etwas aufgebrochen werden muss, wird er Hilfe brauchen oder zumindest etwas mehr Vorbereitungszeit. Langsam ahnt er, dass es entweder um jede Menge Drogenbestände geht oder sich da drinnen ein Amphetamin-Labor befindet. Wenn Letzteres der Fall ist, will Nóri vermutlich versuchen, sich den Laden unter den Nagel zu reißen.

Das Einzige, was Hector tun soll, ist, vor der Fleischerei zu warten, bis die Luft rein ist, und dann über den Lüftungsschacht ins Gebäude eindringen, den Nóri und er sich auf dem Plan genau angesehen haben. Danach soll er von den Innenräumen ein paar Bilder machen und sich unbemerkt wieder hinausschleichen. Er darf nur keine Spuren hinterlassen.

Ihm war sofort klar, dass an der Fleischerei etwas faul ist. Er hat zwar nicht viel Erfahrung auf dem Arbeitsmarkt, aber er beobachtet nicht zum ersten Mal heimlich einen Betrieb. Vor Mittag kommt niemand an, es werden keine Produkte angeliefert und auch nichts abtransportiert. Kein einziger Lieferwagen, kein einziges Kotelett. Nur ein moderner BMW-SUV, ein Mercedes-Benz, der so luxuriös aussieht, dass man nicht wagen würde, darin einen Hot Dog zu essen, und ein schwarzer Jaguar I-Pace. Er kennt die Leute nicht, die in diesen Fahrzeugen kommen und gehen, aber er weiß trotzdem, wer sie sind. Es sind Leute wie er. Dadrin geht irgendwas vor, er hat nur noch keine Ahnung, was es ist. Aber wenn alles nach Plan läuft, hat er ein Zeitfenster von etwa zehn Stunden, um sorgfältig ein wiederverschließbares Loch in den Maschendrahtzaun zu schneiden, den Lüftungsschacht zu öffnen und mit seiner Kamera hineinzukriechen.

Natürlich hätte er Nóri überreden können, einen seiner Leute die Bilder der ein und aus gehenden Personen machen zu lassen, aber manche Aufgaben will er nicht aus der Hand geben. Die Vorbereitungen sind wie ein Vorspiel. Hector will jederzeit bereit sein. Irgendwann wird er spüren, dass der richtige Moment gekommen ist, er kann das Gefühl nicht wirklich beschreiben. Nur mit dem Speed sollte er aufpassen. Er muss genug nehmen, um wach zu bleiben, aber nicht zu viel, sonst kann er nicht mehr klar denken. Eins muss man diesen *Söhnen der Götter* lassen, ihr Zeug ist erste Klasse. Das Missverständnis wegen des Schutzgelds ist zum Glück wieder vergessen. Sie machen keine Witze mehr über ihn oder greifen ihn an, das lässt Nóri nicht zu. Im Clubhaus abzuhängen fühlt sich an wie auf einem guten Gefängnisgang, wo alle einfach ruhig sind und ihre Zeit zusammen absitzen. Im Winter fahren sie nicht auf ihren Motorrädern, also bleibt genug Zeit, an den Fahrzeugen zu basteln und sich zu unterhalten. Er hat den Großteil der Sachen, die er geklaut hat, wieder zurückbekommen, und manche der Jungs haben ihn sogar eingeladen, dem Club beizutreten.

Hector hält das für gar keine so verrückte Idee mehr, aber es hängt natürlich davon ab, wie diese Aktion läuft. Darauf will er sich erst einmal konzentrieren und nicht zu viel über die Zukunft nachdenken.

26

Als Rado die Wohnung betritt, kann er kaum noch stehen. Er hört, dass Jurek sich im Wohnzimmer einen Zeichentrickfilm ansieht. Aus der Küche dringt Essensgeruch. Noch im Flur zieht er sich den Mantel und die Schutzweste aus und versteckt sie ganz hinten im Kleiderschrank.

Er wirft einen kurzen Blick in den Spiegel. Sein Gesicht sieht nicht gut aus, ein Auge ist stark geschwollen, der Hals ist übersät von Schrammen, und er hat eine kleine Schnittwunde auf der Wange. Er übt ein entspanntes Lächeln und versucht sein Bestes, es beizubehalten, als er ins Wohnzimmer geht, um seinen Sohn zu begrüßen.

»Du hast ein Aua«, sagt Jurek und lehnt sich zur Seite, um den Bildschirm zu sehen, weil sein Vater ihm die Sicht versperrt.

»Mit Papa ist alles in Ordnung«, sagt Rado, glaubt es aber nicht einmal selbst. Ewa steht in der Türschwelle zur Küche und sieht ihn besorgt an. Er geht an ihr vorbei zum Waschbecken und trinkt direkt aus dem Hahn.

»Was ist passiert?«, fragt sie und legt ihm die Hand auf den Rücken. Er zuckt zusammen und wimmert vor Schmerzen.

»War ein langer Arbeitstag«, sagt er und richtet sich auf. »Vorerst mein letzter, fürchte ich.«

»Wer hat dir das angetan? Ist die Suche nach dem Mädchen so gefährlich?«, sagt sie und stützt die Hände in die Hüften.

Ohne dich wäre das nicht passiert. Er will ihr die Schuld an allem geben, ist aber nicht sicher, ob das gerechtfertigt ist. Zum jetzigen Zeitpunkt eher nicht. Es gibt noch so viele Unklarheiten. Es fühlt sich an wie nach einer wilden Party, wenn die Wohnung verwüstet ist und man nicht weiß, wo man mit dem Aufräumen beginnen soll, so dass man erst mal gar nichts macht.

»Ich sollte mich kurz waschen«, sagt er und dreht den Wasserhahn zu.

»Dann warte ich mit dem Essen auf dich«, sagt Ewa mit dem Tonfall einer ungeduldigen Hausfrau.

Er geht ins Bad und zieht die nassen Sachen aus. Jetzt sieht er auch den Oberkörper im Spiegel, eine hässliche Wunde zieht sich vom linken Schlüsselbein bis nach unten zur Leiste. Er steigt unter die heiße Dusche und schließt für einen Moment die Augen, öffnet sie wieder und starrt auf das blutige Wasser zu seinen Füßen.

Dora hätte nicht damit gerechnet, es bis nach Hause zu schaffen. Diesmal ist das Problem nicht der alte Volvo, sondern sie selbst. Sie kann die Augen nur mit Mühe offen halten, alles ist verschwommen, und sie fährt eher nach Gedächtnis als Sicht, was bei dem wenigen Verkehr gerade noch einmal gut geht. Alle anderen sind bereits zu Hause. In der Tischlerei ist es dunkel, und sie parkt den Volvo davor. In einer kleinen Papiertüte hat sie ihre Medikamente und kann sich nichts Besseres vorstellen, als ein heißes Bad zu nehmen und die Pillen zu schlucken. Das heiße Wasser dehnt die Blutgefäße, so dass der Wirkstoff freie Bahn hat. Man hat sie im Krankenhaus versorgt, aber seitdem hat sie nichts genommen, den ganzen Tag lang. *Ich hatte es im Griff.* Das hat sie auch schon von Schädeln gehört. Dieses Spiel ist so seltsam. Wer freut sich darauf, Medikamente zu nehmen? Was ist das für eine Vorfreude? Macht einen das zu einem Junkie?

Sie kramt den Schlüssel zur Werkstatt hervor und schiebt mit Mühe die schwere Tür auf. Die Rille am Boden ist voller Sand und Eis, was es so schwierig macht. Sie zwängt sich seitlich durch einen kleinen Spalt und macht hinter sich zu. Dann greift sie nach dem Lichtschalter für das Treppenhaus zur oberen Etage.

Nichts passiert. Sie bleibt wie versteinert stehen. Sie sieht nichts, riecht nur das Holz, den Lack und den schalen Geruch von etwas Verbranntem, wahrscheinlich von der großen Säge. Sie spürt aber auch, dass da jemand ist. Irgendjemand wartet im Dunkeln auf sie. Das Gefühl ist ganz stark. Sie versucht, so leise wie möglich zu atmen, bis sie es nicht mehr aushält.

»Morgan, bist du das?«, fragt sie laut und bestimmt.

Der Morra bewegt sich geräuschlos im Dunkeln. Mit der Nachtsichtbrille auf dem Kopf geht er ein paar Schritte auf Dora zu, bis er direkt vor ihr steht. Er betrachtet ihr Gesicht, darin ist kein Hauch von Angst zu erkennen. Trotzdem hat sie vermutlich schon gemerkt, dass etwas nicht stimmt. Der Morra holt mit dem Schlagstock aus und überlegt, wo er sie danach am besten ablegt. Es soll aussehen wie ein Brand, was eigentlich fast schon zu einfach ist. Der Sicherungskasten ist veraltet, und überall stehen Lack, Holz und andere brennbare Materialien herum. Wenn die Feuerwehr ankommt, wird sie die Frau auf dem Boden vor der Treppe finden und feststellen, dass sie hinuntergefallen und bewusstlos geworden ist, was auch die Kopfverletzungen erklärt. Mit dem Schlag will er sie nicht umbringen, sie sollte noch atmen, damit später in ihren Lungen Rauch zu finden sein wird. So will es sein Auftraggeber. Die Kopfverletzung ist eine Absicherung, falls die Feuerwehr es doch noch irgendwie schafft, sie und den alten Mann im Hinterzimmer zu retten, dem er ein Schlafmittel gegeben hat, das bei einer Obduktion nicht mehr nachzuweisen sein wird.

Der Morra schlägt Dora auf den Kopf, und für einen Augenblick steht sie ganz still, bevor sie auf dem Werkstattboden zusammenbricht. Er nimmt die Nachtsichtbrille ab und macht eine Taschenlampe an, die er auf eine Werkbank legt. Dann zieht er Dora an den Handgelenken Richtung Treppe. In dem Moment hört er ein leises Geräusch aus Richtung der Tür und blickt auf.

Vor ihm steht sein Bruder und sieht ihn an.

»Ist sie tot?«, fragt Rado. »Zeljko? Hast du sie umgebracht?«

Der Morra erschrickt. Es ist lange her, dass ihn jemand bei seinem richtigen Namen genannt hat. Und noch länger, seit er die Stimme seines Bruders gehört hat.

»Du solltest nicht hier sein«, sagt er.

»Du auch nicht«, erwidert Rado. »Ich habe nach dir suchen lassen. Jahrelang und in allen möglichen Ländern.

Die Kollegen haben mir geholfen. Einer meinte, du wärst zum norwegischen Heer gegangen, aber dort konnte er nichts über dich finden. Er dachte, du wärst vielleicht tot.«

»Nein«, sagt Zeljko und wirft einen Blick auf die große Säge hinter ihm. »Was jetzt?«

»Jetzt lege ich dir Handschellen an«, sagt Rado und bückt sich zu Dora hinunter, die vor ihnen auf dem Boden liegt. Sie blutet am Kopf, aber er sieht, dass sie noch atmet. »Ich nehme an, du wirst dafür bezahlt, sie ... zu töten. Wer hat dich beauftragt?«

»Willst du mich nicht einfach umarmen, bis ich mich wieder beruhige?« Zeljko lächelt, und Rado erschaudert.

»Zeljko, du bist krank«, sagt er so einfühlsam wie möglich.

»Auf uns liegt ein Fluch. Auf unserer Familie. Mama, Papa und mir. Und auf dir offenbar auch.«

Zeljko spricht mit einem seltsamen Akzent, den Rado nicht ganz zuordnen kann. Sein Isländisch wirkt eingerostet. Plötzlich riecht Rado den Rauch.

»Bald steht hier alles in Flammen, dir bleibt nicht viel Zeit. Du musst dich entscheiden, entweder mich festnehmen oder sie retten.« Zeljko deutet mit dem Kinn auf Dora. Er tritt ein paar Schritte zur Seite, damit Rado zu ihr kann. Aus dem Inneren des Raumes erklingt ein Zischen, und Rado bemerkt die Flammen, die bereits um die Fensterrahmen tanzen.

»Da hinten im Büro liegt noch ein alter Mann, er ist ihr Onkel.« Zeljko zeigt auf Dora. »Er braucht auch Hilfe, um hinauszukommen.«

Ein paar Sekunden lang starren die Brüder einander an. Dann trifft Rado eine Entscheidung.

Er geht in die Knie und packt Dora an den Schultern, um sie hochzuheben. Als er sich wieder aufrichtet, ist Zeljko weg.

Rado zerrt Dora durch den schmalen Spalt in der Tür nach draußen und legt sie vorsichtig in den Schnee. Dann holt er tief Luft und geht zurück, um Rúrik zu holen. Er liegt auf dem Boden seines Büros. Der alte Mann ist überraschend leicht. Als Rado ihn nach draußen bringt, haben sich die Flammen bereits im ganzen Raum ausgebreitet.

Er wirft einen Blick in die Werkstatt. Soll er seinem Bruder glauben? Kann er ihm vertrauen? Er flucht leise, bevor er sich noch einmal durch die schmale Türöffnung zwängt. Er sieht sich kurz um und entdeckt eine schmale Treppe, die zur oberen Etage führt. Er läuft hinauf und tritt mit Wucht gegen die Tür, dahinter muss Doras Wohnung liegen. Dort wollte er ursprünglich hin, um ihr zu sagen, dass mit dem Fall etwas nicht stimmt. Dass Morgans Handy verschwunden ist, vielleicht sogar absichtlich beiseitegeschafft.

Er sucht in der Wohnung alles ab, bevor er schnell wieder die Treppe hinuntereilt. Auf halbem Weg durch die Werkstatt fällt er hin. Er kann nicht mehr atmen. Das Feuer hat den ganzen Sauerstoff aus dem Raum gezogen, doch er nimmt all seine Kräfte zusammen und kriecht zur Tür hinaus.

Rado greift nach seinem Handy, während er versucht, seine schmerzenden Lungen wieder mit Sauerstoff zu füllen. Er wählt den Notruf und beugt sich dann über Dora, um ihre Verletzungen zu prüfen. Sie atmet flach.

Was soll er nur tun? Sie wachrütteln? Lieber abwarten? Er

zieht seinen Mantel aus und deckt sie damit zu. Den alten Mann zerrt er zum Jeep und hebt ihn auf die Rückbank.

Dann sieht er sich um, und in dem Moment überkommt ihn der Schock. Nach so vielen Jahren hat er endlich Zeljko wiedergesehen. Er ist also am Leben. Der Angriff an sich überrascht ihn gar nicht so sehr. Rado hat gehört, dass Leute nach ihrer Zeit bei der Armee solche Aufträge annehmen. Von einem Land ins nächste reisen, damit man ihre Spuren nicht verfolgen kann.

Der Notarzt kommt noch vor der Feuerwehr. Dora wird vorsichtig auf eine Trage gelegt und ihr Kopf stabilisiert.

Rado sieht zu seinem Jeep hinüber, der alte Mann ist aufgewacht und versucht, die Tür zu öffnen, doch die Kindersicherung ist an. Ein Polizeiwagen rast herbei und hält hinter seinem Toyota an. Zwei Polizisten, die Rado vom Sehen her kennt, eilen auf ihn zu.

»Was ist hier passiert?«, fragt einer von ihnen.

»Ist noch jemand drinnen?«, fragt der andere, und Rado schüttelt den Kopf.

»Ein Feuer ist ausgebrochen. Ich habe zwei Personen gefunden und sie herausgezerrt. Das Gebäude ist leer.«

Die beiden Polizisten atmen auf.

Seinen Bruder erwähnt er mit keinem Wort. Es ist, als wäre er nie da gewesen. Was vielleicht gar keine Lüge ist. Der Mann, der soeben vom Tatort geflohen ist, hatte Zeljkos Gesicht und seinen Körper. Aber es wirkte, als hätte er sich beides nur geliehen.

27

Kurz vor vier Uhr nachts ruft Hector Nóri an, um ihm Bescheid zu sagen, dass er jetzt reingeht. Im Hintergrund hört er Stimmen und Musik.

»Denk dran, nur ein paar Bilder und dann gehst du sofort wieder raus. Ruf an, wenn du fertig bist«, sagt Nóri und legt auf.

Hector wirft einen Blick auf die letzte Line, die auf einem Spiegel auf seinem Schoß liegt. Er zieht sie durch die Nase und setzt sich eine Sturmhaube auf, die zu dem schwarzen Nike-Trainingsanzug passt, den er geklaut hat. Die weißen Logos hat er überklebt, ansonsten hätte er sie abreißen müssen, was wirklich schade gewesen wäre. Es war ein Glücksfall, überhaupt einen Anzug in Größe XS zu finden.

Leise schließt er die Hintertür des Lieferwagens und geht direkt zu der Stelle, an der er ein Loch in den Zaun schneiden will. Er hat bereits mehrmals geprüft, ob der Zaun unter Strom steht, doch das ist nicht der Fall. Aber er ist hoch und schließt oben mit einem Stacheldraht ab, was gar nicht nötig wäre. Ein erfahrener Dieb würde ohnehin nie über einen Zaun wie diesen klettern.

In der Straße ist ein kleines Schlagloch, und er stolpert, aber er ist relativ sicher, dass man ihn von der Fleischerei aus nicht sehen kann. Außerdem ist es stockdunkel. Mit einer messerscharfen Drahtzange beginnt er, das Loch zu schneiden. Er geht präzise und sorgfältig vor. In seiner hinteren Hosentasche hat er einen zusätzlichen Draht, den er bereits zurechtgeschnitten hat, um das Loch nachher wieder zu schließen. Als es fertig ist, zieht er den Zaun ein wenig auseinander und schlüpft hindurch.

Als er ein Auto hört, spürt er einen leichten Adrenalinschub und legt sich auf den Boden. Eigentlich sollte der Trainingsanzug wasserdicht sein, aber er merkt, dass er langsam nass wird. Das Auto fährt vorbei, und das Geräusch entfernt sich wieder. Hector zählt still bis hundert, was gar nicht so leicht ist, wenn man viel Speed genommen hat. Dann steht er auf und läuft zu der Wand, wo sich in etwa zwei Meter Höhe die Luke zum Lüftungsschacht befindet. Auch darauf ist er vorbereitet, in einem kleinen Rucksack hat er ein paar Trittbretter mit starkem Klebeband. Das ist seine eigene Erfindung, der Klebstoff ist stark genug, um sein geringes Körpergewicht zu tragen, und kann danach spurlos wieder entfernt werden.

Er macht das erste Trittbrett an der Wand fest und steigt darauf, dann das nächste und so weiter, bis er bei der Tür ankommt. Für die Schrauben hat er den richtigen Schlüssel dabei, doch sie lassen sich nicht so leicht öffnen, und er ist froh, dass er das Speed noch genommen hat, sonst wäre es vielleicht schwierig geworden. Das Metall bewegt sich im Wind und gibt ein tiefes Geräusch von sich, wie eine Trommel. Er kann die Luke hinter sich nicht schließen, aber er fixiert sie von innen mit einem Gummiband, damit er nachher auch wieder rauskommt. Dann schaltet er seine Kopflampe ein und sieht sich im Schacht um. Kurz hält er inne und lauscht, versucht, so leise wie möglich zu atmen. Er fühlt sich ganz in seinem Element, ist genau dort, wo er hingehört. Es mag seltsam klingen, aber das hier ist sein natürliches Umfeld.

Er kriecht mit kleinen, aber präzisen Bewegungen voran, wie er es schon unzählige Male zuvor getan hat. Er ist so klein, dass er die Wände nicht berührt, und sich beinahe geräuschlos vorwärtsbewegen kann. Er zählt jede Bewegung und errechnet seinen Standort auf dem Plan, den er sich genau eingeprägt hat. Im Moment müsste er sich über der Arbeitshalle befinden. Dort sollte ein Gitter sein, das er einfach nur hochheben muss. Dann kann er mit einer Hand Bilder machen. Diese Gitter sind in allen Räumen, aber es gibt keine Ventilatoren, das hat er bereits festgestellt. Was die Theorie untermauert, dass dort drinnen kein Fleischereibetrieb stattfindet. Zumindest nicht mit offizieller Genehmigung, denn dafür müsste die Belüftung sichergestellt sein. Die Ventilatoren sind die teuerste Komponente, der Rest ist nur Blech.

Der Schacht ist staubig, und Hector versucht, einen Niesreiz zu unterdrücken. Ein schales Licht dringt von irgendwo ein, was bedeutet, dass die Räume nicht ganz dunkel sind, was ihm das Fotografieren erleichtern wird. Wobei er eine spezielle Kamera dabeihat, die theoretisch auch in den dunkelsten Räumen Bilder machen könnte.

Beim Gitter hält er an. Es liegt nur lose auf, aber er muss aufpassen, es nicht aus der Hand zu verlieren. Als er es vorsichtig anhebt, flutet Licht in den Schacht. Er stützt sich auf den Ellenbogen ab und schiebt das Gitter unter seine Brust, dann kriecht er näher, steckt den Kopf durch die Luke und macht mit einer Hand Bilder. Der Autofokus ist an, also muss er die Kamera nur ausrichten und den Knopf drücken.

Nach ein paar Fotos fällt ihm plötzlich auf, dass sich in dem Raum Menschen befinden. Schnell zieht er so leise wie möglich die Kamera zurück. Er hatte keine Ahnung, was ihn erwarten würde. Aber was er gerade gesehen hat, macht ihm eine Heidenangst.

28

Rado wartet auf dem Flur des städtischen Krankenhauses und starrt durch ein Fenster auf die Lichter der Stadt, während Dora wenige Meter entfernt um ihr Leben kämpft. Er hat das Gefühl, dass ein Schleier von seinem Leben gezogen wurde und er endlich die Wahrheit sieht, die er so lange ignoriert hat.

Doras Onkel Rúrik ist auch irgendwo in diesem Krankenhaus. Er hat eine leichte Rauchvergiftung, aber ansonsten geht es ihm dem Alter entsprechend gut. Die Ärzte wollen ihn trotzdem über Nacht beobachten.

Der Chirurg, der vor der OP mit Rado gesprochen hat, klang wenig zuversichtlich. Wenigstens ist es derselbe Arzt, der auch Doras Blutung im Auge behandelt hat. Bei dem Brand hat sie einen starken Schlag auf den Kopf bekommen und eine Hirnschwellung erlitten. Der Arzt muss eine Notoperation durchführen, die eigentlich mehr Vorbereitung gebraucht hätte.

Immer wenn Rado Schritte hört, macht er sich darauf gefasst, dass der Arzt ihm eine schlechte Nachricht überbringen wird. Als wäre in dieser chronisch unterfinanzierten Institution sonst nichts los. Das Krankenhaus ist viel zu voll und unterbesetzt mit völlig überarbeiteten Ärzten und Pflegekräften. Rado versucht, sich zusammenzureißen. Er hat getan, was er konnte. Wenn er nicht im richtigen Moment zur Tischlerei gefahren wäre, würde es jetzt gar keine OP mehr geben.

Die Feuerwehr konnte den Brand löschen, bevor er sich zu sehr ausgebreitet hat. Rado weiß noch nicht, was er sagen wird, wenn man ihn als Zeugen befragt. Er hätte natürlich schon vor Ort von seinem Bruder erzählen sollen, dann hätte man sofort die Grenzpolizei am Flughafen informiert. Aber etwas hat ihn zurückgehalten. Als er das letzte Mal versucht hat, seinen Bruder einsperren zu lassen, ist Zeljko abgetaucht und aus seinem Leben verschwunden. Man muss kein Psychologe sein, um zu begreifen, dass er deshalb Schuldgefühle hat. Außerdem will er die Lage nicht noch komplizierter machen, auch wenn seine Situation ohnehin schon ziemlich aussichtslos ist. Tief in sich hält Rado immer noch an der naiven Hoffnung fest, irgendwann wieder als Kriminalpolizist arbeiten zu können, auch wenn das Kapitel vermutlich abgeschlossen ist.

Er hört wieder eine Bewegung und dreht sich um. Sein Herz macht einen Sprung, es ist Elliði, der mit schnellen Schritten auf ihn zukommt.

»Wo ist sie?«, fragt er.

»Sie wird gerade operiert.«

»Ihre Eltern und der Bruder kommen morgen früh mit der ersten Maschine aus Ísafjörður.« Elliði lässt sich auf einen Stuhl im Wartebereich fallen. »Ich verstehe nicht, was passiert ist. Wurde sie angegriffen? Und Rúrik auch?«

»Ich habe sie bewusstlos in der Tischlerei gefunden, und dann brach das Feuer aus«, erklärt Rado.

»Was zur Hölle geht hier vor? Wer würde ihr etwas antun wollen?« Elliði rückt auf dem Stuhl hin und her.

»Ihr Handy ist nicht bei der Spurensicherung«, platzt Rado heraus.

»Welches Handy? Wovon redest du?« Elliði sieht ihn an.

»Dora hat Morgans Handy in Thingvellir gefunden, aber die Spurensicherung hat es nicht. Sie haben einen Schuh und die Jacke, aber kein Handy. Deshalb bin ich zu Dora gefahren, um sie danach zu fragen. Sie hatte mir gesagt, sie hätte es abgegeben.«

»Denkst du, das Feuer hängt mit dem Vermisstenfall zusammen? So, wie du die Situation beschreibst, klingt es nach einem Mordversuch, Rado.« Elliði steht auf.

»Ich wüsste nicht, womit es sonst zu tun haben sollte?«

»Wir müssen Dora fragen, wenn sie aufwacht.«

»Ich glaube ... Vor der OP meinte der Arzt, wir sollten uns keine allzu großen Hoffnungen machen. Es ist also nicht klar, ob ... ob sie überhaupt aufwachen wird.« Rado legt die Hände vorsichtig auf Elliðis Schultern und sieht ihm in die Augen. »Es ist keine Rauchvergiftung«, sagt er dann. »Sie hat einen starken Schlag auf den Kopf bekommen. Das steckt niemand so leicht weg, sie schon gar nicht.«

»Denkst du, sie ist immer noch in Gefahr?« Elliði wirft einen Blick in den Krankenhausflur. »Soll ich jemanden einsetzen, der hier Wache hält?«

»Wir hatten heute eine kleine Auseinandersetzung mit Gústav Karl«, sagt Rado. »Aber ich denke trotzdem, dass es hier um etwas anderes geht.«

»Soll ich ihn festnehmen lassen?« Elliði greift sofort nach seinem Handy, aber Rado hält ihn auf.

»Ich bezweifle, dass Gústav Karl spontan so eine Aktion

planen konnte. Das muss eine längere Vorgeschichte haben. Jemand sieht in Dora eine Gefahr oder in etwas, was sie weiß, und ist offenbar bereit, sehr weit zu gehen, um zu verhindern, dass es ans Licht kommt.«

Elliði sieht Rado mit ausdruckslosem Blick an, während er die Information verarbeitet. »Und dann ist da die Sache mit dem Handy«, sagt er dann. »Wie kann das wichtigste Beweisstück in einem Vermisstenfall verloren gehen? Das war bestimmt nicht Doras Schuld, sie hätte darauf geachtet.«

»Ich weiß, dass du ihr allerlei Aufgaben gibst. Sie hat schon oft Fälle abgeschlossen, bei denen andere nicht mehr weitergekommen sind. Hat sie an etwas gearbeitet, das sie möglicherweise in Gefahr gebracht hat?« Rado sieht Elliði an, der nur den Kopf hängen lässt.

»Nein, nicht dass ich wüsste«, sagt er nach langer Stille.

TEIL 2

Vier Monate später

29

Rado fährt Dora nach Reykjalundur am Stadtrand, wo sie tagsüber eine Rehaklinik besucht. Normalerweise kommt Jafet mit, aber heute kann er nicht. Die Beziehung der beiden hat Rado noch nicht ganz verstanden, sie scheint etwas undefiniert zu sein. Aber momentan ist Jafet Dora eine große Stütze. Ob es aus Liebe ist, kann Rado nicht sagen, aber er weiß, dass Jafet ihr sogar die Windeln wechselt, sie badet und füttert. Wenn das nicht Liebe ist, was dann?

Nach dem Brand ist sie bei Jafet eingezogen, beziehungsweise hat er sie zu sich in seine kleine Wohnung im Zentrum von Reykjavík geholt, hinter einem Club, der am Wochenende bis drei Uhr nachts aufhat. Nicht gerade der ideale Ort, um wieder auf die Beine zu kommen, aber sie arrangieren sich. Dass Dora zu ihren Eltern auf den Bauernhof in den Westfjorden zieht, stand nie im Raum, in der Stadt ist sie viel besser versorgt. Anfangs konnte sie nicht einmal einen Löffel halten, geschweige denn sprechen. Sie war wie ein neugeborenes Kind, nur launischer, was aber auch ein Nebeneffekt des Gehirnschadens ist. Mittlerweile kann sie wieder einfache Sätze bilden, und irgendwo in diesem vernarbten Kopf, den sie regelmäßig abrasiert, steckt noch die Frau, mit der Rado zusammen in einem Vermisstenfall ermittelt hat, der ihr Leben veränderte. Als Dora nach einem Monat im künstlichen Tiefschlaf aufgewacht ist, hat sie ihn nicht wiedererkannt.

»Sie ist ein wandelndes Wunder«, meinte der Arzt, der an dem Abend, als sein Bruder versucht hat, sie umzubringen, die Notoperation durchführte. Es folgten weitere Operationen, irgendwann hat Rado aufgehört mitzuzählen. Aber er saß während jeder einzelnen im Warteraum und wollte zumindest über Dora wachen, wenn er sich schon nicht traute zu beten.

Die Schuldgefühle lassen ihn nicht los. Irgendwann wird er ihr die ganze Wahrheit erzählen, über seinen Bruder und das, was an dem Abend in der Tischlerei passiert ist. Aber noch nicht sofort. Die Ärzte in Reykjalundur sind verblüfft von Doras Genesung und meinen, sie habe einen eisernen Willen und arbeite wie ein Tier. Aber es gibt auch Tage, an denen sie einfach nicht mehr kann, nicht aufstehen will oder Wutanfälle bekommt. Wenn sie so ausrastet, kommt Rado besser mit ihr zurecht als Jafet. Manchmal, wenn dieser sich keinen Ausweg mehr weiß, ruft er Rado an und bittet ihn zu kommen. Und das tut er auch. Immer. Auch wenn er dafür den kleinen Jurek wecken und ihn mitnehmen muss. Dann wartet Jafet im Auto, während Rado versucht, Dora zu beruhigen. Manchmal muss er körperlich eingreifen. Einmal hat sie ihn sogar mit einem Messer gestochen. Nicht tief, aber es war dennoch besorgniserregend. Hin und wieder ruft sie ihn auch selbst an, von ihrem Handy aus. Irgendwie schafft sie es, mit ihren schwachen Fingern seine Nummer zu wählen. Sie spricht immer noch sehr langsam. Fremde antworten ihr immer sehr deutlich und denken, dass sie eine Behinderung hat.

Wenn sie anruft, will sie über Morgan sprechen, über den Fall. Dann klingt es nicht, als wären vier Monate vergangen, sondern höchstens ein paar Tage. Die Suche nach Morgan ist noch nicht zu Ende, der Fall ist immer noch offen. Aber Rado vermutet, dass er bei der Polizei keine hohe Priorität mehr hat. Genau weiß er es nicht, denn offiziell ist er immer noch beurlaubt, bis die Behörde sich entscheidet. Was auch immer das bedeutet.

Dora fragt, was beim Absuchen der Küste herausgekommen ist und ob man nicht Suchhunde in den Nationalpark schicken sollte. Dann verliert sie den Faden und erinnert sich nicht mehr, worüber sie gerade gesprochen haben. Er bringt es nicht übers Herz, ihr die Wahrheit zu sagen. Wenn sie anruft, erzählt er ihr immer dieselbe Geschichte: Der Suchtrupp sei erweitert worden und man durchkämme gerade den Nationalpark mit Spürhunden.

Er hilft ihr aus dem Jeep. Sie kann gehen, aber stützt sich bei ihm ab. Auf dem Weg hat sie dasselbe erzählt wie manchmal am Telefon. Er war mit den Gedanken woanders und hat geantwortet wie immer, alle seien auf der Suche. Mittlerweile werde sogar ein Hubschrauber eingesetzt. Die Ärzte meinen, er solle einfach mitspielen und sie nicht korrigieren. Ihr nicht erzählen, dass es seit Monaten kein Lebenszeichen von Morgan gibt. Dass niemand mehr daran glaubt, sie lebendig zu finden.

Als sie die Klinik betreten, bleibt Dora plötzlich stehen, sieht ihn an und sagt etwas, was sie bisher noch nie gesagt hat: Die Kriminaltechniker müssten sich Morgans Handy genau ansehen.

Rado spürt die Wut in sich hochkommen. *Was zur Hölle ist mit diesem Handy passiert?*

»Ich werde mich umhören«, sagt er, was er auch wirklich machen will. Nachdem er sie zu ihrer ersten Therapieeinheit gebracht hat, wird er sofort zu Elliði fahren.

30

Elliði kommt gerade von einem Gruppenkurs in seinem Fitnessstudio in Vatnsmýri, als Rado ihn vom Eingang aus sieht. Sie waren sich einig, dass sie sich besser nicht im Dezernat unterhalten, weniger neugierige Augen und Ohren. Elliði nickt ihm zur Begrüßung zu und blickt sich um, wie um zu prüfen, ob sie beobachtet werden. Er sieht nicht gut aus, hat sichtlich abgenommen und ist ziemlich bleich. Der Schweiß tropft ihm von der Stirn.

»Was willst du?«, fragt er. Sie sind sich ein paarmal bei Jafet und Dora zu Hause begegnet, aber haben nie über die Arbeit oder die Vorfälle gesprochen. Vielleicht, weil es ihnen schwerfällt, die richtigen Worte zu finden. Was mit Dora passiert ist, überschattet immer noch alles.

»Ihr Handy. Es geht mir nicht aus dem Kopf.« Rado sieht ihn an.

»Von dem Mädchen, ja. Ich weiß nicht, was ich sagen soll. Es ist nie aufgetaucht.«

»Dora behauptet, sie hätte es gefunden. Sie würde doch nicht lügen?« Rado hebt die Stimme. Ein Junge am Empfang wirft ihm einen Blick zu.

»Sie lügt nicht, warum sollte sie das tun?«, sagt Elliði leise. »Aber es ist bei der Kriminaltechnik nirgendwo erfasst. Weder Agnar noch Guðjón wissen etwas davon. Vielleicht hat sie es nicht sofort abgegeben? Ist es womöglich bei dem Brand zerstört worden? Hast du schon im Volvo gesucht?«

»Ja.« Rado nickt. »Dort war es nicht.«

»Warum kommst du jetzt darauf?« Elliði wischt sich den Schweiß von der Stirn.

»Sie hat es angesprochen. Heute Morgen. Seit der Operation hat sie nie ein Wort darüber verloren.«

»Denkst du, sie bekommt ihre Erinnerung zurück? Hat sie etwas über den Brand gesagt?« Elliði wirkt plötzlich angespannt.

»Nein, nichts. Ich weiß es nicht, es ist ein komplizierter Prozess. Aber ich wollte dich um einen Gefallen bitten: Könntest du mir eine Kopie der Fallakte geben? Ich würde sie ihr gern zeigen. Vielleicht weckt es irgendwelche Erinnerungen.« Er sieht Elliði an.

»Die Schule des Mädchens hat mich kontaktiert. Es soll demnächst eine Gedenkveranstaltung geben.« Elliði seufzt. »Du bist nicht der Einzige, der nach Antworten sucht«, sagt er und steht auf.

Rado lädt die Kopie der Akte zum Fall Guðbjörg Hákonardóttir, die ihm Elliði gegeben hat, auf ein iPad, das Jafet für Dora besorgt hat. Ihr Tablet hat das Feuer verschlungen, zusammen mit ihrem restlichen Besitz. Sie hatte nur noch die Kleidung, die sie trug, und den weißen Volvo.

Das Passwort des iPads sind die ersten sechs Zahlen der Fibonaccifolge, ohne die Null. Das hat Dora selbst festgelegt, aber sie hat Rado und Jafet das Passwort mitgeteilt und ihnen dazu einen kleinen Vortrag über die Geschichte der Zahlensequenz gehalten, irgendwas mit wachsender Kaninchenpopulation. Rado wollte Dora ein paar Tage geben, um sich die Akte in Ruhe durchzusehen, bevor sie darüber sprechen. Oder Wochen, wie es ihr am besten passt. Jafet war nicht sicher, ob das eine gute Idee sei, aber Rado hat ihm versprochen, vorsichtig zu sein und auf keinen Fall Druck auf sie auszuüben. Er hat die Akte selbst auch durchgeschaut, um zu sehen, ob es nach ihrem Abzug vom Fall irgendwelche Entwicklungen gab. Das Einzige, was dazugekommen ist, sind ein paar Bilder, die eine Freundin von Morgan während der Klassenfahrt nach Thingvellir gemacht hat. Aber er konnte auf den Bildern nichts erkennen, was für die Ermittlungen relevant gewesen wäre. Der Schlüssel zur Lösung des Falls ist irgendwo in Doras Kopf. Sie weiß irgendetwas. Oder wusste. Und hat es womöglich, wie so vieles andere, vergessen.

Rado hat das Gefühl, dass er sich seit seiner Beurlaubung immer mehr in sich zurückgezogen hat. Die Beerdigung seines Schwiegervaters Jurek fand in Danzig statt, und das Sparkonto, das er mit Ewa zusammen hatte, wurde für den Anlass geleert. Aber er war nicht dabei, so wollte es Ewa. Sie werden sich scheiden lassen. Ewa nennt es eine Pause, aber für ihn fühlt es sich anders an. Sie sind beide schuld daran, dass es gelaufen ist, wie es gelaufen ist. Ewa wohnt jetzt bei ihrer Mutter. Er hat angeboten auszuziehen, aber das wollte sie nicht. Irgendwann werden sie sich beide etwas Neues suchen müssen, aber er würde die Wohnung gern übernehmen, damit der kleine Jurek in dem Kindergarten und seiner gewohnten Umgebung bleiben kann. Momentan ist er meist bei Rado und nur an den Wochenenden bei seiner Mutter. Er ist zu jung, um die Situation zu verstehen, und es scheint ihn nicht aus der Bahn zu werfen. Was natürlich noch kommen kann.

Soweit Rado weiß, wurde gegen seinen Schwiegervater keine Anklage erhoben und auch nicht gegen Ewa. Sie hat ihn gefragt, was das bedeuten könnte, aber er hat keine Ahnung. Er hat keine Freunde oder Kontakte innerhalb der Polizei mehr. Außer Elliði, und den will er nicht behelligen.

Mittlerweile hat er eine neue Routine gefunden. Morgens bringt er Jurek in den Kindergarten, und wenn Jafet ihn bittet, ihm mit Dora zu helfen, tut er das, ansonsten sitzt er zu Hause und lässt die Gedanken kreisen. Denkt über die Vergangenheit nach, sein Leben und wie es sich entwickelt hat, seine Ehe, seinen Bruder. Über alles, was war, aber nicht mehr ist.

Ewa und er haben noch ein paarmal miteinander geschlafen, seitdem sie die Beziehung auf Eis gelegt haben und Ewa zu ihrer Mutter gezogen ist. Erst sollte es nur vorübergehend sein, aber mittlerweile spüren sie beide, dass die Kluft zwischen ihnen zu groß geworden ist. Er hat sie bereits mehrmals gebeten, ihm die ganze Wahrheit über ihren Vater und dessen kriminellen Machenschaften zu sagen. Er kann sich einfach nicht vorstellen, dass sie nichts davon wusste, obwohl sie das behauptet. Er könnte es natürlich selbst recherchieren, aber er möchte es von ihr hören, so viel ist sie ihm schuldig. Doch sie scheint das anders zu sehen und schweigt eisern, egal, wie oft er nachhakt. Jedes dieser Gespräche lässt das Fundament ihrer Beziehung weiter bröckeln.

Sich mit Morgans Verschwinden zu beschäftigen, holt ihn

manchmal aus seinem Schneckenhaus und bietet ihm ein bisschen Ablenkung. Er hat alles notiert, woran er sich aus der kurzen Zeit, in der Dora und er ermittelt haben, erinnert: Am Morgen nimmt sie in Thingvellir Morgans Schuh und die Jacke entgegen, nachdem die Lehrer ihr Verschwinden gemeldet haben. Sie bringt die Beweismittel zur Spurensicherung, wo sie offiziell erfasst und untersucht werden. Das Handy findet sie erst am Abend, bei Drekkingarhylur. Rado weiß noch, dass sie auf dem Weg zur Schule darüber gesprochen haben. Er lässt in Gedanken Revue passieren, wie sie Morgans Vater Hákon nach dem Besuch bei Gústav Karl auf dem Sofa gefunden haben. Rado denkt angestrengt nach, aber er erinnert sich nicht mehr, ob sie zu dem Zeitpunkt noch einmal über das Handy gesprochen haben.

Am Dienstagmorgen bringt er Jurek schon früh in den Kindergarten und fährt danach an den Ort, wo alles begann, nach Thingvellir, um sich bei Drekkingarhylur umzusehen. Der Schnee ist mittlerweile großteils geschmolzen. Rado weiß nicht genau, was er hier eigentlich sucht, er hatte nur das Gefühl, etwas anderes tun zu müssen, als zu Hause nachzudenken. Sein Blick schweift umher, die Landschaft ist kahl, und es sieht alles andere als leicht aus, an diesem Ort einen Teenager zu entführen und unbemerkt wegzubringen. Morgan muss also aus freiem Willen verschwunden oder mit jemandem mitgegangen sein. Anfangs zumindest. Er versucht, sich die Abläufe vorzustellen. Vielleicht ist Morgan hingefallen, dabei könnten der Schuh und die Jacke nass geworden und das Handy aus der Tasche gefallen sein.

Vielleicht hat Morgan die Gruppe verlassen, um sich im Empfangszentrum aufzuwärmen? Oder im Bus? Was ist mit dem Busfahrer? Hat Dora mit ihm gesprochen? Auf diese Fragen will er Antworten bekommen, in der Fallakte steht nichts darüber. Der Busfahrer könnte Morgan im Bus gefesselt, geknebelt und im Kofferraum versteckt haben. Aber man müsste ziemlich verrückt sein, um so etwas zu tun, und das auch noch ganz allein. Wirklich Hand und Fuß hat diese Busfahrertheorie nicht.

Rado sieht sich noch eine Weile bei Drekkingarhylur um. Es ist kalt und regnet, der Frühling hält nur langsam Einzug. Rado ist nicht sicher, ob er es überhaupt noch schaffen wird, den Winter und die Düsternis abzulösen, die sich in letzter Zeit über alle Bereiche seines Lebens gelegt haben.

31

Sie öffnet die Augen und fragt sich, wo sie ist. Sie findet nicht das richtige Wort, um das Gefühl zu beschreiben. *Fern von dieser Welt?* Weiter weg als im Traum. Sie spürt einen Kloß im Hals, aber warum? *Muss es dafür immer einen Grund geben?* Es hilft nicht gerade, dass ihr das Schlafzimmer, in dem sie aufwacht, fremd ist. Sie befindet sich in Jafets Wohnung, so viel weiß sie. Er ist zurück in ihrem Leben. Es kommt ihr vor, als hätte sie es gar nicht mitbekommen. Als hätte sie gar nichts damit zu tun gehabt. Ansonsten wäre sie in irgendeiner Klinik, was sie tagsüber ja auch ist. Aber die Abende und Wochenenden verbringt sie hier, in dieser Wohnung, in der Jafet einmal lieber leben wollte als mit ihr zusammen über der Tischlerei. Er sagt, dass er sie liebt. Selbst weiß sie nicht, welche Gefühle sie für ihn hat. Sie erinnert sich vage an ihre Beziehung, spürt eine Verbindung. Aber ehrlich gesagt, ist das auch schon alles. Wenn man ihr nach der Operation erzählt hätte, er wäre ihr Bruder, hätte sie genickt und es geglaubt.

Sie braucht eine Weile, um aufzustehen. Ihr Bewusstsein muss gegen eine hartnäckige Taubheit ankämpfen, was kostbare Kraft kostet. Körperliche Energie ist im Moment das Wertvollste, was sie hat.

Willst du versuchen, einen Ball zu werfen? Willst du deinen

Namen schreiben? Nur den ersten Buchstaben? Weißt du, wie der lautet? Wie du heißt? Kannst du mir sagen, wie das Werkzeug auf dem Bild heißt? Wozu wird es benutzt? Bei derartigen Fragen verbraucht sie viel Treibstoff, sie muss noch einmal ganz von vorne anfangen.

Sie hat eine weitere Energiequelle, aber die traut sie sich nicht zu aktivieren. Es ist die Wut, die in ihr brodelt und die sie versucht, im Zaum zu halten. Aber wenn ihre gesunde Energie aufgebraucht ist, gelingt ihr das nicht. Dann hetzt sie alle gegen sich auf, wie um ihre Geduld zu testen. Besonders Jafet, der sich am meisten um sie kümmert. Als suche sie einen Beweis dafür, dass seine Gefühle für sie echt sind. Das Widersprüchliche dabei ist, dass sie sich ihrer eigenen Gefühle für ihn überhaupt nicht sicher ist.

Sie befindet sich in einer Art Traumwelt, in der sie nicht sprechen kann. Wenn sie den Mund öffnet, kommt kein Geräusch. Aber sie weiß, dass sie nicht aufwachen wird. Sie ist so wach, wie sie nur sein kann. Alle Tage sind gleich. Sie hat das Gefühl, in losem Kies einen Berg zu besteigen. Jeder Zentimeter vorwärts ist ein Kampf.

Irgendwann wird Dora bewusst, dass es Samstagmorgen ist. Bisher hat Jafet immer jemanden gefunden, der samstags von elf bis drei den Plattenladen für ihn aufgemacht hat. Aber gestern Abend meinte sie, sie würde schon allein zurechtkommen. Wenn etwas sei, könne sie ihn anrufen, er brauche ja nicht länger als zehn Minuten aus dem Laden zu ihr in die Wohnung. Während sie auf dem Sofa vor dem Fernseher saßen, ließ er sie ein paarmal zur Probe anrufen. Die größte Schwierigkeit war dabei nicht, die Nummer zu wählen, sondern die Wut hinunterzuschlucken, die ihr die Kehle zuschnürt. Aber damit muss sie klarkommen, eine andere Möglichkeit hat sie nicht.

Die Leute um sie herum verstehen nicht, wie man einen Hammer mit einem Schraubenzieher verwechseln kann. Aber es hat nichts mit dem Hammer und dem Schraubenzieher zu tun. Sie erkennt die unterschiedliche Form der beiden Werkzeuge, sie kann sie nur nicht benennen. Sie kann sich nicht mehr ausdrücken. Isländisch ist eine der schwierigsten Sprachen zu erlernen, und obwohl es ihre Muttersprache ist, kommt sie ihr manchmal nur noch fremd vor.

Sie döst im morgendlichen Halblicht noch ein wenig vor sich hin und greift dann nach dem iPad, schafft es, es zu entsperren. Ihre Besessenheit von elektromagnetischen Wellen scheint verflogen zu sein, es stört sie nicht mehr, wenn das Tablet nachts neben ihr liegt. Sie öffnet die Fallakte und sieht sich die Bilder an.

Wenn man es optimistisch sehen will, hat ihr Zustand einen gewissen Vorteil: Sie lebt in einer Art Niemandsland. Diese Wohnung, die Menschen um sie herum und der Vermisstenfall sind Dinge, über die sie nichts weiß. Sie kann sie völlig unvoreingenommen betrachten. So war das auch bei den Fällen, die sie im Laufe der Jahre für ihre Kollegen abgeschlossen hat. Sie musste nichts beweisen und ist nicht emotional involviert. Zu diesem Mädchen namens Guðbjörg Hákonardóttir, das Morgan genannt werden wollte oder will, hat sie keinerlei Verbindungen.

Morgans Verschwinden ist ein Kreuzworträtsel. Oder vielleicht eher eine Schachpartie. Ein Geduldsspiel. Ja, das ist vermutlich der richtige Begriff. Nachdem sie die Bilder etwa eine Stunde lang durchgesehen hat, steht sie auf, geht ins Bad und betrachtet ihr Spiegelbild. Ihr Gesicht ist blass, die Haut ganz weiß, und die Narbe von der Operation, die sich von der rechten Augenbraue bis zum Hinterkopf zieht, ist sogar noch heller, wirkt wie aus Wachs.

Sie greift nach der Box für ihre Pillen. Für alle Tage der Woche gibt es Fächer, die Jafet pflichtbewusst auffüllt. Sie schluckt die Tabletten für Samstag. Vor kurzem hat er sie einmal dabei ertappt, wie sie die Pillen gekaut hat, und ihr erklärt, dass sie das nicht tun sollte. Dora, die sonst immer wie ein Schwamm aufsaugt, was er ihr beibringen will, war zum ersten Mal nicht ganz sicher, ob er ehrlich mit ihr ist. Ihr kam es logischer vor, die Pillen nicht zu schlucken, sondern zu kauen. Aber anscheinend muss man sie tatsächlich im Ganzen schlucken, das hat ihr schließlich auch der Arzt in der Reha bestätigt.

Sie setzt sich auf die Toilette. Durch das gekippte Fenster hört sie das Unwetter draußen. Als sie fertig ist, geht sie zurück ins Schlafzimmer und ruft Rado an. Den Mann, mit dem sie nur kurz zusammengearbeitet hat, von dem sie aber das Gefühl hat, ihn schon ewig zu kennen.

Eine Stunde später hört sie Stimmen, jemand ruft ihren Namen. Sie kommt mühsam auf die Beine und geht ins Wohnzimmer, wo Rado mit einem kleinen Jungen steht, dessen Namen Dora vergessen hat.

»Bist du eine Prinzessinkatze?«, fragt der Junge und sieht Dora an.

»Was ist das?«, fragt sie.

»Eine Katze, die eine Prinzessin ist«, antwortet er mit ernster Miene.

»Was ist eine Katze?«, fragt Dora.

»Eine Katze halt.«

»Was ist eine Prinzessin?«

»Du bist eine Prinzessinkatze«, sagt der Junge.

»Na dann«, sagt Rado. Er beugt sich zu ihm hinunter und wischt den Schnee von seiner Jacke. »Willst du die nicht ausziehen?« Der Kleine nickt. Rado sieht sich in dem Wohnzimmer um, setzt ihn auf einen Lehnstuhl und reicht ihm ein Bilderbuch aus seinem Rucksack. Dann wendet er sich Dora zu: »Du hast angerufen?«

»Ja«, sagt sie nach einer Weile. »Ich muss dir etwas sagen. Ich habe dich angelogen. Ich lüge dich die ganze Zeit schon an.«

Er ist nicht sicher, worauf sie hinauswill.

»Wenn ich dich anrufe und nach dem Fall frage, dann lüge ich. Ich frage nur nach Dingen, von denen ich denke, dass ...« Dora bemüht sich, nicht den Faden zu verlieren.

»Ich weiß«, sagt Rado. »Alles in Ordnung.«

»Dieses iPad«, sie reicht es ihm mit zittriger Hand, »ich habe mir die Bilder darauf angesehen, aber ich ... ich kann den Text nicht lesen. Ich verstehe nicht, was du oder ihr von mir wollt, meist tue ich nur so. Ihr ... die Ärzte, Jafet, alle haben Erwartungen an mich.« Dora braucht eine halbe Ewigkeit, um die Worte auszusprechen. »Und du auch. Manchmal kommt es mir vor, als hättest du ein schlechtes Gewissen wegen etwas, von dem ich nichts weiß.« Tränen kullern ihr über die Wangen, und Rado fühlt sich plötzlich ganz angespannt.

»Das mit der Akte war nur ein Versuch ... eine Idee. Um zu sehen, ob du dich vielleicht an etwas erinnerst.« Er sieht zu Jurek hinüber. Er musste ihn mitnehmen, anders wäre es nicht gegangen. Aber dieses Gespräch ist vermutlich nichts für seine Ohren. »Niemand erwartet etwas von dir.«

»Wow, danke.« Dora zieht die Augenbrauen hoch.

»So war das nicht gemeint.« Er seufzt. »Wie gesagt, es war nur eine Idee. Neulich auf dem Weg nach Reykjalundur hast du Morgans Handy erwähnt. Du hast gefragt, wann die Spurensicherung damit fertig ist.«

»Das Handy?« Sie streicht vorsichtig über die Narbe auf ihrer Stirn.

»Ja, du hast es in Thingvellir gefunden. Aber die Kriminaltechniker behaupten, sie hätten es nie bekommen.« Er hält die Luft an.

»Nein.« Dora schüttelt langsam den Kopf. »Ich erinnere mich nicht daran, es gefunden zu haben.«

»Okay«, sagt er und versucht, seine Enttäuschung nicht zu stark zu zeigen. Dora streicht über die Narbe und verzieht das Gesicht. »Tut die Narbe weh?«, fragt er.

»Nein, ich bin nicht Harry Potter!«, faucht sie, und Jurek blickt von seinem Buch auf.

»Aber du weißt, wer das ist?«, fragt Rado.

»Ja, natürlich, ich bin doch nicht hirntot!«

32

Die Einladung zu der Geburtstagsfeier kam überraschend. Rado hat lange überlegt, ob er hingehen soll oder nicht, aber irgendwie fühlt er sich verpflichtet. Es ist ein paar Wochen her, dass er mit Jurek während eines verspäteten Schneesturms in Jafets Wohnung gefahren ist, um Dora zu treffen. Seitdem hat er sie noch ein paarmal gesehen, aber der Vermisstenfall scheint sie nicht mehr zu beschäftigen. Sie erwähnt ihn mit keinem Wort und er auch nicht. Ihr Zustand bessert sich weiter, und manchmal hat er das Gefühl, sie könnten den Abend in der Tischlerei einfach hinter sich lassen und müssten nie wieder darüber reden. Was natürlich nicht geht. Aber der Geruch von Frühling und Grillfleisch liegt in der Luft, und vor ein paar Tagen hat Ewa ihm am Telefon erzählt, dass der Anwalt nicht mehr mit einer Anklage gegen ihren Bruder rechnet. Einige aus dem Umkreis ihres Vaters müssten sich auf Verurteilungen einstellen, aber die Strafen würden wahrscheinlich mild sein. Der Sturm im Wasserglas hat sich gelegt. Das Einzige, was er zerstört hat, ist ihre Ehe.

Von Elliði hat er nichts mehr gehört, aber es kann nicht mehr lange dauern, bis die Entscheidung über seine Zukunft bei der Polizei fällt. Heute wird ihre Kollegin Katrín fünfzig, er kennt sie gar nicht besonders gut, aber sieht die Einladung als gutes Zeichen. Hoffentlich bedeutet sie, dass er wieder Teil der Gruppe sein darf. Es ist bestimmt besser, die Kollegen nach so langer Zeit bei einem ungezwungenen Anlass wiederzusehen und nicht erst im Büro.

Katrín lebt mit ihrem Mann und zwei Töchtern, die mittlerweile im Gymnasium sein müssten, in einem Reihenhaus in Fossvogur. Was der Mann beruflich macht, hat Rado vergessen, aber er meint sich dunkel zu erinnern, dass er für das Statistische Bundesamt arbeitet.

Kurz nach sechs steht er mit einem Blumenstrauß und einer Flasche Wein vor Katríns Tür, die Sonne scheint. Die Kollegen haben mit Sicherheit ein gemeinsames Geschenk besorgt, das wurde bei runden Geburtstagen immer so gemacht, aber seit seiner Beurlaubung hatte er keinen Kontakt zu ihnen. Katrín macht ihm auf, sie trägt ein ärmelloses Kleid mit Blumenmuster, und er erkennt sie kaum wieder. Sie bittet ihn herein und tauscht die Blumen und den Wein gegen ein Glas Sekt. Das Haus ist hell, es hat drei Etagen. Aus dem Wohnzimmer über ihnen erklingt Jazz.

»Wir sind oben auf der Terrasse«, sagt Katrín, greift nach seinem Ellenbogen und schiebt ihn die Treppe hinauf. Dann klingelt es wieder an der Tür, und sie geht zurück zum Eingang. Er atmet tief ein und trinkt einen Schluck von dem eiskalten Sekt, der ihm sofort zu Kopf steigt.

Auf der Terrasse stehen viele seiner Kollegen aus der Kriminalabteilung in einem Halbkreis um Katríns Mann Magnús, der in einer schwarzen Schürze mit dem Logo der liberal-konservativen Unabhängigkeitspartei vor einem großen Grill steht und allerlei Fleisch anbrät.

»Hallo«, sagt Rado in die Gruppe und hebt sein Glas. Nach ein paar Sekunden, die ihm wie eine Ewigkeit vorkommen, erwidern die Kollegen den Gruß, und manche heben sogar ihre Gläser. Im Mittelpunkt der Gesellschaft steht Magnús und erzählt weiter, als wäre nichts gewesen. Rado bezweifelt, dass Katrín ihm von den Vorfällen innerhalb der Abteilung erzählt hat. Die meisten von ihnen haben sich zur Regel gemacht, mit ihren Partnern oder anderen nicht über die Arbeit zu sprechen. Nicht unbedingt, weil es geheim bleiben muss, sondern vor allem, um die beiden Lebensbereiche bewusst zu trennen. Sonst wird man schnell verrückt.

Im Laufe des Abends kommen vereinzelt Kolleginnen und Kollegen auf ihn zu, um sich mit ihm zu unterhalten. Sie fragen ihn nach Dora, und er antwortet, so gut er kann. Die Fragen nach ihm selbst sind weniger direkt, alle haben bemerkt, dass er ohne Begleitung gekommen ist.

Magnús und Katrín sorgen dafür, dass die Gläser der Gäste nie leer sind. Die beiden haben ein Faible für Kunst, also haben die Kollegen für ein Bild von einem jungen aufstrebenden Künstler namens Arnar Ásgeirsson zusammengelegt, das Elliði überreicht und dazu ein paar Worte sagt. Katrín ist außer sich vor Freude, und auch Rado gefällt das Bild. Es ist eine Art Tuschzeichnung mit Symbolen, die ein bisschen wie Wikingerrunen aussehen. Beim Anblick des Werks vergisst er für einen Moment alles um sich herum. Es hat einen geheimnisvollen Zauber, der ihn in seinen Bann zieht. Dann unterhält er sich kurz mit Elliði, aber sie sprechen nicht über seine Zukunft in der Abteilung. Heute Abend will

Elliði wahrscheinlich das ganze Polizeidrama mal hinter sich lassen, er ist hier, um den Geburtstag einer Freundin zu feiern, und hat seinen neuen Partner mitgebracht, der um einiges jünger als er aussieht.

Guðjón und Agnar aus der Kriminaltechnik sind auch da. Agnar ist in Begleitung seiner Verlobten, einer bekannten Fernsehköchin. Magnús und Katrín fragen sie mehrmals, was sie von dem Essen hält, und sie versichert ihnen, dass alles vorzüglich schmeckt.

Rado verfolgt gerade das Gespräch der Gastgeber mit der Fernsehköchin, als sich Guðjón an ihn wendet. Er hat bereits über den Durst hinaus getrunken und die Schnauze voll von seiner Frau, die verzweifelt versucht, ihn vor Fettnäpfchen zu bewahren.

»Was für eine Kratzbürste!«, flüstert er Rado viel zu laut zu. »Sie hat eine Kochsendung im Fernsehen, aber jeder Löffel hat mehr Charisma als sie!« Guðjón lacht laut und klopft Rado auf den Rücken. Seine Frau Steinunn sieht ihn mit flehendem Blick an, aber es ist nicht das erste Mal, dass sich Guðjón bei einer Feier betrinkt.

Rado nickt ihr zu und geht mit ihm nach draußen, während sich die Gäste im Wohnzimmer rund um Magnús am Klavier versammeln und lautstark Beatles-Hits singen.

Guðjón zündet sich eine Zigarette an, und Rado nimmt ihm sein halb volles Glas Whiskey aus der Hand.

»Das ist meins«, sagt Guðjón. Er kann nur noch mit Mühe das Gleichgewicht halten.

»Ich glaube, du hast genug.« Rado stellt das Glas auf einen Tisch ab. Guðjón sieht ihn an und scheint sich ein wenig zu fangen. »Lass uns den Abend in Würde beenden, Steinunn zuliebe.«

Durch das Fenster wirft Guðjón einen Blick ins Wohnzimmer, wo seine Frau allein auf dem Sofa sitzt. Alle anderen stehen um das Klavier herum und singen aus voller Kehle *Hey Jude*.

»Okay.« Guðjón zieht an der Zigarette und betrachtet den gepflegten Garten. »Wo ist deine Frau?«, fragt er schließlich.

»Wir sind nicht ... wir wohnen nicht mehr ...« Rado seufzt.

»Wusste der Mann nicht, dass er herzkrank ist?«, fragt Guðjón plötzlich. Rado sieht ihn verdutzt an. »Dein Schwiegervater. Ich war bei der Obduktion dabei, sie haben das Blut untersucht. Er war schwer krank, war er denn nicht in Behandlung? In seinem Blut wurden keine Spuren von Medikamenten gefunden. Er hätte nur etwas sagen müssen, dann wäre sofort ein Arzt zu ihm in die Zelle gekommen.«

»Ich will jetzt nicht darüber reden.« Rado versucht, sich nichts anmerken zu lassen.

»Sorry«, murmelt Guðjón. »Ich habe dich nur im Dezernat nicht mehr gesehen, und das lässt mich irgendwie nicht los.« Er drückt die Zigarette aus und wankt zurück ins Wohnzimmer.

Rado beobachtet ihn, wie er zum Klavier geht und Magnús bittet, etwas von den Rolling Stones zu spielen. Er hat schon wieder ein Bier in der Hand, und Steinunn lässt auf dem Sofa den Kopf hängen.

Bald darauf verabschiedet Rado sich von Katrín und bedankt sich für die Einladung. Sie ist schon etwas angetrunken, wie die meisten Gäste auch, und umarmt ihn. Ihre

Wimperntusche ist verwischt, und sie klingt heiser, weil sie geraucht hat, was sie nur selten tut.

»Ich wusste nicht, ob ich Dora einladen soll. Ich ... ich meine, ich ... sie ist so ... Ist sie nicht in Reykjalundur? Das hat Elliði jedenfalls erzählt.«

Rado nickt nur und bedankt sich erneut, bevor er geht. Als er in seinem Jeep sitzt, denkt er darüber nach, was Guðjón über seinen Schwiegervater gesagt hat. Warum in aller Welt hat er die Medikamente nicht genommen? Was ist in der Zelle passiert, nachdem Rado weg war? Auf dem Heimweg geht er den ganzen Tag noch einmal in Gedanken durch.

Als er seine leere Wohnung betritt, kommt ihm alles dunkel vor, auch wenn die Tage bereits deutlich länger werden. Dieser Winter hat ihn beinahe den letzten Rest Lebenskraft gekostet, egal, wie sehr er versucht hat, optimistisch zu bleiben. Wahrscheinlich sollte er sich einfach zurücklehnen und Gras über diesen Lebensabschnitt wachsen lassen. Aber so einfach ist das nicht. Stattdessen holt er sein Handy hervor und wählt die Nummer eines Mannes, von dem er nicht dachte, dass er noch einmal mit ihm sprechen würde.

Unnar geht nicht ans Telefon, und Rado verbringt den gesamten Samstag damit, nach ihm zu suchen. Als er durch seinen Blog scrollt, fällt ihm auf, dass die neuesten Beiträge bereits einige Wochen alt sind. Dasselbe gilt für die Posts in den sozialen Medien.

Letztendlich ist es nicht schwer, ihn zu finden. Unnar ist aus irgendeinem Grund untergetaucht, aber seine Freunde wissen, wo er ist. Rado schreibt zwei seiner Facebookfreunde an, die ihm ohne lange Diskussionen die Adresse geben, das Souterrain eines Wohnblocks in Grafarvogur. Er klopft, und kurz darauf öffnet Unnar ihm die Tür. Er trägt eine kurze Hose, Sandalen und ein figurbetontes Oberteil von Calvin Klein.

»Was willst du?«, fragt er.

»Reinkommen.« Rado drückt die Tür auf, und Unnar tritt einen Schritt zurück.

Rado sieht sich im Wohnzimmer um, während Unnar unentschlossen danebensteht. Gegenüber von einem Ecksofa aus Kunstleder steht ein riesiger Flachbildschirm, auf dem ein Computerspiel läuft. Das Flimmern ist die einzige Lichtquelle im Raum. Unnars Augen sind rot unterlaufen, sein Gesichtsausdruck ist apathisch. Er hat mit Sicherheit gekifft, auch wenn Rado kein Marihuana riecht, aber das muss nichts heißen.

»Lebst du schon lange hier?«, fragt er.

»Ja ... nein«, sagt Unnar.

»Versteckst du dich vor jemandem?«

Unnar antwortet nicht. Er blinzelt zu heftig und schnell.

»Vor einer Weile haben wir eine Vereinbarung getroffen.« Rado nimmt auf dem Sofa Platz.

»Stimmt«, sagt Unnar. »Ja, ich ... du hast dich nicht noch einmal gemeldet, und ich ... ich war beschäftigt. Bist du nicht außerdem beurlaubt?«

»Doch«, sagt Rado. »Setz dich.« Unnar zuckt zusammen und nimmt auf einem Stuhl vor dem Sofa Platz. Neben ihm liegt ein großer Kleiderhaufen. »Weißt du noch, was wir abgemacht haben?«

»Wir wollten Informationen austauschen«, sagt Unnar. Er reibt die Hände aneinander und leckt sich die Lippen. Er wirkt aus der Bahn geworfen. Rado ist sich mittlerweile sicher, dass er auf irgendwelchen Drogen ist.

»Genau deshalb bin ich hier.« Er greift nach der Fernbedienung auf dem Couchtisch und macht den Bildschirm aus. »Was weißt du über meinen Schwiegervater und seine Bande?«

»Ich? Ich weiß bestimmt nichts, was du nicht auch weißt. Hast du was dagegen, wenn ich mir einen Energydrink hole?« Unnar sieht Rado an.

»Das ist dein Zuhause, mach, was du willst.« Er steht auf, und Unnar geht an ihm vorbei in eine kleine Küche. Dort stehen Verpackungen von Fastfood und Tiefkühlpizzen, aber auch Dosen mit Proteinpulvern und Nahrungsergänzungsmitteln. Rados Blick fällt auch auf eine Packung Psychopharmaka auf dem Küchentisch, was Unnars Zustand erklären könnte.

Unnar holt eine Dose Monster aus dem Kühlschrank und trinkt einen großen Schluck. Es scheint ihm sofort besser zu gehen.

»Diese Abmachung ... unsere ... das ist schon okay so. Ich will nicht ...« Unnar blickt auf den Boden.

»Ist etwas vorgefallen?« Rado sieht, dass Unnars sommersprossige Hände ein wenig zittern.

»Ja ... nein ...«, flüstert Unnar. »Ich ...«

»Wenn dich jemand bedroht, dann kann ich ...«

»Hast du nicht bei der Polizei aufgehört?«, fragt Unnar.

»Nein, ich bin beurlaubt. Aber das läuft bald aus«, sagt Rado bestimmt. »Wenn jemand ... Rede mit mir.«

»Das kann ich nicht. Meine Ex wohnt in Sandgerði … meine Kinder … sie könnten …« Unnar zuckt zusammen.

»Wenn Jureks Bande dir etwas angetan hat, kann ich mit ihnen reden. Oder sonst jemandem, der vielleicht ein Problem mit dir hat. Ich kann dir helfen, reinen Tisch zu machen«, sagt Rado mit Nachdruck. Er sieht einen kleinen Hoffnungsschimmer in Unnars Augen.

»Was willst du wissen?«, fragt er nach einer langen Stille.

»Jureks Bande. Was haben sie gemacht? Schmuggel? Einbrüche? Etwas anderes?« Rado lehnt sich an den Türrahmen.

»Alles Mögliche.« Unnar trinkt einen weiteren Schluck. »Warum fragst du mich das? Deine Frau hat doch bestimmt … ah, verstehe. Du weißt es also nicht. Fuck!«

»Warum fuck?« Rado räuspert sich. »Was meinst du?« Sein Blick ist ruhig.

»Sie machen vor allem Drogenschmuggel, aber haben ihre Finger überall mit im Spiel. Es ist nicht wirklich eine Bande, eher eine Gruppe rund um Artur.« Unnar holt eine E-Zigarette hervor und zieht daran. Ein künstlicher Geruch von Kaugummi und Waldbeere breitet sich in der Küche aus.

»Haben ihre Finger überall mit im Spiel? Meinst du nicht eher *hatten*?« Rado kneift die Augen zusammen und sieht Unnar an.

»Nein.« Er zieht noch einmal an der Zigarette. »Hast du in letzter Zeit in einer Höhle gelebt?«

»Artur ist also jetzt der Anführer?«

»Ja.« Unnar nickt.

»Aber er ist doch …«

»Was?« Unnar neigt den Kopf zur Seite und sieht ihn an.

»Ich meine, er kann doch keine Führung übernehmen, er ist ein absoluter Clown.« Rado schüttelt den Kopf.

»Bis er sich was in die Nase zieht«, sagt Unnar und hebt sein Oberteil. Zwischen Brustwarzen und Bauchnabel ist ein großer Smiley, und als Rado genauer hinsieht, fällt ihm auf, dass er sich aus Brandnarben von unzähligen Zigaretten zusammensetzt.

»Wer war das?« Er sieht Unnar an, der das Shirt wieder runterzieht.

»Na, wer wohl?« In seinen Augen sammeln sich Tränen.

»Du solltest ihn anzeigen«, sagt Rado und legt die Hand auf Unnars Schulter, als wäre er sein Vater.

»Ja, vielleicht. Zwei Typen mit Sturmhauben sind mitten in der Nacht zu mir gekommen und haben mich festgehalten.« Unnar schüttelt den Kopf und grinst. »Ich wünsch dir viel Glück dabei, die zu finden.«

»Warum hat Artur das getan?«

»Ich habe an einem Artikel über ihn und seine Bande gearbeitet. Irgendwie hat er erfahren, dass ich herumgefragt habe, jemand muss ihm davon erzählt haben. Das ist nicht das erste Mal, dass ich bedroht wurde, aber ich habe immer darauf geachtet, gerecht zu sein. Hab mir einen gewissen Respekt erarbeitet.« Unnar greift nach einer Schachtel Zigaretten und zündet sich eine an. Rado beobachtet ihn dabei, wie er in einer Hand die Zigarette und in der anderen die E-Zigarette hält, als wäre er nicht ganz bei sich. »Artur leitet die Bande schon seit einigen Jahren. Soweit ich weiß, hat der Alte schon lange nichts mehr gemacht. Es passiert nichts, ohne … Ich meine, alle Entscheidungen werden von Artur abgenickt.«

»Bist du sicher?« Rado ist immer noch verwundert.

»Sag du's mir? Es ist deine Familie!« Unnar zuckt mit den Schultern, zieht erst an der Zigarette und dann an der E-Zigarette. Seine Arme sind mit Tattoos übersät. Totenschädel und der Sensenmann, nordische Götter mit Hämmern und Speeren und Samurais mit Schwertern. Aber der Mann wirkt müde und erschöpft. Als wäre er nur die Leinwand für all diese Dunkelheit und Gewalt.

33

Rado bleibt noch einen Moment vor dem Wohnblock in seinem Jeep sitzen und denkt darüber nach, was er gerade gehört hat. Kann es sein, dass er Artur dermaßen falsch eingeschätzt hat? Oder hat die Liebe zu Ewa ihn blind gemacht? Nein, es war komplizierter als das. Wenn er ganz ehrlich mit sich ist, war es eine Mischung aus Scham und Vorurteilen. Er hat sich für seine Schwiegerfamilie geschämt, auf seinen kleinkriminellen Schwiegervater hinabgeblickt, der immer hässliche Trainingsanzüge trug, die er im Angebot kaufte, und nach billigem Aftershave und Tabak roch. Dasselbe galt für Artur. Aber was haben diese neuen Informationen zu bedeuten? Stimmen sie, und wenn ja, wie verändern sie seine Sicht auf den folgenschweren Tag vor einigen Monaten? Er weiß nur, dass er der Spur nachgehen muss. Das könnte ein ganz neues Licht auf die Dinge werfen.

Vor einem Haus in Seltjarnarnes parkt er den Jeep. Auf der anderen Straßenseite spielen ein paar Jugendliche Basketball vor einer Garage. Rado verspürt einen stechenden Schmerz in der Brust, denn der Anblick erinnert ihn an seinen Bruder und an leichtere Zeiten, bevor er krank wurde, als sie zusammen im Fußballverein waren. Sie hatten beide viel Talent, aber ihre Eltern konnten sich nur ein Paar Stollenschuhe leisten, also mussten sie abwechselnd zum Training und zu Spielen gehen. Einmal rief der Trainer an und bot an, ein zweites Paar Schuhe zu kaufen, aber für ihren Vater kam das nicht in Frage. Mit der Zeit überließ Rado immer öfter seinem Bruder die Schuhe. Er hatte das Gefühl, Zeljko brauche den Fußball mehr als er. Vielleicht ahnte er bereits, dass der Bruder nicht bei klarem Verstand war. Eines Tages schlug Zeljko dann einen Jungen aus dem gegnerischen Team zusammen. Danach hörten sie beide auf.

Rado zieht seinen Mantel aus, faltet ihn zusammen und legt ihn auf den Beifahrersitz. Etwas in ihm will auf die andere Straßenseite gehen und mitspielen. Aber stattdessen läuft er zum Eingang des Einfamilienhauses und klingelt. Nach einer Weile öffnet Steinunn die Tür, sie trägt einen Morgenmantel, obwohl bereits Nachmittag ist. Bei Rados Anblick erschrickt sie sichtlich.

»Tut mir leid, dass ich so plötzlich auftauche«, sagt er. »Ich muss mit Guðjón sprechen.«

»In Ordnung«, sagt Steinunn müde. Sie sieht erschöpft aus, und Rado kann ihre Weinfahne riechen. Er weiß, dass Frauen alkoholkranker Männer manchmal auch anfangen zu trinken, vermutlich weil ihr Leben ansonsten unerträglich ist, vielleicht aber auch, um den Mann besser zu verstehen, um Zugang zu der Welt zu bekommen, in der die Sucht ihn gefangen hält. »Er ist in der Garage.« Steinunn geht zurück ins Haus und lässt die Tür offen.

Er zögert kurz, tritt dann aber ein und macht hinter sich zu. Er war schon ein paarmal bei Guðjón zu Hause und geht deshalb direkt in die Küche, wo eine Tür zu einer Doppelgarage führt, aus der leise Musik erklingt. Den hinteren Teil der Garage hat Guðjón mit Schreibtisch, Sofa, Bar und einem Soundsystem eingerichtet. Als Rado eintritt, sitzt er auf dem Sofa, aus den Lautsprechern erklingt Nick Cave. Ein starker Alkoholgeruch liegt in der Luft.

»Ich hätte gestern nichts erzählen dürfen«, sagt Guðjón mit belegter Stimme, als er Rado sieht. Vor ihm steht ein voller Aschenbecher, aus dem Guðjón eine halb gerauchte Zigarette nimmt und sich in den Mund steckt. »Ich war betrunken.« Rado schweigt. Guðjón redet nicht um den heißen Brei herum, er weiß, dass Rado nicht zum Plaudern gekommen ist.

»Ich war der Letzte, der ihn lebendig gesehen hat, wusstest du das?« Rado schaut auf Guðjón hinunter.

»Nein«, sagt er überrascht. »Warst du bei ihm in der Zelle?«

»Ja. Und weißt du, warum?«

»Nein?«

»Um ihm seine Herzmedikamente zu bringen.« Er setzt sich in einen Ohrensessel neben dem Sofa.

»Willst du was?«, fragt Guðjón.

»Ja«, sagt Rado. »Diese Razzia. Warst du beteiligt?«

»Ich meinte, ob du was zu trinken willst.«

Rado winkt ab. »Warum wurde noch keine Anklage erhoben? Habt ihr nichts in der Hand?«

»Was geht dich die Razzia an?« Guðjón drückt die Zigarette aus. »Ich bin nicht sicher, ob ich dir davon erzählen darf.«

»Wenn es keine Anklage gibt, heißt es, dass die Staatsanwaltschaft eine Verurteilung für unwahrscheinlich hält«, sagt Rado ruhig. »Ich muss wissen, was passiert ist.«

»Ja, okay.« Guðjón fährt sich durch die Haare. »Es gibt keine Anklage, weil wir nichts gefunden haben. Oder halt nur Kleinkram. Nicht das, was wir finden wollten.«

»Nämlich?«

»Eine deutlich größere Sendung. Die Rauschgiftabteilung war ganz sicher, dass eine kommen sollte, aber wir haben sie einfach nicht gefunden.« Guðjón trinkt einen Schluck. »Die Abteilung für Wirtschaftsdelikte hat was gefunden, aber ... ich meine ... die Buchhaltung war nicht lascher als die eines gewöhnlichen Bauunternehmers. Nicht genug, um eine Razzia zu rechtfertigen. Die Steuerbehörde wird eine Strafzahlung verlangen, aber das war's. Die ganze Arbeit für nichts. Es war, als wüssten sie, dass wir kommen. Du wirst aber nicht verdächtigt, soweit ich weiß, hat die Rauschgiftabteilung dich in der Zeit mit etwas anderem beschäftigt.«

»Ja. Die ganze Bande wurde also festgenommen, inklusive Jurek, aber was ist mit Artur, warum wurde er nicht verhaftet?«

»Sie haben ihn nicht gefunden. An dem Morgen ging sein Handy aus, und er ist abgetaucht. Ich weiß, dass die Rauschgiftabteilung seine Wohnung überwacht hat, aber in dem ganzen Chaos ist es ihm irgendwie gelungen, zu verschwinden. Er ist nicht wieder zurück in seine Wohnung gekommen.«

»Er war bei mir zu Hause, nachdem die Spezialeinheit dort gewütet hat«, sagt Rado.

»Darüber weiß ich nichts. Wenn sie ihn dort angetroffen

hätten, wäre er bestimmt verhaftet worden.« Guðjón steht auf und braucht eine Weile, um ins Gleichgewicht zu kommen. »Ich weiß nur, dass die Razzia ein ziemlicher Reinfall war. Es wurde nichts gefunden, und die Staatsanwaltschaft bereitet keine Anklage vor. Angeblich sollst du bald zurückkommen. Sei einfach froh, dass die Sache vorbei ist.« Er trinkt sein Glas aus. »Warum denkst du, dass er die Pillen nicht genommen hat, der Alte? Er muss doch gewusst haben, dass er ohne sie sterben würde?«

Die Frage klingt Rado noch in den Ohren, als er zurück nach Reykjavík fährt. Genau dieselbe Frage hat ihm auch Ewa schon oft gestellt. Aber die Antwort weiß er nicht.

34

Artur trägt ein weißes T-Shirt und eine graue Jogginghose. An einer Kette um seinen Hals baumelt eine Lesebrille. Er wirkt klar im Kopf.

»Komm rein«, sagt er ruhig und hält die Tür auf.

Die Etagenwohnung im Skugga-Viertel ist hell und ordentlich. Rado hat die Adresse von einem Bekannten in der Rauschgiftabteilung, der ein schlechtes Gewissen hatte, weil man ihn während der Razziavorbereitung wochenlang den Anwalt überwachen ließ.

An einer Wand stehen Regale voller Bücher, und durch das Fenster sind das Meer und der Hausberg von Reykjavík, die Esja, zu sehen. Auf einem Glastisch im Wohnzimmer brennen Kerzen. Artur sieht ihn an.

»Okay«, sagt Rado und versucht, die Wut, die in ihm brodelt, unter Kontrolle zu behalten. »Wie ist dein Vater gestorben?«

»Er hatte einen Herzinfarkt«, sagt Artur, und Rado tritt gegen den kleinen Glastisch neben dem weißen Sofa im Wohnzimmer. Artur verzieht keine Miene.

»Ich frage noch einmal. Wie …?«

»Hier ist alles gesagt, okay? Die Medikamente … sie hatten keinen Wirkstoff.« Artur schiebt das Kinn nach vorne. »Ich kenne einen … Ein Pharmazeut hat sie mir besorgt.«

»Was … was hast du mich da tun lassen?«, flüstert Rado.

»Es musste so sein«, sagt Artur ruhig.

»Musste so sein? Wie meinst du das?« Rados Hände zittern.

»Man konnte ihm nicht mehr vertrauen«, sagt Artur bestimmt. »Ich saß auf zweihundert Kilo Speed und konnte nicht sicher sein, dass er … dass er es für sich behalten würde.«

»Also hast du …«

»Er wäre so oder so innerhalb von wenigen Wochen gestorben.«

»Das ist trotzdem Mord!«

»Er hatte einen Herzinfarkt«, sagt Artur, ohne mit der Wimper zu zucken. Der Satz klingt einstudiert, wie ein Mantra.

»Aber wie … wer hat dir geholfen?«

»Geholfen? Niemand.« Artur neigt den Kopf zur Seite.

»Komm mir nicht so.« Rado zeigt mit dem Finger auf Artur.

»Du hast mir geholfen. Ich meine, du bist schließlich in seine Zelle gegangen.«

»Hör auf damit!«

»Was willst du eigentlich?«, fragt Artur, immer noch völlig ruhig.

Rado atmet tief ein, er versucht, sich zusammenzureißen. »Also findest du es in Ordnung, dass dein Vater wegen zweihundert Kilo Speed allein in einer Gefängniszelle sterben musste?« Er sieht Artur an.

»Natürlich ist das nicht in Ordnung. Aber du verstehst

nicht. Für uns stand alles auf dem Spiel, alles, was wir uns mühsam aufgebaut haben.«

»Wer hat dir geholfen? Wer war der Insider?«, fragt Rado.

»Meinst du bei der Polizei?«

»Ja.«

»Das spielt keine Rolle.«

»Spielt keine Rolle? Du ahnst nicht, wie tief du in der Scheiße steckst«, faucht Rado. »Ich fahre jetzt ins Dezernat und rede mit der Rauschgiftabteilung. Die Razzia war ein Kinderspiel im Vergleich zu dem, was dir …«

»Schluss jetzt«, sagt Artur bestimmt. Sein Gesicht verzieht sich zu einem Grinsen. »Sollen wir deinen Bruder anrufen?« Er wedelt mit seinem Handy. »Willst du ihn auch festnehmen lassen? Oder soll er noch davonkommen wie beim letzten Mal?«

Rado fehlen die Worte.

»Es ist seltsam, wie klein die Welt manchmal ist«, fährt Artur fort. »Er hat schon öfter für uns gearbeitet, für mich. Ich erinnere mich noch daran, als ich ihn zum ersten Mal gesehen habe, wollte ich es gar nicht glauben. Was für ein Zufall? Ein Serbe, der fließend Isländisch spricht und meinem Schwager verblüffend ähnlich sieht. Und dem kleinen Jurek erst, er hat auch so ein Kinn, mit diesem Grübchen. Aber du hast das nicht, ganz sicher war ich also nicht. Erst als er dich in der Tischlerei verschont hat. Da war die Sache klar.«

»Wo ist er?«, keucht Rado schließlich hervor.

»Wollen wir die Sache nicht einfach vergessen, Rado? Du hast nichts gegen uns in der Hand, geh einfach nach Hause.«

»Weiß Ewa davon? Weiß sie, was du getan hast?« Er geht

einen Schritt auf ihn zu. Er meint zu erkennen, dass Arturs Auge leicht zuckt. Dann geht Rado zu dem Bücherregal und besieht sich die Titel, Biographien von Steve Jobs und Elon Musk und allerlei Business-Ratgeber. »So ist der Clown also, wenn er seine Pappnase abnimmt«, sagt er schließlich.

»Ich kann sie aufsetzen und abnehmen, wann immer ich will«, sagt Artur und starrt ihn mit kaltem Blick an.

Als es klingelt, steht Rado vom Sofa auf, wo er ein Glas Whiskey getrunken hat, und greift nach dem Schlagstock, der in der Schublade am Eingang liegt. Es könnte Artur sein, der anscheinend verstockter ist als gedacht. Doch vor der Tür steht weder Artur noch einer seiner Männer, sondern Dora.

Körperlich geht es ihr schon viel besser, und laut den Ärzten ist es bei solchen Kopfverletzungen gang und gäbe, dass die kognitive Genesung länger dauert. Auf Rado wirkt sie heute aber deutlich aufgeweckter als sonst, ein bisschen wie früher.

»Komm rein«, sagt er. »Bist du allein?«

»Ja.«

»Wie bist du hergekommen?«

»Mit dem Taxi.«

Rado schließt die Tür hinter ihr. Sie sieht sich in der Wohnung um und bemerkt die Whiskeyflasche auf dem Couchtisch. »Langes Wochenende?« Sie zwinkert ihm zu, was ihr ziemlich schwerfällt.

»Setz dich doch«, sagt er.

»Wo ist dein Sohn?«

»Er ist ab morgen wieder bei mir. Ich habe ihn jede zweite

Woche.« Rado beobachtet Dora dabei, wie sie mühevoll auf dem Sofa Platz nimmt. Anscheinend ist ihr Gleichgewichtsgefühl noch nicht wieder ganz zurück. Er fragt sich, ob er ihr von allem erzählen sollte oder ob er damit ihre Fortschritte mit einem Schlag zunichtemachen würde.

»Ich muss dir was sagen. Ich weiß nicht, ob du ... was es mit dir machen wird ...«, sagt er und seufzt.

»Okay«, sagt sie.

Das ist der schwerste Abend für ihn, seit sein Bruder zum ersten Mal aus seinem Leben verschwunden ist. Dora fällt es nicht leicht, seine Aussagen zu verstehen, und ein paarmal muss er sich wiederholen, damit sie mitkommt. Aber am Ende fasst sie noch einmal zusammen, was er über die Begegnung mit Zeljko in der Tischlerei und den Besuch bei Artur im Skugga-Viertel gesagt hat. Sie bittet Rado, ein zweites Glas zu holen und ihr einen kleinen Schluck Whiskey einzuschenken. Mit zittriger Hand führt sie das Glas zum Mund und nippt daran.

»Du denkst also, dass Artur für den Tod seines Vaters verantwortlich ist und einen Insiderkontakt hat. Jemanden aus unseren Reihen?« Sie runzelt die Stirn.

»Wir sprechen hier von zweihundert Kilo Speed, die übrigens auch nie gefunden wurden. Die ganze Razzia war umsonst«, sagt Rado. »Das Zeug ist auf der Straße Hunderte Millionen Kronen wert. Jurek senior wurde festgenommen, und ich sollte ihm seine Herzmedikamente in die Zelle bringen. Die dann aber ... gar keinen Wirkstoff hatten.«

»Denkst du, er hat das getan, damit der Alte nichts ausplaudert?«, fragt sie und nippt wieder an dem Glas.

»Ich denke, er hat eine einfache Möglichkeit gesehen, ihn loszuwerden.« Er seufzt.

»Warum nennst du ihn Jurek senior?«

»Mein Sohn heißt auch Jurek«, sagt er verwundert.

»Das wusste ich nicht«, sagt sie, obwohl er schon oft von ihm erzählt hat. »Aber was ist mit mir? Du denkst also, dass Artur deinen Bruder auf mich angesetzt hat? Aber warum? Mit dieser Razzia hatte ich doch nichts zu tun?«

»Vielleicht dachte er oder sein Kontakt bei der Polizei, dass du etwas weißt. Du bist dafür bekannt, deine Nase in die Angelegenheiten anderer zu stecken.« Er stellt sein Glas auf dem Tisch ab, langsam spürt er die Wirkung des Alkohols.

»Aber lass uns mal einen Schritt zurücktreten und das große Ganze betrachten.« Sie kippt den letzten Schluck ihres Drinks hinunter. »Die Frage ist, was jemanden aus unseren Reihen dazu bewegt, sich auf einen Drogenschmuggler einzulassen und einen Mord in einer Gefängniszelle zu vertuschen. Dafür braucht man Nerven aus Stahl.« Ein bisschen Whiskey rinnt ihr übers Kinn, aber sie macht keine Anstalten, ihn wegzuwischen. »Können wir irgendwie beweisen, dass Artur für Jurek seniors Tod verantwortlich ist?«

»Ich weiß es nicht. Guðjón ist in letzter Zeit in keinem guten Zustand, er trinkt viel zu viel. Auf Katríns Geburtstagsfeier hat er mir erzählt, sie hätten bei der Obduktion herausgefunden, dass Jurek schwer herzkrank war. Ich wusste nichts davon, aber das allein beweist nichts.«

»Und dieses Placebo, das du ihm gegeben hast. Was ist damit passiert? War das nur eine Pille?«

»Nein, es war eine Papiertüte mit einer ganzen Packung

Tabletten. Keine Ahnung, wo die hingekommen ist.« Er zuckt mit den Schultern.

»Hat Katrín ihren Geburtstag gefeiert?«, fragt Dora plötzlich.

»Ja«, sagt er zögerlich.

»Mich hat sie nicht eingeladen«, sagt sie gleichgültig.

»Katrín war nicht sicher, ob du ... fit genug wärst.«

»Ich fühle mich jedenfalls sehr fit«, sagt sie nach kurzer Stille. Der Whiskey von ihrem Kinn tropft mittlerweile auf den Boden und erinnert Rado an eine andere Flüssigkeit, die einige Monate zuvor bei einer Kellerwohnung im Laugarnes-Viertel über ihr Gesicht floss.

Er muss ein wenig lächeln. Dora erinnert ihn immer mehr an die Frau von damals.

35

Elliði sitzt lange schweigend da, als könnten die Zeit oder die Stille irgendwie auslöschen, was Rado und Dora ihm gerade erzählt haben. Sie sind zu ihm in seine Wohnung im Kóra-Viertel in Kópavogur gekommen, und zum Glück ist sein neuer Freund Indriði beruflich im Ausland. Es wäre nicht leicht gewesen, ihm diesen Besuch zu erklären. Eigentlich gehören Elliði und Indriði zu den Paaren, die alles miteinander teilen. Elliði erzählt, so viel er darf, von der Arbeit. Egal, ob sein Partner es hören will oder nicht. Darum hat Indriði ihn am Anfang ihrer Beziehung gebeten.

Er schaltet die Kaffeemaschine ein, eine Kapselmaschine, die Indriði gekauft hat. Elliði hat beim Trinken immer das Gefühl, irgendeine Fälschung vorgesetzt zu bekommen, aber die Maschine braucht immerhin nur wenige Augenblicke, um warmzulaufen, und macht Kaffee auf Knopfdruck.

»Ist es nicht wahrscheinlicher, dass das einfach ... Zufall ist? Dass es gar nicht zusammenhängt?«, sagt Elliði und trinkt einen Schluck. Aber in Wahrheit weiß er, dass sie recht haben.

»Das kann natürlich sein«, sagt Rado. »Aber trotzdem.«

»Rado ... dieser Mann in der Tischlerei, wer ist er?«

»Er sollte mich aus dem Weg schaffen«, wirft Dora schnell ein.

»Okay«, sagt Elliði.

»Irgendwas passt hier nicht zusammen. Nehmen wir einmal an, es stimmt, und Artur hat Rado mit einem Placebo in die Zelle geschickt. Was zur Hölle ist dann mit der Verpackung passiert? Und was hast du damit zu tun, Dora?«

»Wir müssen es ihm erzählen«, sagt Rado und sieht Dora an.

»Was erzählen?«, fragt Elliði und seufzt, nicht sicher, ob er noch mehr hören will.

»Ich kenne den Mann aus der Tischlerei. Er ist mein Bruder.«

Elliði fällt die Versace-Tasse aus der Hand, und sie zerschellt auf dem Boden. »Dein Bruder? Was?!«

»Das ist eine lange Geschichte«, sagt Rado leise.

»Indriði wird sauer werden«, murmelt Elliði und klaubt die größten Scherben vom Boden auf. »Müssen wir dann nicht versuchen, deinen Bruder zu finden?«

»Er ist ein Geist. Ich habe ihn seit unserer Jugend nicht mehr gesehen. Manchmal engagieren Banden Außenstehende für gewisse Aufträge. Ich vermute, dass er so etwas macht«, sagt Rado. »Aber solche Männer heuert man nicht einfach so an, wahrscheinlich fühlten sich Artur und sein Insiderkontakt von Dora bedroht. Von irgendwas, was sie über die Razzia wusste, etwas anderes kann es eigentlich nicht sein.«

»Das klingt wie eine große Verschwörungstheorie, aber gut, überlegen wir mal.« Dora und Rado werfen einander einen kurzen Blick zu. »Vor ein paar Monaten sagt die Justizministerin der organisierten Kriminalität den Kampf an, will vor allem härter gegen ausländische Banden vorgehen, die hierzulande tätig sind. Ob das ein reines Wahlversprechen sein sollte, lassen wir mal außen vor. Um dieselbe Zeit herum bekommt die Rauschgiftabteilung einen Hinweis, dass Jurek auf zweihundert Kilo Speed sitzt, die er ins Land geschmuggelt hat. Die Polizeichefs beschließen eine abteilungsübergreifende Razzia gegen Jureks Bande, aber die Drogen finden sie nicht. Jurek stirbt in seiner Zelle, und auf dich wird ein Auftragskiller angesetzt«, sagt Elliði mit Blick auf Dora.

Dora nickt. »Ja, so in etwa haben wir uns das auch gedacht.«

»Dein Bruder, Rado. Du meinst, es gibt keinen Weg, ihn zu finden?«

»Irgendeinen Weg gibt es bestimmt, aber das würde sich innerhalb der Polizei schnell herumsprechen. Und selbst wenn wir ihn finden, bezweifle ich, dass er etwas sagen würde.«

»Aber was hast du gesehen oder herausgefunden, das überhaupt erst der Auslöser des Ganzen war?«, fragt Elliði Dora.

»Ich habe keine Ahnung.« Sie schüttelt den Kopf. »In letzter Zeit habe ich viel über die Ermittlungen in dem Vermisstenfall nachgedacht. Ich erinnere mich in groben Zügen daran, aber trotzdem nur sehr lückenhaft. Mit der Razzia hatte ich aber, soweit ich weiß, nie etwas zu tun.«

»Entweder denken sie, dass du dich an nichts erinnerst, oder diese Person weiß, wie man im Dezernat über dich redet«, sagt Elliði.

»Wird im Dezernat über mich geredet?«, fragt Dora scharf.

»Nein … ich meine …« Elliði wird rot.

»Ich mache nur Witze.« Sie grinst.

»Gut, dass du deinen Humor noch hast.« Elliði atmet aus.

»Oder sie haben es geschafft, ihre Spuren zu verwischen, während du … weg warst«, sagt Rado.

»Es muss noch eine andere Verbindung geben«, sagt Dora.

»Was für eine Verbindung?« Rado sieht sie an.

»Rado, du meintest, du hättest nicht gewusst, dass Artur der eigentliche Anführer von Jureks Bande war. Wie in aller Welt hätte es dann jemand innerhalb der Polizei wissen sollen? Uns fehlt ein wichtiges Puzzleteil. Irgendjemand, der die beiden miteinander verbindet. Jemand, der weiß, wie Artur wirklich ist.« Sie schaut Rado an. »Jemand mit Verschwiegenheitspflicht, Arturs Anwalt vielleicht?«

»Nicht unbedingt«, sagt Elliði. »Es kann genauso gut jemand aus der Rauschgiftabteilung sein. Jemand mit guten Verbindungen in die Unterwelt.«

»Willst du der Sache weiter nachgehen?« Rado sieht Elliði an, der die Arme ausbreitet.

»Keine Frage. Das ist Korruption auf höchster Ebene. Aber ihr müsst aufpassen und dürft mit niemandem darüber sprechen. Ich werde dich vorerst nicht zurück in die Abteilung holen, Rado. Sagt nichts am Telefon, wir kommunizieren nur über Telegram. Ihr wisst, wie das läuft, wenn ihr was von mir braucht, besucht ihr mich am besten. Niemand kommt einfach so damit durch, meine Freunde umzubringen. Auch wenn es nicht geklappt hat«, sagt Elliði bestimmt, und Rado erkennt die einfühlsame Seite seines Chefs, die er im beruflichen Alltag sonst kaum zeigt, obwohl sie ihm gut bekommt und ihn sofort authentischer wirken lässt. »Denkst du, du bist immer noch in Gefahr?«

»Ich weiß es nicht«, sagt Dora.

»Wir lassen es jedenfalls nicht darauf ankommen«, sagt Rado und trinkt den letzten Schluck von dem faden Kapselkaffee. Er hilft Dora beim Aufstehen, und sie verabschieden sich von Elliði.

Vom Wohnzimmerfenster aus beobachtet er, wie sie in Rados Jeep steigen und losfahren.

Rado merkt, dass Dora völlig erschöpft ist, und ihm geht es ähnlich, aber er spürt auch eine innere Unruhe. Über eine Sache hat er nicht mit Elliði gesprochen und auch mit Dora nicht, nämlich seinen Sohn. Er weiß, dass er Ewa nichts erzählen kann, aber er fragt sich, ob er Jurek in Gefahr bringt, wenn er sich mit Artur anlegt. Muss man einem Mann, der seinen Vater umbringt, ohne auch nur mit der Wimper zu zucken, nicht alles zutrauen? Aber er ist zu müde, um noch klar zu denken, das muss warten. Die Lage ist kompliziert genug, und sein Kopf fühlt sich an, als würde darin ein Feuer brennen, das er regelrecht knistern hört.

36

Am nächsten Tag fährt er gegen zehn Uhr zu Dora. Jafet will gerade zum Plattenladen gehen, aber bietet Rado trotzdem einen Kaffee an, weil Dora noch duscht. Die Wohnung ist so klein, dass auch in der Küche das Wasser laut zu hören ist.

»Komme!«, ruft sie aus dem Badezimmer, und Jafet springt auf, um ihr zu helfen. Als sie herauskommen, trägt sie einen Bademantel und einen Handtuchturban auf dem Kopf. »Guten Morgen«, sagt sie, bevor sie mit Jafet im Schlafzimmer verschwindet, um sich anzuziehen.

Rado hört sie leise miteinander reden. Er hat das Gefühl, dass die Stimmung zwischen ihnen irgendwie angespannt ist.

Jafet kommt vor Dora aus dem Schlafzimmer, und sein Blick bestätigt Rados Vermutung, auch wenn er versucht, sich zusammenzureißen.

»In der Kanne ist noch etwas Kaffee, wenn du willst. Ich muss jetzt los«, sagt er und geht.

Ein paar Augenblicke später tritt Dora aus dem Schlafzimmer und setzt sich an den Küchentisch. Sie wirkt entspannt, vielleicht ein bisschen müde. Rado fällt es schwer, sie einzuschätzen. Sie holt eine Tasse aus dem Schrank und schenkt sich Kaffee ein. Dafür muss sie nicht einmal aufstehen, so klein ist die Küche.

»Was ist mit dir los? Ist jemand gestorben?«, fragt sie und nippt an dem Kaffee.

»Ich hab gestern viel getrunken. Zu Hause hab ich noch die ganze Flasche geleert. Das habe ich nicht seit … ich weiß es nicht einmal mehr.« Er seufzt.

»Was ist los mit dir?« Sie kneift die Augen zusammen.

»Ich hab einfach nur einen Kater.«

»Und etwas auf dem Herzen.«

»Wundert dich das? Es ist nicht so, als …«

»Lass mich hier kurz reingrätschen«, sagt sie. »Jeder Tag … nein, jede Bewegung, jeder Gedanke ist für mich unglaublich anstrengend. Aber ich höre nie auf zu kämpfen. Was ist mit dir? Kämpfst du auch?« Er sagt nichts, sondern weicht ihrem Blick aus. »Und jetzt will er, dass wir miteinander schlafen.«

»Was?« Er sieht sie verwundert an.

»Mein Freund«, sagt sie. »Egal, was ich versuche, nichts turnt mich an, verstehst du? Vielleicht liegt es an ihm, vielleicht auch an meinem Kopf, ich weiß es nicht. Aber womöglich wusste deine Frau wirklich nicht, was los war. Hast du sie geliebt?«

»Ja«, gesteht er.

»Warum hast du nicht versucht, um sie zu kämpfen?«

Rado setzt zu einer Erwiderung an, doch dann nickt er nur, und plötzlich fühlt es sich an, als würde der Kloß in seinem Hals ein wenig kleiner werden. Er merkt, dass ihm Tränen in die Augen steigen, und wischt darüber. Dora greift nach seiner Hand und drückt sie fest. Er spürt die Zuversicht und das Mitgefühl in ihrer Geste und muss schluchzen.

»Wie heißt er?«, fragt sie plötzlich.

»Wer?«

»Mein Freund?«

»Jafet«, sagt Rado und sieht sie prüfend an. »Er heißt Jafet.«

»Weiß ich doch«, sagt sie und zwinkert ihm zu.

Sie beschließen, noch einmal gemeinsam Morgans Akte durchzusehen, vielleicht hilft es Dora ja dabei, sich an etwas zu erinnern. Rado druckt alle Bilder aus und hängt sie in dem viel zu engen Wohnzimmer auf. Dennoch ist es besser, hier zu arbeiten, denn in Rados Wohnung bestünde die Gefahr, dass Ewa vorbeikommt und Fragen stellt. Außerdem könnte es sein, dass Artur die Wohnung überwacht.

Morgans Gesicht starrt sie von der Wand aus an, es hat etwas Symbolisches, beinahe Heiliges. In dem grellen Licht wirkt jedes Foto irgendwann wie das Bild eines Märtyrers. Rado beschließt, den Gedanken mit Dora zu teilen.

»Du bist viel zu emotional«, sagt sie in einem vorwurfsvollen Tonfall, und obwohl sie es natürlich nicht ernst meint, nimmt sie alle Bilder bis auf eines von der Wand. In Wahrheit geht es ihr wie ihm. Sie haben beide das Gefühl, Morgan im Stich gelassen zu haben.

Dann sehen sie sich Morgans Zeichnungen und die Bilder aus den sozialen Netzwerken noch einmal an. Sie sprechen von Morgan im Präsens, obwohl sie genau wissen, dass sie sich damit etwas vormachen.

Gegen Nachmittag müssen sie schließlich einsehen, dass Morgan aller Wahrscheinlichkeit nach tot ist. Verschollen. Sie lassen den Gedanken sacken und verdrängen dann die

Wut und die Trauer. Konzentrieren sich darauf, die Tage, an denen sie in dem Fall ermittelt haben, zu einem großen Bild zusammenzupuzzeln, kommen aber zu keinen neuen Erkenntnissen.

Dora überlegt, ob sie noch einmal mit den Lehrern sprechen sollten, aber Rado hält das für zu riskant. Die Polizei darf nicht mitbekommen, dass sie weiterermitteln, schließlich sind sie beide beurlaubt. Er schlägt vor, dass sie versuchen, Morgans Vater Hákon zu finden. Sie wissen zwar beide nicht genau, was es bringen soll, aber es interessiert sie, wie es ihm geht. Und in einigen Tagen soll die Trauerfeier für Morgan stattfinden. Es ist unwahrscheinlich, dass sie dort etwas herausfinden können, aber sie wollen trotzdem hingehen.

Gegen vier Uhr steht Rado auf. Er muss Jurek vom Kindergarten abholen, und außerdem sieht er, dass Dora völlig erschöpft ist. Sie beschließen, morgen weiterzumachen, und er fragt noch, wann Jafet wiederkommen wollte. Seit dem Gespräch mit Elliði gestern macht er sich Sorgen um Doras Sicherheit. Sie beruhigt ihn, dass Jafet bald zurück sein wird. Auch wenn er wenig tun könnte, falls Artur ernsthaft beschließen sollte, Nägel mit Köpfen machen.

Im Vorraum des Kindergartens begegnet Rado der Erzieherin. Sie heißt Linda, ist um die fünfzig, hat ein breites Gesicht und graue Haare. Sie trägt meist weite Tuniken in gedeckten Erdtönen und oft auch ein Kopftuch. Die Kinder lieben sie, Jurek eingeschlossen, und Rado hat sie noch nie anders gesehen als mit einem Lächeln auf dem Gesicht.

Aber heute wirkt sie ernst und bittet ihn um ein Gespräch in ihrem Büro. Rado folgt ihr, und als sie das Büro betreten, sieht er überrascht, dass Ewa bereits am Schreibtisch sitzt.

»Ist Jurek etwas passiert?«, fragt er.

»Nein, nein, nichts«, sagt Linda. »Ich wollte mich nur gern mal mit euch darüber unterhalten, wie es hier mit ihm läuft.« Rado setzt sich auf einen leeren Stuhl neben Ewa. »Er ist ein wundervoller Junge«, fährt Linda fort und nimmt an der Ecke des Schreibtisches Platz. »Aber in seinem Leben gibt es momentan natürlich einige Veränderungen. Lasst ihr euch scheiden?«

»Ja«, sagt Ewa bestimmt und blinzelt.

»Er gerät manchmal mit anderen Kindern aneinander«, sagt Linda. »Seine Stimmung schwankt, ab und zu reagiert er über. Wie ist er zu Hause?«

»Ganz normal«, sagt Rado, und Ewa nickt.

»Das kommt vor. Die Kinder denken, wenn sie so weitermachen wie immer, könnten sie vielleicht an den Dingen festhalten. Doch dann reagieren sie sich hier ab. Vermutlich auch, um euch zu schützen«, sagt Linda, und obwohl sie dabei lächelt, ist klar, was sie damit sagen will.

»Was können wir tun?«, fragt Rado, bevor Ewa etwas sagen kann.

»Redet viel mit ihm, zeigt ihm, dass er eine aktive Rolle in eurem Leben spielt, damit er spürt, dass er euch wichtig ist«, sagt Linda, und Rado greift unbewusst nach Ewas Hand, weil er weiß, dass sie jeden Moment ausrasten könnte.

»Wir werden darauf achten«, sagt sie mit zusammengebissenen Zähnen.

Das Handy auf Lindas Schreibtisch klingelt, sie zeigt mit einer Geste, dass sie den Anruf annehmen muss, und geht hinaus. Rado und Ewa bleiben in ihrem Büro zurück.

»Ich weiß, dass alles gerade ziemlich durcheinander ist ... aber dieser kleine Junge, den wir zusammen haben ...«, sagt Ewa leise.

»Ich vermisse dich auch«, sagt er und sieht sie an. Dann steht er auf, geht zu Jurek im Spielzimmer und nimmt ihn hoch. Betrachtet sein Kinngrübchen und die dunklen Augen.

Ewa wartet an der Garderobe. Rado spürt, wie die Stimmung des Jungen sich verändert, als er seine Mutter sieht. Sie sind nicht mehr oft alle drei zusammen in einem Raum, und der Junge ist ganz angespannt. Als liege es an ihm, als könne er beeinflussen, wie ihre Zukunft sich entwickelt.

Jurek hält die Hand seines Vaters fest und greift gleichzeitig nach der seiner Mutter. Rado hat Mitleid mit ihm, als kleiner Junge hat er das auch gemacht. Hat die Menschen festgehalten, die ihm wichtig waren. Hatte auch diesen kindlichen Glauben, dass das ausreicht.

Am Ende müssen sie Jurek versprechen, bald mit ihm in den Streichelzoo zu gehen. Alle zusammen. Er besteht darauf, und sie stimmen irgendwann zu. Aber gleich heute passt es nicht, Rado ist sich gar nicht sicher, ob der Tiergarten montags aufhat. Ob Ewa überhaupt Zeit hätte, fragt er gar nicht. Etwas sagt ihm, dass es besser ist, erst einmal auf Abstand zu bleiben. Einerseits will er sie damit beschützen, aber vermutlich ist es auch Feigheit. Er hat Angst davor, wie sie reagieren wird, wenn sie herausfindet, dass er ihren Bruder beschuldigt, Jurek senior umgebracht zu haben. Irgendwann wird sie erfahren, welche Rolle er dabei gespielt hat, und die Wahrheit wird ans Licht kommen. Aber er kann nicht beeinflussen, was Artur seiner Schwester über den Tod ihres Vaters erzählt. Das liegt einfach nicht in seiner Hand.

37

Dora steht vor dem Volvo. Weder Jafet noch Rado wissen von ihrem Plan. Jafet denkt, dass sie gerade einen harmlosen Spaziergang durch die Innenstadt macht. Sie will aber sehen, ob sie noch fahren kann. Früher hatte sie dabei meist ein Sandwich, Kaffee und ein Handy in der Hand, wenn sie sich jetzt also allein aufs Fahren konzentriert und aufpasst, sollte es klappen. Natürlich hat sie keine Ahnung, wie beschädigt ihre Parietal- und Okzipitallappen sind und ob sie noch genug räumliches Vorstellungsvermögen hat. Aber manchmal muss man auch einfach ins kalte Wasser springen.

Ein Gefühl von Vertrautheit überkommt sie, als sie sich ans Steuer setzt. Die hellbraunen Ledersitze sind kalt, und es riecht ein wenig nach Schmieröl. Der Motor springt beim ersten Versuch an, und sie drückt das Gaspedal, alles scheint zu funktionieren. In den letzten Monaten stand der Volvo auf dem Parkplatz der Musikschule in der Lindargata. Ein Bekannter von Jafet hat ihm erlaubt, ihn dort abzustellen. Sie muss an Rúrik denken. Wird den Volvo in Zukunft noch jemand reparieren? Das Auto wird irgendwann genauso sterben wie der gute alte Mann – und diese Verbindung hat ihre Richtigkeit, denkt sie, traurig, aber wahr.

Dora biegt auf die Sæbraut ein, die am Meer entlangführt. Sie macht das Radio an, und ein schneller Technorhythmus erklingt, den sie sofort wieder abschaltet. Unklare Bilder erscheinen vor ihrem inneren Auge. Wie sie die Tür zur Tischlerei aufschiebt. Dort ist jemand. Das Licht geht nicht an. Sie steht im Dunkeln.

Sie atmet tief ein, neben ihr auf dem Beifahrersitz liegt das iPad. Unbewusst fährt sie direkt nach Laugarnes zu Morgans Wohnung. Sie erinnert sich daran, frühmorgens mit zwei Polizisten in dem Haus gewesen zu sein. Das war der Tag, an dem ihr Auge geblutet hat. Sie versucht, ihre vagen Erinnerungen mit dem zu verknüpfen, was Rado ihr über den Tag erzählt hat, aber es fällt ihr schwer.

Als sie aussteigt und zum Haus läuft, überkommt sie ein seltsames Gefühl, das sie nicht ganz zuordnen kann. Als hätte sie etwas vergessen. Nein, als *würde* sie etwas vergessen.

»Jetzt sind Sie also wieder hier«, hört sie jemanden hinter sich sagen. Sie dreht sich um und sieht eine rundliche Frau mit spitzer Nase, die in der Tür des Hauses nebenan steht.

»Haben wir uns schon einmal getroffen?«, fragt Dora und geht ein paar Schritte auf sie zu.

»Sie sind doch von der Polizei?«

»Ja, das stimmt.« Sie rückt die Mütze zurecht, die sie sich von Jafet geliehen hat. Es juckt darunter. »Wann war das?«

»Vor ein paar Monaten. Als Morgan verschwunden ist«, sagt die Frau zögernd.

»Richtig«, sagt Dora und nimmt die Mütze ab. Die Frau starrt sofort auf die Narbe, was Dora mittlerweile gewohnt ist. »Wissen Sie, wo ich ihren Vater finden könnte?«

»Er ist in Behandlung auf dem Land«, sagt die Frau. »Morgans Verschwinden hat ihn aus dem Gleichgewicht gebracht.

Oder eher ihm den Boden unter den Füßen weggezogen, aus dem Gleichgewicht war er auch davor schon. Er hat die Arbeit verloren und alles.«

»Wo hat er noch mal gearbeitet?«, fragt Dora und sieht, dass die Frage die Frau verwundert. »Tut mir leid, dass ich frage, ich hatte einen Unfall und kann mich nicht mehr an alles erinnern.« Die Erklärung scheint die Nachbarin ein wenig zu beruhigen.

»Ach so, ja. Er hat an diesem Hochhaus gearbeitet, das sie Ódáinsvellir nennen.«

Dora bedankt sich und geht zum Fenster der Kellerwohnung. Der Vorhang ist zugezogen, aber das ist egal. Sie weiß, wie es drinnen aussieht, auf dem iPad hat sie lauter Bilder von der Wohnung gesehen. An manches erinnert sie sich auch, wie zum Beispiel an Morgans Zimmer. Sie erinnert sich an die Zeichnungen und die Skizzenbücher, unter denen ihrer Meinung nach welche fehlten. Sie sieht sich um, die Nachbarin ist weg.

Es ist nicht schwer, in die Wohnung einzudringen, die Eingangstür ist nicht abgeschlossen. Dora hält kurz inne, aber als sie kein Geräusch hört, geht sie ins Wohnzimmer. Dort ist niemand, nur ein paar Umzugskartons stehen auf dem Boden. Sie greift nach dem Lichtschalter, aber nichts passiert. Vermutlich wurde der Strom abgestellt, wahrscheinlich hat Hákon die Wohnung mittlerweile verloren. Sie wirft einen Blick in die Küche. Auf dem Tisch stehen eine offene Milchpackung und ein paar in Zeitungspapier gewickelte Teller. Es wirkt, als hätte Hákon von einem Moment auf den anderen alles stehen und liegen gelassen, um in der Klinik

Zuflucht zu suchen. Als wäre ihm auf einmal alles zu viel geworden.

Morgans Zimmer hat sich seit Doras letztem Besuch nicht verändert, es ist genau wie in ihrer Erinnerung. Sie setzt sich an den Schreibtisch und öffnet die Schublade, wo damals die Skizzenbücher lagen. Sie sind immer noch dort, und diesmal bleibt ihr Blick an einer bunten Zeichnung von dem Hochhaus hängen. Vorsichtig reißt sie das Blatt heraus und steckt es ein.

Sie sitzt wieder am Steuer, als ihr Handy vibriert. Jafet ruft an, dabei ist sie doch erst höchstens eine halbe Stunde weg. Sie geht ran und erklärt ihm, dass sie immer noch spazieren ist, alles sei in Ordnung, sie mache sich bald auf den Weg zurück. Bei einem Trauma wie ihrem ist leider nicht nur die Person selbst betroffen, sondern auch alle um sie herum. Unterschiedlich stark natürlich, aber in letzter Zeit hat sie das Gefühl, dass Jafet ihr keine Luft mehr zum Atmen lässt. Der enge Raum, auf dem sie zusammenleben, hilft natürlich nicht. Sie muss etwas ändern. Ausziehen und wieder unabhängig werden.

»Wo ist das Gleitmittel?« Jafets Tonfall klingt vorwurfsvoll. Dora muss sich das Lachen verkneifen. »Wo warst du?« Er verschränkt die Arme, sie sieht ihn an und legt den Kopf schief. *Warum ist er so wütend?* Sie hat so viel vergessen, aber aus irgendeinem Grund erinnert sie sich glasklar daran, wie oft sie bereits mit diesem blonden Mann mit den langen Haaren gestritten hat, bei dem sie lebt ... oder mit dem sie zusammenlebt.

»Was denkst du?«, fragt sie schließlich.

»Du bist krank. Du musst auf dich aufpassen. Wer einen Hirnschaden erlitten hat, muss auf sich achten. Dir kann so leicht etwas zustoßen«, sagt er.

»Hör auf, meine Symptome zu googeln, okay? Du bist nicht mein Vater. Und du bist auch nicht mein Partner. In der letzten Zeit warst du wundervoll zu mir, und ich weiß nicht, was ich ohne dich getan hätte, aber wenn ich mich richtig erinnere, warst du ausgezogen. Wir hatten Schluss gemacht. Mehrmals. Dafür gab es doch einen Grund?« Dora stützt die Hände in die Hüften.

»Das war ... ich ...«, stammelt Jafet.

»Du kannst nicht großmütig und genervt zugleich sein. Ich habe zwar einen Gehirnschaden, aber ich merke doch, dass zwischen uns etwas nicht stimmt.«

»Aber du ... du ...« Jafet blinzelt ein paarmal.

»Ist es nicht so? Niemand bittet dich, ein Heiliger zu sein. Ich muss mir einen anderen Ort zum Leben suchen. Davon geht die Welt nicht unter.« Sie sieht sich um und nimmt ihren Rucksack.

»Warte! Gehst du einfach? Was ist mit deinen Medikamenten und ... du bist noch nicht wieder gesund!« Jafet breitet die Arme aus.

»Ich entlasse mich selbst. Von hier und aus dieser Beziehung oder was auch immer es ist.« Dora beginnt, ihre Habseligkeiten in den Rucksack zu stopfen. Im Bad holt sie all ihre Tabletten aus dem Schrank über dem Waschbecken. Danach ist er völlig leer.

»Darf ich mir das iPad noch für ein paar Tage ausleihen?«, fragt sie, als sie zurück ins Wohnzimmer kommt.

Jafet nickt, scheint aber mit den Gedanken woanders zu sein. »Das ist nur so … seltsam. Dass du mit mir Schluss machst. Ich … die Leute …«

»… sollen sich um ihren eigenen Kram kümmern. Danke für alles. Ich melde mich«, sagt sie, schließt die Tür hinter sich und geht mit Mühe allein die Treppe hinunter auf die belebte Straße hinaus.

Endlich ist der Frühling eingekehrt.

38

Der Morra steht in der Fleischerei und sieht in die Runde. Er ist komplett schwarz angezogen. Diese Männer hat er selbst ausgewählt, mit manchen hat er schon einmal zusammengearbeitet, andere wurden ihm empfohlen.

Er setzt sich an einen Tisch, auf dem ein Laptop den Livestream vom Clubhaus der Bande zeigt. Das Industriegebäude hat nur einen Eingang, was die Sache viel einfacher macht. Geschätzt sind etwa zwanzig Männer dort, sie haben Messer, Elektroschocker und ein paar Schlagstöcke, vermutlich aber keine Schusswaffen, höchstens eine Schrotflinte.

Der Morra nimmt die Augen vom Bildschirm und betrachtet seine Männer. Die Stimmung ist ausgeglichen, sie sparen ihre Kräfte. Manche dehnen und bereiten sich gedanklich vor, wie Leistungssportler. Morgen früh werden sie alle mit diversen Flügen nach Europa das Land verlassen. Alle einzeln, keine zwei Männer in derselben Maschine. Nichts, was auf eine Verbindung zwischen ihnen schließen lassen könnte. Sie werden aussehen wie Touristen, die von einer Wandertour kommen, was gar nicht so weit hergeholt ist. Keiner von ihnen hat einen Eintrag im Strafregister, an der Grenze werden sie nicht auffallen.

Er hat lange überlegt, ob er das Risiko eingehen sollte, wieder nach Island zu kommen. Am Ende tat er es einfach, aber es lief nicht so wie geplant. Er hätte den Auftrag in der Tischlerei nie annehmen dürfen. Laut Artur besteht aber keine Gefahr, dass er am Flughafen festgenommen wird, dafür habe er gesorgt. Solange sie keine unnötige Aufmerksamkeit auf sich ziehen, haben sie freie Hand. Europol sucht nicht nach ihnen, also sollte alles in Ordnung sein.

Sie haben es auf einen Motorradclub abgesehen, der Artur vor einigen Monaten zweihundert Kilo Speed gestohlen hat. Jetzt will er sich rächen, zurückholen, was davon noch übrig ist, und den Rest ausbezahlt bekommen. Artur ist zu schlau, um seine eigenen Männer zu schicken, das könnte schiefgehen. Der Morra und seine Leute sind viel kompetenter. Sie werden schlagen, Knochen brechen und Körper deformieren, aber niemanden umbringen, das wäre zu kompliziert und würde zu hohe Wellen schlagen. Dafür ist Island zu klein.

Sie sind schon sehr weit gegangen, als sie den Mann verhört haben, der Artur verraten hat. Er dachte, er könnte selbst vom alten Jurek übernehmen, wollte Artur ausschalten und selbst die Führung übernehmen. Hatte einen Deal mit dem Anführer der Motorradgang gemacht und ihnen gegen Bezahlung von der Lieferung erzählt. Der Morra und seine Leute haben aus ihm alles über die Bande und ihr Clubhaus herausgepresst.

Er sieht auf die Uhr und gibt seinen Männern ein Zeichen. Sie nicken und gehen mit schnellen Schritten zur Tür. Draußen stehen zwei Jeeps mit abgedunkelten Scheiben. Sie fahren los, achten darauf, die Geschwindigkeitsbegrenzung einzuhalten. Der Morra fährt den vorderen Wagen. Die Straßen der Stadt sind ihm noch vertraut. Er muss an Rado denken, was er viele Jahre lang nicht getan hat. Als er geflohen ist, hat er Rado und seinen Eltern bewusst den Rücken gekehrt. Doch seit er ihn in der Tischlerei wiedergesehen hat, drängen sich die Erinnerungen auf. Sie berühren ihn nicht sonderlich, es sind nur Bilder, Fragmente aus einem früheren Leben. Er lässt sie nicht an sich heran, sie ziehen einfach an seinem geistigen Auge vorbei. Er versucht weder, sie zu analysieren, noch, sie zu verarbeiten, tut so, als würden sie ihn nicht betreffen. Als stünde zwischen ihm und seiner Vergangenheit eine unsichtbare Wand.

Die Fahrt zum Clubhaus der *Söhne der Götter* dauert zwanzig Minuten. Der Morra hat die Gegend genau studiert, sie ist nicht bewohnt, dort gibt es nur Gewerbe. Natürlich gibt es einige Überwachungskameras, aber die sind ihnen egal. Sie werden alle Sturmhauben aufhaben und bei einem möglichen Nachspiel längst weg sein. Im Gebäude befinden sich keine Kinder, aber Frauen könnten dort sein. Seit der Motorradclub an die Drogen gekommen ist, ist seine Anhängerschaft gewachsen.

Als sie in die Straße einbiegen, fällt sein Blick auf einen Transporter, der gegenüber vom Clubhaus geparkt ist. Das sind Leute von Artur, sie sollen die Drogen und andere Wertsachen holen, wenn der Morra und seine Männer fertig sind. Leise verlassen sie die Fahrzeuge. Aus dem Gebäude dringt laute Rockmusik. Einer von ihnen schneidet mit einer elektrischen Säge ein Schloss auf, so dass die Funken fliegen. Dann stürmen sie hinein, der Morra voran.

Ihr Plan ist simpel: Es geht rauf zu den beiden Büros in der oberen Etage. Einer von ihnen wird den Ausgang bewachen, er hat eine Waffe mit Gummigeschossen dabei, wie sie die Polizei manchmal bei Demonstrationen einsetzt. Relativ harmlos, je nachdem, wie man sie benutzt. Er soll darauf achten, dass niemand entkommt. Die anderen werden mit dem Morra zusammen die Bandenmitglieder überwältigen. Sie haben Knüppel, Hammer und Drahtseilpeitschen dabei. Der Morra ist mit einem Schlagring bewaffnet, das geht am schnellsten.

Die langhaarigen Männer in Lederjacken halten sie erst für Polizisten, aber als nicht einer der vermummten Eindringlinge ein Wort sagt, begreifen die Clubmitglieder, was los ist. Wochenlang waren sie in Alarmbereitschaft, aber nichts ist passiert, Artur hat nicht versucht, sich den Stoff zurückzuholen. Irgendwann dachten sie, er sei zu feige oder habe nicht genug Leute. Womöglich hatte die Razzia ihn ausgeschaltet. Es kam ihnen nicht in den Sinn, dass er vielleicht einfach abwarten wollte, bis sie die Sache vergessen hätten und sich in Sicherheit wiegten. Als der Morra den ersten Mann, der sich ihm in den Weg stellt, ins Gesicht schlägt, wird ihnen ihr Fehler klar.

Der Morra und seine Männer gehen schnell und systematisch vor. Die Clubmitglieder versuchen sich zu wehren, aber es bringt nichts, der Morra und seine Leute schalten einen nach dem anderen aus. Sie schlagen sie zu Boden und fesseln sie an Händen und Füßen, wie sie es schon oft zuvor getan haben. Erst mit staatlichem Auftrag und jetzt als Selbständige auf dem freien Markt.

Auf der Treppe zur oberen Etage hält der Morra kurz inne und beobachtet das Geschehen. Seine Männer wissen genau, was zu tun ist, sie arbeiten schnell und relativ präzise. Für mehr Geld hätte man noch bessere Männer bekommen können, aber bei einer Aktion wie dieser hätte sich das nicht gelohnt. Als er oben ankommt, steht plötzlich Nóri vor ihm. Er hat eine Machete in der Hand, die auf so engem Raum ziemlich unhandlich ist. Der Morra drückt ihn gegen die Wand und versetzt ihm einen gezielten Schlag auf die Schläfe. Nóris großer Körper sackt zu Boden, und der Morra packt ihn im Nacken, zerrt ihn zur Treppe und stößt ihn hinunter. Dabei fällt sein Blick auf die Lederjacke, auf der hinten *President* steht. Jemand hat die Musik ausgemacht, und als der Kopf des Mannes auf dem Boden aufprallt, hallt ein dumpfer Schlag durch den Raum. Solche Motorradclubs hat der Morra noch nie verstanden. Warum hängen sie ihre kriminellen Tätigkeiten offen an die große Glocke? Er schüttelt den Kopf und sieht nach, ob sich noch jemand in den Büros befindet. Sie sind leer.

Der Morra geht langsam die Treppe hinunter und holt eine Drahtzange hervor. Die gefesselten Männer liegen überall auf dem Boden verteilt und beobachten entsetzt, wie der Morra sich hinkniet und Nóri einen Finger nach dem anderen abschneidet. Beim ersten zuckt Nóri noch zusammen, dann wird er bewusstlos, als wolle sein Körper ihn vor dem weiteren Schmerz bewahren.

Morras Männer gehen zwischen den Gefesselten umher und kleben einem nach dem anderen den Mund zu. Dann holen sie Hämmer hervor, manche davon mit Gummiköpfen, mit denen sie den Clubmitgliedern Arme und Beine brechen und auf Eingeweide einschlagen. Die Schreie nehmen sie kaum wahr.

In der Tür taucht einer von Arturs Leuten auf und tritt zögernd ein, besieht sich die Lage und holt sein Handy hervor. Er sagt ein paar Worte auf Polnisch, und zwei andere Männer kommen und beginnen, systematisch nach dem Stoff zu suchen. Seit Beginn der Aktion sind fünf Minuten vergangen.

Wie vom Morra angewiesen, macht keiner von ihnen einen Mucks. Das ist nicht der Ort für Worte, sie machen die Sache nur komplizierter. Bei solchen Aktionen muss man hochkonzentriert und leise vorgehen. Dann ist alles klar und nimmt schlicht seinen Lauf.

Einer von Arturs Männern nickt dem Morra zu. Sie haben den Stoff gefunden. Der Morra gibt seinen Leuten ein Zeichen, und sie lassen ihre Hämmer fallen, die mit lauten, dumpfen Schlägen auf dem weiß lackierten Steinboden aufschlagen.

Rot auf Weiß. Der Auftrag ist erledigt.

39

Dora leistet sich ein Zimmer im Hotel Holt in der Innenstadt, das irgendwie einen alten Charme hat. Dort gibt es zwar nur noch ein kleines Einzelzimmer, aber sie braucht ohnehin nicht viel Platz. Nach dem Einchecken bringt sie ihren Rucksack nach oben und geht dann in die menschenleere Bar, setzt sich auf das braune Ledersofa und bestellt sich einen Drink. Sie betrachtet noch einmal die Zeichnung von dem Hochhaus, die sie aus Morgans Skizzenbuch gerissen hat. Auf dem iPad liest sie die Fallakte, aber die Worte fangen an, sich vor ihren Augen zu bewegen, also legt sie es wieder beiseite. Sie hat eine vage Vermutung, dass Morgans Verschwinden mit diesem Gebäude zusammenhängt. Es ist nur ein Gefühl, aber es lässt sie einfach nicht los, also nimmt sie das iPad wieder auf, geht ins Internet und sucht nach Ódáinsvellir.

Sie findet jede Menge Berichte über den geplanten Bau des Turms, wie umweltfreundlich und nachhaltig das Gebäude doch sei, aber auch Artikel, die sich dagegen aussprechen, meist von Umweltschützern verfasst, die meinen, die Verantwortlichen würden der Bevölkerung Sand in die Augen streuen. Es gehe dabei nicht um recyclebare Baumaterialien, sondern eher darum, wie das Hochhaus das Ökosystem der ganzen Gegend verändere. Einige prominente Persönlichkeiten haben sich öffentlich über die hohen Preise der Wohnungen lustig gemacht und gesagt, dass das Konzept einer geschlossenen Wohnanlage mit Tor und Wächtern an irgendeinen Hollywoodfilm erinnere, wo Reiche und Arme auf diese Art voneinander ferngehalten werden. Dora findet, dass sie den wesentlichen Punkt übersehen. Ódáinsvellir ist nur der Gipfel einer Entwicklung, die sich schon lange in dieser kleinen und ungleichen Gesellschaft abzeichnet, in der die unterste Schicht aus importierten ausländischen Arbeitskräften besteht. Die Menschen, die putzen und Alte und Kranke pflegen, haben meist eine dunklere Hautfarbe als die, für die sie arbeiten.

Sie legt das iPad beiseite und trinkt den letzten Schluck aus ihrem Glas. Sie kann die Augen kaum noch offen halten. Im Aufzug in die dritte Etage ertappt sie sich dabei, dass sie ein Lied summt. *You are not alone*. Sie hat keine Ahnung, von wem es ist und woher sie es kennt.

Im Frühstücksraum des Hotels unterhalten sich Touristen leise in ihren jeweiligen Sprachen. Ab und zu versteht Dora einzelne Wörter, aber bei weitem nicht alles. Die Sprachzentren in ihrem Gehirn sind nicht mehr wie früher, aber das findet sie nicht schlimm. Wenn sie nicht alles versteht, bekommt ihr Geist ein wenig Ruhe. Sie hat geschlafen wie ein Stein.

Sie sieht Rado in der Tür und winkt. Er kommt zu ihr und setzt sich ihr gegenüber.

»Du hättest auch bei mir übernachten können«, sagt er und schenkt sich Kaffee ein.

»Ich bleibe erst einmal hier, dann sehe ich weiter.« Sie versucht, Butter und Marmelade auf ein Brot zu schmieren, aber stellt sich dabei an wie ein Kleinkind.

»Was ist passiert?«

»Wir haben wegen Gleitmittel gestritten.«

»Was man halt so macht«, sagt Rado und seufzt.

»Könntest du mir das Brot machen?« Sie schiebt ihren Teller zu ihm hinüber.

»Jafet meinte, du wärst gestern irgendwohin gefahren. Mit dem Auto?«

»Hat er dich angerufen?«

»Er macht sich Sorgen um dich.« Rado schiebt den Teller zurück und beobachtet Dora dabei, wie sie ungeschickt versucht, das Brot in die Hand zu nehmen. Sie sieht ziemlich müde aus, das macht die Sache nicht einfacher. »Darf ich fragen, wo du warst?«

»Bei Morgan zu Hause.«

»Warum?«

»Ich weiß es nicht. Vielleicht einfach nur, um zu sehen, ob irgendwelche Erinnerungen zurückkommen.«

»Und?« Rado wartet ab. Er weiß mittlerweile, dass sie nicht gleichzeitig reden und essen kann. Erst als sie geschluckt hat, spricht sie weiter.

»Schau mal«, sagt sie und reicht ihm Morgans Zeichnung des Hochhauses. »Das habe ich in einem Skizzenbuch in ihrem Zimmer gefunden.«

»Was ist das?« Rado besieht sich die Zeichnung. »Ich meine, ich weiß, dass es Ódáinsvellir ist, aber warum ist die Zeichnung relevant?«

»Als ich zum ersten Mal in der Kellerwohnung war und mir das Zimmer angesehen habe, hatte ich so ein Gefühl, dass Morgan geflohen sein könnte. Ich weiß nicht, ob sie einfach nur von zu Hause abhauen wollte oder es etwas Krasseres war, ob sie sich vielleicht umbringen wollte. Aber ein paar alte Skizzenbücher waren noch da, und in einem habe ich diese Zeichnung entdeckt. Sieh sie dir mal genau an«, sagt sie und zeigt mit zittrigem Finger darauf.

Er betrachtet das Bild erneut. »Morgan hat also ein Bild von dem Hochhaus gezeichnet.« Rado zuckt mit den Schultern. »Na und?«

»Ich habe bereits alles gelesen, was ich im Internet über Ódáinsvellir gefunden habe, alle Bilder gesehen, die es zu dem geplanten Bau gibt. Aber diese Computerbilder sind nie so, wie das Gebäude am Ende aussieht. Dieses Bild hier ist genau wie der Turm. Das hier ist zum Beispiel anders als auf den ursprünglichen Plänen.« Dora zeigt auf einen neongelben Stahlträger über dem Eingangsbereich. »Diese Träger sind auf keinem der Bilder im Internet zu sehen. Und das hier auch nicht.« Sie zeigt auf einen Glasbalkon, der das ganze Gebäude umrundet.

»Und was bedeutet das?«, fragt Rado.

»Dass wir noch einmal mit Hákon sprechen sollten. Es muss eine Verbindung zwischen Morgan und dem Turm geben.«

Sie treffen Hákon in der Entzugsklinik Vík auf Kjalarnes, nur wenige Kilometer außerhalb von Reykjavík. Weiter ist er also nicht aufs Land rausgefahren, um sein Leben wieder in den

Griff zu bekommen. Erst sprechen sie mit seiner Betreuerin, einer Frau um die dreißig, die so tut, als wäre es ihre alleinige Verantwortung, Hákon vor seinen Teufeln zu retten. Sie erlaubt Dora und Rado, in ihrem Büro mit ihm zu sprechen. Sie warten auf dem Flur, und als die Frau endlich mit ihm zurückkommt, erkennen sie ihn kaum wieder. Er hat zugenommen und deutlich mehr Farbe im Gesicht, sieht Dora und Rado ängstlich an und greift nach der Hand seiner Betreuerin, um sich zu stützen.

»Ihr wollt euch nur unterhalten, richtig?«, fragt die Betreuerin. »Es wurde nichts ... du weißt schon ... gefunden, oder ...?«

»Nein, Morgan wurde nicht gefunden«, sagt Dora. »Wir haben nur ein paar Fragen.«

»Schaffst du das?« Die Betreuerin sieht Hákon an, und er nickt. Plötzlich ist er wieder ganz bleich im Gesicht.

Sie setzen sich ins Büro, und Hákon starrt auf die große Narbe auf Doras Kopf. Die Betreuerin wartet draußen.

»Kam Morgan manchmal mit dir zur Arbeit in Ódáinsvellir?«, fragt Dora.

»Ja, manchmal«, sagt Hákon. »Sie fand es sehr spannend dort beim Hochhaus.«

»Ging das einfach so? Ich meine, es war eine bewachte Baustelle. Da konnte nicht jeder einfach so rein«, sagt Rado.

»Das war kein Problem. Sie saß einfach in meiner Hütte und hat gezeichnet. Manchmal war sie auch mit im Penthouse, wo ich gearbeitet habe. Dort, wo wir beide gesprochen haben«, sagt Hákon und sieht Dora an.

»Wo wir beide gesprochen haben?«, fragt Dora überrascht.

»Ja, kurz nachdem sie verschwunden ist«, sagt Hákon.

»Ach ja, stimmt. Wie oft hast du Morgan mitgenommen?« Sie holt das Tablet hervor.

»Dieses Gerede von Morgan irritiert mich immer, sie heißt Guðbjörg und ist ein Mädchen«, sagt Hákon genervt.

»Natürlich«, sagt Rado. »Wie oft hast du sie mit ins Penthouse genommen?«

»Nur ab und zu. Ich weiß es nicht mehr, vielleicht fünf- oder sechsmal. Worum geht es hier eigentlich?« Er sieht Dora und Rado abwechselnd an. »Ist sie tot? Habt ihr sie gefunden?«

»Nein«, sagt Dora. »Fällt dir jemand ein, den sie dort auf der Baustelle getroffen haben könnte?«

»Nein, so etwas ist mir nicht aufgefallen«, sagt er ruhig und schüttelt den Kopf. »Habt ihr jemanden im Verdacht?«

»Nein«, sagt Dora. »Aber wir tun alles, was in unserer Macht steht, um den Fall zu lösen.«

»Welchen Fall?«, fragt Hákon plötzlich.

»Was meinst du?« Rado sieht ihn an.

»Wird es als Verschwinden behandelt oder als Mordfall? Da muss es doch einen Unterschied geben?« Rado und Dora sagen nichts. »Sie ist tot, stimmt's?«

»Ich denke, davon müssen wir ausgehen«, flüstert Rado schließlich.

»Sie meinen, dass man dieses Zwölf-Schritte-Programm hier eigentlich nicht schaffen kann, wenn man keine Hoffnung hat. Auf etwas ... Besseres. Wenn man nicht darauf hofft, dass alles besser werden kann.« Hákon räuspert sich, und seine Augen füllen sich mit Tränen. »Findet sie für mich, damit ich mich ordentlich verabschieden kann. So lange bleibe ich clean.« Dann steht er auf und geht.

»Wir müssen mit Elliði sprechen«, sagt Rado, als Dora und er vor der Klinik im Jeep sitzen.

»Warum?«

»Wir brauchen eine Liste von allen, die in dem Hochhaus gearbeitet haben. Vielleicht fällt uns was auf.« Er runzelt die Stirn.

»Und die Vertragsarbeiter nicht vergessen. Das Gebäude ist vielleicht nachhaltig, aber ganz ohne Menschenrechtsverletzungen ging es nicht. Die Hälfte der Arbeiter ist schon wieder zurück in Rumänien, Albanien oder sonst wo in Osteuropa.« Dora seufzt.

»Erinnerst du dich wirklich nicht daran, auf der Baustelle gewesen zu sein?« Rado blickt sie an.

»Ich dachte, das hätte ich geträumt.«

»Scheiße«, flüstert er, als er den Motor startet.

In Kópavogur empfängt sie Elliðis Lebensgefährte Indriði. Er trägt einen Anzug und weiße Sneaker, die Arbeitsbekleidung der Billigfluglinie, für die er als Flugbegleiter arbeitet.

Elliði duscht gerade noch, und Indriði ist auf dem Sprung, also bringt er sie ins Wohnzimmer und bittet sie, dort zu warten. Er sei bereits spät dran und müsse zur Arbeit. Dora und Rado fällt sofort auf, dass seine Höflichkeit nur Fassade ist. Kurz darauf kommt Elliði in einem Morgenmantel und Pyjamahosen zu ihnen.

»Was ist mit ihm los?«, fragt Dora und nickt in Richtung Haustür.

»Er will, dass wir adoptieren … ein Kind«, sagt Elliði und verdreht die Augen. Sie verstehen, was er damit eigentlich sagen will. *Er trägt weiße Sneaker zur Arbeit, er ist selbst noch ein Kind.* »Wir sind noch gar nicht lange zusammen.« Elliði geht zu einem kleinen Schreibtisch beim Fenster und schaltet seinen Laptop ein. »Kann ich euch etwas anbieten?«, fragt er und setzt sich an den Schreibtisch. Dora und Rado schütteln beide den Kopf und unterbreiten ihm dann ihr Anliegen.

»Also, einen der Kollegen in der Abteilung für Wirtschaftsdelikte kenne ich ganz gut«, sagt Elliði. »Er hat sich das Projekt für mich etwas genauer angesehen. Die Elysian Holding ist für den Bau verantwortlich und hat das Bauunternehmen KM beauftragt, das die meiste Arbeit macht. Außerdem sind noch ein paar kleinere Firmen beteiligt, Elektriker, Installateure und so weiter. Das sind mehrere Hundert Leute. Aber ihr habt doch nichts Handfestes? Das ist nur eine Zeichnung.«

»Wir können den Kreis hoffentlich noch etwas einschränken«, sagt Dora. »Uns auf die konzentrieren, die direkt auf der Baustelle tätig waren, und nachsehen, was über sie zu finden ist.«

»Ihr müsst die Liste jedenfalls kürzen, aber dann kann ich in der polizeilichen Datenbank nachsehen, ob ich etwas über Vergewaltigungen oder dergleichen finde«, sagt Elliði. »Was ist mit der Zeichnung? Wo könnte sie die finalen Pläne von dem Turm gesehen haben? Beim Bauleiter oder dem Architekten?«

»Kann sein, dass sie in einer der Arbeiterhütten ein Bild gesehen und es abgezeichnet hat«, sagt Rado. »Wir könnten KM kontaktieren und fragen, wer genau auf der Baustelle tätig war.«

»Dann los«, sagt Elliði und steht auf. »Ist dir noch etwas eingefallen?«, fragt er dann Dora. »Erinnerst du dich an etwas von der Razzia?«

Sie schüttelt zögerlich den Kopf. »Nicht das Geringste.«

40

Rado hält am ehemaligen Busterminal Hlemmur in der Nähe des Polizeipräsidiums, um Elliði abzuholen. Er hat ihn mit seinem frühen Anruf geweckt, aber betont, dass er Dora gern schlafen lassen würde. Das Gebäude war lange Zeit eine Art Außenstelle des Dezernats, wo sich allerlei Pöbel herumtrieb, zumindest die, die nicht in einer Zelle auf der anderen Straßenseite übernachteten. Es hat sich sehr verändert, jetzt ist dort eine Food Hall, wo sich die Feinschmecker der Stadt tummeln. Rado kommt es absurd vor, aber so ist das neue Island. Überall gibt es Kaffee aus luxuriösen Maschinen und Pulled Pork auf Sauerteigbrot. Er hasst Sauerteig. Während der Pandemie hat Ewa das Backen entdeckt und ihn gezwungen, fast nur noch Kohlenhydrate zu essen.

Er bemerkt einen Mann in einem beigen Anzug, der allein an einem Tisch sitzt, das Gesicht in den Händen vergraben. Es ist Indriði. Als Elliði in den Jeep einsteigt, tut Rado so, als wäre nichts. Elliði ist dafür bekannt, oft den Partner zu wechseln.

»Wo fahren wir hin?«, fragt Rado.

Elliði öffnet das Fenster auf der Beifahrerseite und zündet sich eine Zigarette an. »Nach Hafnarfjörður«, sagt er. »Dort wohnt dieser Herr.« Er zeigt Rado ein Bild auf seinem Handy.

»Wer ist das?«

»Guðbergur Smári. Er ist wegen Freiheitsberaubung und Vergewaltigung vorbestraft. Von 2009 bis 2012 saß er im Gefängnis. Ich hab ihn mir ein wenig angesehen, er ist uns seitdem öfter untergekommen, aber in den Augen der Staatsanwaltschaft hatten wir nie genug gegen ihn in der Hand. Er ist ein richtiger Dreckskerl«, sagt Elliði und reibt sich müde die Augen.

»Ist alles in Ordnung?«

»Fragst du wegen Indriði?« Elliði sieht ihn mit scharfem Blick an.

»Nein, nein«, Rado räuspert sich. »Oder doch.«

»Ich musste einen Schlussstrich ziehen, es ist kompliziert. Aber danke fürs Fragen.«

»Ist es nicht etwas hart, so früh am Morgen mit jemandem Schluss zu machen?«

»Er muss gleich zum Flughafen«, sagt Elliði, wirft die Zigarette aus dem Fenster und schließt es wieder.

Guðbergur Smári wohnt in einem Reihenhaus im Vallar-Viertel am Rande von Hafnarfjörður. Laut dem Personalleiter des KM-Bauunternehmens ist er gerade krankgeschrieben, weil er einen kleinen Arbeitsunfall auf der Baustelle von Ódáinsvellir hatte, also ist Elliði relativ sicher, dass er zu Hause ist. Er will sich vorerst nur einen Eindruck von ihm verschaffen, doch wenn sie es für nötig halten, können sie jederzeit mit ihm zur Polizeistation in Hafnarfjörður fahren und ihn dort offiziell verhören.

Als sie ankommen, ist es bereits kurz vor neun. Es nieselt, und die Straßen sind leer. Rado parkt vor dem Haus, in der

Einfahrt steht ein kleiner weißer Lieferwagen mit dem Logo von KM.

»Ich übernehme das Reden«, sagt Elliði.

Rado nickt und folgt ihm über die Steintreppe zum Eingang. Elliði lässt den Hals knacken, bevor er klingelt. Einen Augenblick später geht die Tür auf, und vor ihnen steht ein großer Mann um die fünfzig mit Adlernase, leuchtend blauen Augen und vielen tiefen kleinen Narben im Gesicht. Er trägt einen offenen karierten Morgenmantel und darunter ein T-Shirt mit dem Aufdruck *Ready to roll my rock*.

»Seid ihr Zeugen Jehovas?«, fragt er.

»Nein, wir sind von der Polizei«, sagt Elliði. »Sind Sie Guðbergur Smári?«

»Ja«, sagt er und tritt zur Seite. »Kommt rein.«

Rado und Elliði gehen hinein.

»Die Frau des Hauses ist nicht da«, sagt er leicht spöttisch, als habe das bei seiner Entscheidung, sie hereinzubitten, eine Rolle gespielt. Er führt sie ins Wohnzimmer. »Was wollt ihr?«, fragt er mit verschränkten Armen.

Rado versucht, seine Haltung zu deuten. Der Mann ist schwer zu lesen, und sein Gesicht ist kein schöner Anblick. Die Narben entstellen ihn so sehr, dass Rado den Blick unwillkürlich abwendet.

»Nur kurz mit Ihnen sprechen«, sagt Elliði, und Rado hört an seinem Tonfall, dass er immer noch etwas durcheinander ist.

»Setzt euch«, sagt Guðbergur Smári und zeigt auf das Sofa. »Ich hab noch etwas Kaffee in der Kanne.«

Bevor sie etwas sagen können, verschwindet er in der

Küche. Kurz darauf kommt er mit einer Kaffeekanne, Milch, einer Zuckerdose und drei Tassen zurück. Er stellt alles auf den Couchtisch und setzt sich. Elliði und Rado fühlen sich mehr oder weniger gezwungen, ebenfalls Platz zu nehmen.

Guðbergur Smári schenkt zwei Tassen ein und schiebt das Tablett zu ihnen hinüber. Rado blickt sich in dem Wohnzimmer um, an der Wand hängt ein großes gerahmtes Gemälde von Jesus und zwei Kindern auf einer kleinen Brücke in einer Alpenlandschaft. Gegenüber vom Sofa steht eine alte Yamaha-Hammondorgel, die Guðbergur vermutlich aus einem Nachlass oder einem Secondhandladen hat. Tatsächlich sieht die ganze Einrichtung so aus, als hätte jemand versucht, ein Wohnzimmer des letzten Jahrhunderts nachzustellen. Die Gegenwart macht jedoch in Form eines blinkenden Huawei-Modems in der Ecke und eines Laptops auf einem kleinen Tisch am Fenster auf sich aufmerksam.

»Was ist mit Ihnen passiert?«, fragt Elliði schließlich und trinkt einen Schluck Kaffee.

»Ich habe vor langer Zeit ein Metallstück abbekommen, es hat mir das ganze Gesicht aufgeschürft. Ich hab damals in einer Maschinenwerkstatt gearbeitet«, erklärt Guðbergur Smári.

»Ich meinte, jetzt, warum sind Sie zu Hause? Hatten Sie nicht einen Arbeitsunfall?« Elliði stellt den Kaffeebecher ab.

»Ach so, jetzt«, sagt Guðbergur Smári und zündet sich eine Zigarette an. »Ich hatte Covid. Seitdem bekomme ich immer wieder Migräneanfälle. Dann kann ich gar nichts mehr machen, liege nur noch im Bett.«

»Wie lange arbeiten Sie schon für KM?«, fragt Elliði.

»Was tut das zur Sache?«, fragt Guðbergur Smári ruhig und trinkt aus seiner Tasse. Bei dem Anblick befürchtet Rado, dass der Kaffee über die tiefen Narben nach unten tropfen könnte, als wären sie Spurrillen. »Vielleicht fünf Jahre insgesamt«, sagt er schließlich.

»Sie haben an dem Hochhaus Ódáinsvellir gearbeitet«, sagt Elliði, und Rado gibt den Versuch auf, Guðbergurs Miene zu lesen. Er wird aus ihm nicht schlau, sein Gesichtsausdruck verrät nichts. Auf dem Weg nach Hafnarfjörður sagte Elliði, er frage sich, ob Guðbergur Smári Soziopath sei, der Rechtspsychologe habe es nicht geschafft, ihn davon zu überzeugen, dass er für seine Taten verantwortlich sei. In seinem Fall ging es um brutale Vergewaltigungen junger Mädchen. In ihrer Erfahrung finden Verhöre mit derartigen Männern meist in engeren Räumen als diesem Wohnzimmer in Vallar statt.

»Ich arbeite immer noch dort«, sagt Guðbergur Smári und hält den Augenkontakt mit Elliði, was er getan hat, seit er mit dem Tablett das Wohnzimmer betreten hat. Ein weiterer Hinweis auf Soziopathie.

»Sind die Bauarbeiten nicht abgeschlossen?«, wirft Rado ein, und Guðbergur Smári dreht langsam den Kopf und sieht ihn an.

»Ja und nein«, sagt er und lehnt sich in seinem Sessel zurück. »Neulich habe ich eine Doku auf Discovery gesehen, über eine Kirche oder eher einen Schrein in Japan. Alle zwanzig Jahre wird er abgerissen und genau wie vorher wieder aufgebaut. Laut Forschern geschieht das seit beinahe zweitausend Jahren, und die Einheimischen meinen, damit dem Wunsch des Schöpfers zu folgen. So sieht man dem Schrein nie den Verfall an, und er verwittert auch nie. Manche wollen darin eine Symbolik sehen, der Kreislauf von Abriss und Aufbau hat in ihren Augen einen Anschein von Ewigkeit. Aber das Problem mit Gebäuden wie Ódáinsvellir ist, dass die Arbeiten daran eigentlich nie abgeschlossen sind, die Instandhaltung hört nie auf.«

»Und Sie kümmern sich darum?«, fragt Elliði.

»Ja, aber nicht allein. Da sind viele dran beteiligt. Worum geht es hier eigentlich? Was wollt ihr von mir?«, fragt er schließlich gleichgültig.

»Haben Sie in Ódáinsvellir irgendwann dieses Mädchen gesehen?« Elliði reicht ihm ein ausgedrucktes Bild von Morgan, das er sich genau ansieht.

»Nein, ich denke nicht«, sagt er schließlich, faltet das Bild zusammen und schiebt es über den Tisch.

Die Stimmung im Wohnzimmer ist deutlich angespannter geworden.

Auf dem Weg zurück in die Innenstadt schweigt Elliði erst, doch dann wirkt es plötzlich, als beginne eine Turbine, sich in seinem Kopf zu drehen.

»Wir müssen uns die Überwachungskameras aus dem Besucherzentrum bei Thingvellir noch einmal ansehen, alle Bilder in der Akte. Und prüfen, ob Guðbergur Smári darauf zu sehen ist. Oder der Lieferwagen. Du darfst ihn nicht aus den Augen lassen, Rado.« Elliði fischt eine Zigarette aus seiner Tasche und zündet sie an.

»Aber offiziell sind Dora und ich beide beurlaubt«, sagt Rado.

»Du bekommst immer noch einen Gehaltszettel, oder etwa nicht?«, fragt Elliði.

»Doch«, sagt Rado und nickt.

»Willst du der Sache dann nicht nachgehen?«

»Denkst du, sie könnte noch am Leben sein, wenn er sie entführt hat?«, fragt Rado nach einer kurzen Stille.

»Wir ... lass uns ... ich weiß es nicht ...«, sagt Elliði schließlich und stößt den Rauch aus. »Ich werde in Erfahrung bringen, ob er an dem Tag von Morgans Verschwinden gearbeitet hat oder krankgeschrieben war.«

Als er den Namen ausspricht, spürt Rado einen stechenden Schmerz in der Brust. Dann vibriert sein Handy, es ist Dora. Wahrscheinlich sollte er Ewa bitten, Jurek heute im Kindergarten abzuholen. Sieht aus, als würde es ein langer Tag.

Als Rado das Hotel Holt betritt, sitzt Dora gerade wieder beim Frühstück. Sie wirkt ausgeschlafen, und es scheint ihr auch keine Probleme zu bereiten, sich ein Brot zu schmieren. Am Buffet steht eine Traube Touristen, und Rado muss kurz warten, bis er an ihnen vorbeikommt. In der Zwischenzeit sieht er sich um, an der Wand hängt ein Gemälde von einer Lavalandschaft, Beerensträuchern und Bergen im Hintergrund. Es erinnert ihn an Thingvellir, auch wenn es nicht unbedingt von dort sein muss. Vor allem aber überkommt ihn ein Gefühl, dass er auf ein Bild eines Tatorts blickt. Dass Morgans Körper dort unter dem Lavafeld liegen könnte.

Dora nickt zur Begrüßung, als er sich ihr gegenübersetzt und von dem Ausflug nach Hafnarfjörður erzählt. Er flüstert, auch wenn es sehr unwahrscheinlich ist, dass jemand in dem Raum ihn versteht.

»Was machen wir jetzt?«, fragt sie.

»Wir müssen das ganze Bildmaterial von Thingvellir durchkämmen. Prüfen, ob der Typ oder das Auto irgendwo auftauchen. Er fährt einen Lieferwagen von der Firma KM, der hinten keine Fenster hat. Ich habe das Kennzeichen notiert.« Seine Stimme zittert.

Dora hat offenbar bereits einen guten Draht zu den Mitarbeitern am Empfang, denn sie erlauben ihnen, sich in die Bar zu setzen, die eigentlich erst viel später öffnet, um in Ruhe sprechen zu können.

»Warum hast du mich nicht angerufen?«, fragt sie, als sie auf den weichen Ledersesseln in der Ecke Platz nehmen.

»Wir wollten dich ausschlafen lassen«, sagt Rado. »Ich denke, wir werden ohnehin noch öfter mit dem Mann sprechen müssen. An ihm war etwas faul.« Er holt den Laptop aus seinem Rucksack, um ihr die Bilder von Guðbergur Smári zu zeigen. »Hast du ihn schon einmal wo gesehen? Er war seit Beginn der Bauarbeiten in Ódáinsvellir tätig, eigentlich arbeitet er immer noch dort.«

»Nein.« Sie schüttelt den Kopf und reicht ihm den Laptop zurück. »An das Gesicht würde ich mich erinnern.«

Eine Weile sitzen sie zusammen und sehen die Bilder in der Akte durch, Dora auf dem Tablet und Rado auf seinem Laptop. Er schaut sich das Video von der Überwachungskamera des Besucherzentrums an, aber Guðbergur Smári ist darauf nirgendwo zu sehen, was Rado auch nicht wundert. Er könnte gewusst haben, welche Bereiche überwacht werden.

Dora ist es schließlich, die auf einem Bild, das eine der Schulfreundinnen von Morgan gemacht hat, einen weißen Lieferwagen bemerkt. Er steht im Hintergrund auf dem Parkplatz des Besucherzentrums, und das Logo auf der Seite des Fahrzeuges sieht aus wie das von KM.

»Da ist er«, sagt sie und reicht Rado das Tablet. Er zoomt an den Lieferwagen heran, aber die Auflösung des Handyfotos ist nicht besonders hoch, und das Nummernschild ist abgeschnitten. Rado sieht sich noch weitere Bilder von Morgans Klassenkameradinnen an, aber der Lieferwagen ist auf keinem weiteren zu sehen.

»Wir müssen ganz sicher sein. KM ist ein großes Bauunternehmen, sie könnten auch im Nationalpark gearbeitet haben.« Er reicht ihr das Tablet zurück und ruft Elliði an, der ihm erklärt, dass der Personalleiter bei KM gerade nicht zu erreichen sei, er sitze im Flieger nach Kopenhagen. Nach der Ankunft werde er hoffentlich zurückrufen und ihnen sagen, ob Guðbergur Smári an dem Tag von Morgans Verschwinden gearbeitet hat oder nicht.

»Ich möchte nach Thingvellir fahren und die Mitarbeiter des Nationalparks fragen, ob sie sich an ihn erinnern. Ich weiß, es ist unwahrscheinlich, aber man weiß ja nie«, sagt Rado und steckt den Laptop zurück in den Rucksack.

»Unwahrscheinlich? Der Mann sieht aus wie Freddy Krueger. So ein Gesicht vergisst man nicht«, sagt Dora.

»Hatte Morgan einen Computer oder ein Tablet?«

»Nein, die Klasse hatte zwar Laptops für den Heimunterricht während der Pandemie bekommen, aber die hatten sie vor dem Ausflug nach Thingvellir längst zurückgegeben. Auf dem Gerät, das Morgan hatte, wurde auch nichts Auffälliges gefunden. Warum fragst du?«

»In den Fällen, für die er verurteilt wurde, hat er die Opfer übers Internet gefunden und dann mit ihnen einen Treffpunkt vereinbart. Wenn er Morgan entführt hat, war es vermutlich genauso. Der Schuh und die Jacke deuten darauf hin, dass sie nicht freiwillig mit ihm gegangen ist.« Er steht auf und streckt sich. »Hatte Morgan eine Bankkarte? Gehört es nicht oft dazu, dass die Entführer das Opfer mit Geschenken verführen? Wäre es nicht am einfachsten für ihn gewesen, ihr Geldbeträge zu überweisen?«

»Ich sehe mir mal die Kontoauszüge an, aber wenn ich mich richtig erinnere, gab es auf ihrem Konto nicht viel Bewegung. Hákon hat ihr manchmal kleinere Beträge überwiesen, und außerdem hatte Morgan letztes Jahr einen Sommerjob, aber sonst war da nichts.«

»Okay«, sagt Rado. »Ich melde mich, wenn etwas ist.«

Als er in Thingvellir ankommt, ist beim Besucherzentrum viel los. Er parkt seinen Jeep und besieht sich noch einmal das Bild von Guðbergur Smári auf seinem Handy. Es ist wie ein Klischee, der Mann sieht aus wie ein Axtmörder aus einem schlechten Film, es wirkt beinahe absurd, dass die Polizei tatsächlich nach so einem Mann sucht. Die Mitarbeiter des Besucherzentrums wissen alle über Morgans Verschwinden Bescheid. Es passiert immer wieder, dass Menschen im Nationalpark verunglücken, in der Silfra-Spalte gab es schon öfter tödliche Tauchunfälle, aber die mögliche Entführung eines Teenagers ist mindestens genauso bestürzend.

Rado weiß aus einem Zeitungsartikel, dass kürzlich eine Gedenkmesse für Morgan in der kleinen Kirche des Nationalparks stattgefunden hat. In dem Artikel hieß es auch, der Rassismus innerhalb der Polizei und das allgemeine Desinteresse an Opfern, wenn es sich dabei um Isländer mit Migrationshintergrund, um Einwanderer und Asylsuchende handelt, sei der Grund, warum Morgan noch nicht gefunden wurde. Nirgendwo steht, dass Rado als Ermittler selbst ausländische Wurzeln hat oder seine Kollegin auf der Suche nach Morgan beinahe ums Leben gekommen wäre.

Dora überlegt kurz, biegt dann nach rechts auf die Sæbraut ein und fährt geradeaus bis zum Hochhaus. Sie hat einfach das Gefühl, dass sie noch einmal hinfahren sollte. Vielleicht kommen dort irgendwelche Erinnerungen hoch. Über ihren Besuch bei Hákon steht nichts in der Akte, und sie erinnert sich nur sehr lückenhaft an die Begegnung. Vor ihrem inneren Auge sieht sie ihn auf den Knien, während er in dem riesigen Badezimmer Fliesen legt. Sie weiß noch, dass sie die Fliesen gezählt hat, als sie ihm von dem Verschwinden seines Kindes berichtet hat. Vielleicht, um sich abzulenken, oder aus einem krankhaften Zwang heraus.

Sie überlegt, ob sie Rado anrufen soll, aber entscheidet sich dagegen. Er würde es bestimmt nicht gut finden, dass sie allein Auto fährt. Aber das ist nicht der einzige Grund, sie kann auch nicht wirklich erklären, was sie beim Hochhaus überhaupt will.

Auf der Anfahrtsstraße zu Ódáinsvellir ist viel los. Das letzte Stück ist ein Privatweg, und sie beobachtet Luxusjeeps und SUVs, deren Fahrer das Tor öffnen, indem sie eine Karte an ein Lesegerät am Gate halten. Sie wartet geduldig hinter einem Elektro-BMW, der aussieht, als komme er aus einem Batman-Film.

In einer kleinen Hütte neben dem Tor sitzen zwei Mitarbeiter der Sicherheitsfirma. Vielleicht ist Hütte nicht die richtige Bezeichnung, das Wachhaus sieht aus wie eine Miniaturversion des Turms dahinter und besteht ebenfalls aus grauem Treibholz, Beton und neonfarbenen Stahlelementen.

Dora holt ihren Ausweis aus dem Handschuhfach und lässt das Fenster des Volvos herunter, der zwischen den luxuriösen Fahrzeugen völlig fehl am Platz wirkt. »Wer sind Sie?«, fragt der Wächter, und sie hält ihm ihren Ausweis unter die Nase. Er kneift die Augen zusammen, nickt dann aber, und das Tor geht auf. Sie tritt aufs Gaspedal und fährt den gewundenen Weg durch das Lavafeld auf den Turm zu. Es ist ein ganzes Stück bis dorthin, und Schilder lotsen den Weg zu einer Tiefgarage.

Doras Blick fällt auf eine Gruppe festlich gekleideter Menschen, die auf den Eingang zugehen. Sie sehen nicht wie Bewohner, sondern eher wie Gäste aus. Es muss einen besonderen Anlass für ihre Aufmachung geben.

Sie parkt ihren Volvo im Besucherbereich und steigt aus. Ihre Gelenke sind nach der Fahrt steif, und sie hat Schmerzen in der Hüfte. Nicht nur ihr Auto wirkt hier fehl am Platz: Dora sieht aus, als wäre sie auf dem Weg in die Berge, in einer Regenjacke, einem Islandpulli, Wanderhosen und Turnschuhen. Nach einem Hirnschaden sollte man hohe Absätze meiden, aber sie hat auch davor nie welche getragen.

Sie bemerkt eine weitere Gruppe festlich angezogener Menschen, die Richtung Haupteingang gehen, und folgt ihnen unauffällig. Der Eingangsbereich erinnert sie an die Lobby eines Luxushotels oder eines modernen Museums. Dort findet gerade ein Sektempfang statt, Fingerfood wird gereicht und auf einem kleinen Podest in der Ecke spielt eine Jazzband. Dora erkennt manche Gesichter, es sind prominente Persönlichkeiten aus Wirtschaft, Politik und der Kunstszene zusammengekommen. Plötzlich verstummt die Band, und ein Scheinwerfer fällt auf einen Mann in schwarzem Anzug und weißem Hemd, der in die Menge lächelt.

»Guten Abend und herzlich willkommen«, sagt er und hält dann eine kurze Rede auf Isländisch und Englisch, in der er von der Geschichte des Projekts erzählt und den Gästen bekannt gibt, dass die Wohnungen heute Abend öffentlich zugänglich sind, inklusive des Penthouse und der Dachterrasse, wo man zur Dämmerung einen guten Blick auf das Feuerwerk haben wird. Er scheint die meisten Anwesenden zu kennen, weshalb er sich auch nicht vorstellt. Dora meint, schon einmal Bilder von ihm gesehen zu haben, und nimmt an, dass er der Architekt des Gebäudes ist, auch wenn sie nicht ganz sicher ist.

In der Menge sieht sie die Justizministerin, den Parlamentspräsidenten, den Polizeichef Bjarki Freyr und den Polizeipräsidenten höchstpersönlich. Sie bewegt sich in Richtung Aufzüge, die offen stehen und von ein paar schwarz gekleideten Sicherheitsbediensteten bewacht werden.

Langsam geht Dora an ihnen vorbei in einen der Aufzüge, der sich schnell füllt und dann zugeht. Jemand drückt einen

Knopf, und sie spürt, dass sie nach oben fahren. Im dritten Stock steigen ein paar Menschen aus, doch dann geht es weiter bis ganz nach oben. Sie lauscht den Gesprächen um sich herum. Der Käufer einer der Penthousewohnungen soll ein amerikanischer Influencer sein, der damit reich geworden ist, sich beim Computerspielen zu filmen. Seinen Namen hört sie nicht, aber sie würde ihn auch nicht kennen. Wem die anderen drei Penthousewohnungen gehören, wird nicht gesagt, und kurz darauf geht die Aufzugtür wieder auf.

Dora folgt den anderen Leuten in die Wohnung und sieht sich um. Sie erinnert sich dunkel, in einem anderen Kontext schon einmal hier gewesen zu sein. Sie weiß nicht mehr viel, aber der Flur sah definitiv anders aus, und sie vermutet, dass sie sich gerade in einem Dienstboteneingang befindet. Beim Empfang gab es eine Broschüre, in der von einem eigenen Aufzug für die Penthousewohnungen die Rede war.

Eine asiatische Frau mit einem Putzwagen geht an ihr vorbei, sieht sie aber nicht an. Die Tür zu einer der Wohnungen steht offen, und Dora geht hinein. Der Anblick kommt ihr bekannt vor, aber seit sie das letzte Mal hier war, hat sich viel verändert. Sie streift durch die leere Wohnung und bestaunt die Aussicht. Ihr Blick fällt auf eine Wendeltreppe in der Mitte des Raums, an die sie sich noch erinnert. Sie geht hinauf und spürt immer stärker, dass sie hier schon einmal war, hier hat sie Hákon getroffen. Ein Flur führt zu einem Badezimmer, und vor ihrem inneren Auge erscheint wieder das Bild von Hákon, der auf dem Boden kniet und Fliesen legt. Das Badezimmer ist groß und geschmackvoll eingerichtet. Es ist trotzdem irgendwie anders als in ihrer Erinnerung. Dora ist nicht ganz sicher, was es ist, aber sie bleibt eine Weile stehen und versucht, darauf zu kommen.

»Wie gefällt es Ihnen?«, fragt eine Stimme hinter ihr. Sie dreht sich um und sieht den Mann im Anzug, der eben die Rede gehalten hat.

»Gut«, sagt sie und nickt. Der Mann lächelt freundlich, aber sie spürt, dass er seltsam angespannt ist.

»Wie ich höre, sind Sie von der Polizei«, sagt er.

»Ja.« Dora nickt.

»Hat jemand etwas gemeldet oder …«

»Nein, nein. Wie war noch mal Ihr Name?«

»Huginn. Ich habe den Turm entworfen.«

»Genau, ich erinnere mich«, sagt sie. »Warum heißt das Gebäude Ódáinsvellir? Das kommt doch aus der griechischen Mythologie, das Elysion? Waren alle Namen aus der nordischen Mythologie schon vergeben?«

»Mag sein, aber den Namen habe nicht ich mir ausgedacht. Dafür sind andere zuständig. Er steht für das Paradies«, sagt Huginn.

»Passt jedenfalls«, sagt sie und rückt ihre Mütze zurecht. »Wenn ich mich richtig erinnere, kamen nur Auserwählte dorthin. Die Götter und ihre Freunde.«

»Es ist nur ein Name.« Huginn zuckt mit den Schultern. »Von einem Gebäude. Sie sollten sich die Dachterrasse ansehen.«

Sein Handy klingelt, und Dora beobachtet, wie er es aus der Tasche fischt und rangeht, während er über die Wendeltreppe nach unten eilt. Er ist ein attraktiver Mann, sportlich und schlank. Nur seine Hüften sind ungewöhnlich breit.

41

Für eine Weile sieht sie sich das Hochhaus von außen an, bevor sie zurück zum Parkhaus geht. Sie erinnert sich dunkel an einen Lift, der außen an dem Gebäude hing, weiß auf einmal wieder, dass sie auf dem Weg nach oben Angst hatte. Plötzlich sieht sie Szenen der Fahrt vor ihrem inneren Auge, und ihr wird ein wenig schwindlig. Es war laut und wacklig und fühlte sich an wie in einem Käfig.

Ein Paar kommt auf Dora zu, ein Mann und eine Frau um die vierzig. Sie rauchen E-Zigaretten und sind sichtlich angetrunken.

»Willst du raufklettern?«, lallt die Frau Dora zu und lacht. »Nein, war nur ein Witz, weil du Wanderschuhe anhast und so.« Der Mann zieht sie weg und wirft Dora einen entschuldigenden Blick zu. In dem Moment vibriert ihr Handy. Es ist Rado.

»Ich habe mit Elliði gesprochen. Wo bist du?«, fragt er.

»Was hat er gesagt?«

»Guðbergur Smári hat an dem Tag von Morgans Verschwinden nicht gearbeitet.«

»Dann wird Elliði die Spurensicherung zu seinem Lieferwagen schicken. Und den Mann verhören.« Dora setzt sich in den Volvo.

»Er war es nicht«, sagt Rado.

»Was meinst du?«

»Er war gar nicht in Island, sondern in Liverpool, bei einem Fußballspiel.«

»Verdammt!« Sie schlägt gegen das Lenkrad.

»Am besten treffen wir uns im Hotel«, sagt Rado und legt auf.

Dora wartet bereits in der Bar, als er ankommt. Die Bar ist mittlerweile geöffnet, und ein paar Engländer um die sechzig unterhalten sich leise in einer Ecke. Sie sehen aus, als wären sie auf Angeltour. Rado lässt sich in den Sessel gegenüber von Dora fallen und seufzt.

»Musst du nicht Jurek abholen?«, fragt sie und sieht auf ihrem Handy nach, wie spät es ist.

»Ich habe Ewa gebeten, ihn heute zu holen. Wo warst du, als ich dich vorhin angerufen habe?«

»Bei Ódáinsvellir.«

»Was hast du dort gemacht?«

»Ich wollte sehen, ob mir vor Ort einfällt, was passiert ist.«

»Und?«

»Ich weiß es nicht. Es sind nur Erinnerungsfetzen. Hat Elliði etwas über die Gastarbeiter gesagt?«

»Er wollte das prüfen. Es könnte aber noch etwas dauern, er muss nebenher noch eine ganze Abteilung leiten.«

»Ich weiß. Also warten wir ab?«

»Ja, ich denke, das sollten wir tun. Am besten lassen wir die Sache für heute gut sein«, sagt er und steht auf. »Ein bisschen Ruhe wird uns beiden guttun.«

»Okay, wir reden morgen«, sagt Dora. In dem Moment

bringt ihr der Kellner einen Drink. »Außer du willst noch was trinken, nach so einem langen Tag?«

»Nein, danke.« Rado nickt ihr zum Abschied zu und geht.

Als sie kurz darauf mit ihrem Rucksack das Hotel verlässt, bemerkt sie Rado nicht. Sie geht zum Parkplatz neben dem Hotel, wo der Volvo steht. Rado sitzt etwas weiter unten auf der Bergstaðastræti in seinem Jeep, wo er den Eingang zum Hotel gerade noch sehen kann. Er beobachtet, wie Dora Richtung Laugavegur losfährt und folgt ihr mit etwas Abstand, obwohl er gar nicht sicher ist, ob sie den Jeep erkennen würde. Sie biegt auf die Hverfisgata ein und fährt zum Parkplatz des Dezernats, aber Rado fährt noch etwas weiter die Snorrabraut hoch, wo er sie immer noch im Blick hat.

Hinter dem Dezernat setzt sich Dora in einen schwarzen Lieferwagen, und da beschließt Rado, zu ihr zu gehen und sie anzusprechen.

»Was hast du vor?«, fragt er ruhig.

»Spionierst du mir etwa nach?«

»Nein, ich passe nur auf dich auf.«

»Siehst du hier außer dir jemanden?«, fragt sie und blickt sich theatralisch um.

»Ich wiederhole: Was hast du vor?«

»Ich will dich da nicht mit reinziehen, ich muss nur was machen. Ich habe so eine Ahnung«, sagt sie leise. »Fahr nach Hause, Rado.«

»Was soll das?« Er hält die Autotür auf. Am Eingang zum Dezernat sieht er zwei uniformierte Polizisten stehen und rauchen.

»Das willst du lieber nicht wissen.«

»Du musst es mir aber sagen.« Er lässt nicht locker.

»Vertraust du mir oder hältst du mich nur für geistesgestört? Antworte ehrlich.«

»Ja und ja.« Ein Lächeln huscht über seine Lippen.

»Was meinst du?«

»Ja, ich vertraue dir, aber du bist nicht bei klarem Verstand. Geistesgestört würde ich aber nicht sagen, du bist nicht gestörter als andere auch.«

»Danke, es bedeutet mir viel, das zu hören. Ich muss etwas tun, wo ich dich nicht mit reinziehen will. Ich werde nie wieder ganz gesund sein, und ich werde nie wieder in diesem Gebäude hier einfach meine Pflichten tun können. Aber ich sehe einen möglichen Spielzug, und den muss ich ausführen.«

»Mein Bruder«, sagt Rado nach kurzem Zögern. »Als wir Jugendliche waren, wurde er psychisch krank. Und gefährlich. Eines Abends habe ich meine Eltern gebeten, ihn einweisen zu lassen. Am nächsten Morgen war er verschwunden. Ob er uns reden gehört hat, weiß ich nicht, aber er kam nicht mehr wieder. Ich habe nicht daran geglaubt, dass man ihn heilen könnte. Er war nicht mehr zu bändigen, und ich habe mich für ihn geschämt. Ich dachte, ohne ihn wäre das Leben einfacher. Aber das war es nicht, es war nur leerer. In gewisser Weise gebe ich mir selbst die Schuld für das, was er dir angetan hat.«

»Es ist nicht deine Schuld.« Dora legt eine Hand auf Rados Wange. »Wenn du mitkommen willst, werde ich dich nicht aufhalten, aber ich brauche keinen Beschützer.«

»Ich weiß«, sagt er und greift nach ihrer Hand, die immer noch auf seiner Wange liegt. »Ich will dir damit nur sagen, dass ich an dich glaube. Tu, was du tun musst. Ich halte zu dir, bis zum Ende.«

Als sie das Dezernat hinter sich lassen, sitzt Rado am Steuer des schwarzen Lieferwagens. Dora hat einfach den Schichtleiter gefragt, ob sie sich den Wagen, der früher einmal für Überwachungen benutzt wurde, kurz ausleihen könnten. Er hat sie nicht mal gefragt, ob sie denn schon von der Beurlaubung zurück sei oder überhaupt noch für die Abteilung arbeite, sondern nur erklärt, dass die Kupplung manchmal ein wenig hänge, und ihr den Schlüssel gegeben.

Sie fahren zum Baumarkt in Skútuvogur und kaufen einen Putzwagen und zwei blaue Overalls, die sie noch auf dem Parkplatz anziehen, außerdem mieten sie einen Industriestaubsauger. Dora hat Rado nur erzählt, dass sie sich irgendwie heimlich Zugang zum Hochhaus verschaffen müssten, weil sie nicht sicher ist, ob man sie mit ihrem Ausweis noch durch die Schranke lassen würde. Sie wisse von einem Serviceeingang mit eigenem Gate, sie könnten sich als Reinigungskräfte ausgeben. Dann wolle sie sich im Turm noch einmal besser umsehen. Wonach genau sie dort suchen will, hat sie nicht gesagt, aber das ist Rado auch egal. In Wahrheit hat er die Hoffnung bereits aufgegeben, den Fall noch zu lösen. Oder die Fälle, sollten sie zusammenhängen.

Sie fahren am Haupteingang vorbei Richtung Servicegate, das etwas weiter die Straße hinunter halb unterirdisch liegt.

»Ich kann das auch allein machen«, sagt Dora zu Rado, bevor er einbiegt.

»Du kannst dir nicht einmal allein ein Brot schmieren.«

Bei der Schranke kommt ihnen der Lieferwagen einer Bäckerei entgegen. In einer kleinen Hütte sitzt ein junger Wachmann und signalisiert Rado, er solle den Wagen anhalten.

»Guten Tag«, sagt er wichtigtuerisch, als Rado das Fenster hinuntergekurbelt hat. »Wofür seid ihr hier?«

»Wir ... wir sind vom Reinigungsdienst«, sagt Rado. »Für, ähm ... Teppiche.«

»Wer hat euch beauftragt?« Der junge Mann holt ein Tablet hervor.

»GH-Reinigen«, sagt Rado mit aufgesetztem Akzent. Laut Doras Recherche ist das eine der Firmen mit Servicevertrag in dem Gebäude.

»GH-Reinigung«, korrigierte der junge Mann. »Ich sehe hier keinen Auftrag.« Er prüft die Liste auf dem Tablet und wirft einen Blick auf Dora, die eine Kappe trägt, um die Narbe zu verdecken. Dann sieht er nach hinten in den Laderaum des Lieferwagens und bemerkt den Industriestaubsauger und den Putzwagen.

»Wegen Toilette«, sagt Rado. »Toilette kaputt.«

»Ach so. Ein Notfall also.« Der junge Mann nickt und gibt seinem Kollegen ein Zeichen, die Schranke zu öffnen. Er reicht ihnen zwei Besucherpässe und erklärt, sie müssten sie auf dem Gelände immer bei sich haben und beim Rausfahren wieder abgeben. Rado nickt nur und fährt durch das Gate.

»Das lief ja wie geschmiert«, sagt Dora und grinst.

»War nicht schwer«, sagt Rado. »Mein Vater hat immer so gesprochen.« Er erwähnt nicht, wie sehr er sich geschämt hat, wenn sein Vater in der Öffentlichkeit den Mund aufmachte. Mittlerweile schämt er sich nur noch dafür, sich überhaupt geschämt zu haben.

Sie fahren in die Tiefgarage, wo sich ein Parkplatz voller Wagen unterschiedlicher Firmen befindet, von Elektrikern bis hin zu Blumenlieferanten und Wäschereien. Es herrscht reges Treiben, jede Menge Handwerker, Anlieferer und eine Frau mit mindestens zehn Hunden an der Leine, die sie durch eine kleine Tür nach draußen auf ein winziges Stück Rasen führt.

Rado findet einen freien Parkplatz und stellt den Lieferwagen ab. Dora packt ihren Rucksack und schiebt den Putzwagen Richtung Aufzug, während Rado den Staubsauger trägt, weil eines der Räder kaputt ist. Der Aufzug kommt gerade von oben an, und heraus treten zwei Mitarbeiter des Sicherheitsdienstes, ziemliche Muskelpakete, die sie mit einem Nicken begrüßen.

»Weißt du, ob die oberen Etagen bewacht werden?«, flüstert Rado, als die Aufzugtür hinter ihnen schließt.

»Nein, keine Ahnung. Aber es werden wohl kaum auf allen Etagen solche Rambos wie die beiden stehen?«

»Wir werden es sehen.« Er drückt auf den obersten Knopf, und der Aufzug fährt mit einem Ruck los. Irgendwo hat Dora gelesen, dass die Fahrstühle des Gebäudes acht Meter pro Sekunde zurücklegen. Die Fahrt zur obersten Etage, wo sich die vier Penthousewohnungen befinden, dauert also nicht lang.

Sie zögern kurz, doch dann verlassen sie gleichzeitig den Aufzug, Dora mit dem Putzwagen und Rado mit dem Staubsauger. Sie befinden sich in dem Serviceflur hinter den Wohnungen, der sich über die gesamte Hauslänge erstreckt. Dort ist auch eine Tür, die entweder in eine Küche oder einen Wäscheraum führt.

»Noch kannst du mit dem Aufzug einfach wieder runterfahren«, flüstert Dora. Sie ist kreidebleich im Gesicht.

»Tu, was du tun musst. Oder fahr mit mir zusammen wieder runter. Aber ohne dich gehe ich nirgendwohin.«

Sie holt ein paar Signalraketen aus dem Rucksack und blickt zu Rado, der nicht versteht, was sie damit vorhat, aber zu verblüfft ist, um sie aufzuhalten. Sie geht zum Ende des Flurs, zündet eine Rakete und legt sie auf den Boden. Dann läuft sie zurück zu Rado und wirft eine weitere Rakete ans andere Ende des Flurs. Sie zünden sofort, und der Gang füllt sich mit Rauch.

Dora läuft zu einer der Türen und gibt Rado ein Zeichen, ihr zu folgen, was er etwas verdattert auch tut.

»Ich will sichergehen, dass der Feueralarm angeht«, flüstert sie zur Erklärung. Sie betreten einen Wäscheraum, der hinter einer großen Küche liegt. Dora zündet eine weitere Rakete und legt sie auf den Marmorboden.

Dann schleichen sie in die Küche. Die Wohnung scheint menschenleer, und plötzlich hören sie ein Klingeln. Dora erinnert es an die Glocke in ihrer Grundschule. Das Licht in der Wohnung verändert sich, vermutlich eine Art Notbeleuchtung, die von selbst angeht. Dann wandelt sich das Klingeln zu einem Sirenenton, ähnlich wie die Alarmanlage eines Autos. Es ist ihnen also gelungen, die Feuermelder auszulösen. Im Flur hören sie Menschen, die den Räumungsanweisungen aus den Lautsprechern folgen.

Sie warten in der Küche ab, doch irgendwann scheint es Dora nicht mehr auszuhalten. »Komm, lass uns nach oben gehen«, sagt sie und huscht zur Wendeltreppe in der Mitte der Wohnung.

Rado folgt ihr zögerlich, während er um sich blickt.

Oben angekommen, rennt Dora zum Badezimmer, dessen Tür halb offen steht.

Im Bad steht jemand mit dem Rücken zu ihnen. Es ist Huginn, der Architekt. Er trägt nur eine Jogginghose und Hausschuhe, sein Oberkörper ist frei. Als er Dora und Rado sieht, erschrickt er.

»Wie sind Sie hier reingekommen?«, fragt er aufgebracht.

»Wo ist sie?«, fragt Dora bestimmt.

»Wer? Von wem reden Sie?«

»Schluss mit dem Unsinn.« Sie geht an ihm vorbei zur Wand und klopft.

»Was machen Sie da?« Huginn dreht sich schnell zu ihr um und packt sie an der Schulter, doch Rado verpasst ihm einen Schlag auf die Flanke, und er lässt los. Er greift sich an die Seite und fällt zu Boden.

Dora tastet weiter die Wand ab und klopft dagegen. Sie geht auf alle viere und prüft die Bodenleiste, dann setzt sie sich hin und murmelt etwas.

»Zweitausenddreihundertachtundfünfzig«, sagt sie schließlich und steht auf.

»Was reden Sie da?«, faucht Huginn und steht mühsam

ebenfalls wieder auf. Er sieht erst Rado und dann Dora an. »Sie sollten gar nicht hier sein!«, ruft er.

»Zweitausenddreihundertachtundfünfzig«, wiederholt sie, kratzt sich an der Narbe und sieht Rado an. »Als ich zuletzt hier war, hat ihr Vater die Fliesen in diesem Bad gelegt, und ich habe sie gezählt. Er war gerade mit der Hälfte des Bodens fertig und hatte noch achthundertvierundsiebzig Fliesen übrig – also hatte er bereits tausendvierhundertvierundachtzig gelegt. Hier sind aber nur tausendzweihundertsechzig Fliesen, der Raum muss also noch größer sein. Irgendetwas ist hinter dieser Wand.« Sie tritt dagegen und ruft: »Aufmachen! Lass sie raus!«

»Sind Sie nicht auch Polizist?« Huginn sieht Rado an. »Tun Sie doch was! Sie ist verrückt! Da ist nichts ... da ist niemand hinter dieser Wand. Mein Anwalt wird ...« Er spricht den Satz nicht zu Ende, sondern prustet nur verächtlich.

Rado spürt sein Handy in der Tasche vibrieren und holt es heraus, es ist Elliði. Er überlegt kurz, aber beschließt, jetzt besser nicht ranzugehen.

»Sie haben mich mit dem Bauaufzug hochgebracht«, sagt Dora zu Huginn. »An dem Tag haben Sie sich aber als Eiríkur vorgestellt. Sie haben mich angelogen. War Morgan zu dem Zeitpunkt noch in Ihrem Transporter?«

Rado sieht, dass der Mann schnell blinzelt, was verdächtig wirkt. Dora könnte recht haben, Huginn hätte in aller Ruhe mit dem Transporter von KM nach Thingvellir fahren können, das wäre niemandem aufgefallen.

»Antworten Sie ihr!«, ruft Rado und schlägt Huginn ein

weiteres Mal, diesmal in den Magen. Er sieht ihn verdutzt an und sinkt wieder zu Boden.

Plötzlich geht die Sprinkleranlage an, innerhalb weniger Augenblicke sind sie alle klatschnass. Huginn sieht sie abwechselnd an und müht sich hoch.

Dora stellt sich vor, wie sich die Zahnräder in seinem Kopf drehen. Unter den Haaren, der Haut, dem Schädel. Er erinnert sie an ein Tier in einem Käfig.

Für einen Augenblick stehen sie schweigend im Badezimmer, Dora kommt es wie eine Ewigkeit vor. Sie wischt sich das Wasser aus den Augen und hört in der Ferne Sirenen. Sie verspürt einen stechenden Schmerz im Kopf, und ihr wird ganz heiß. Rado sagt etwas zu ihr, aber sie versteht ihn nicht. Es klingt, als würde er ihr von tief unter dem Meer zurufen.

In dem Moment sieht sie es. Sie sehen es beide. Die Wand hinter Huginn schiebt sich langsam nach rechts, und dahinter befindet sich jemand.

Huginn vergräbt sein Gesicht in den Händen.

Das Wasser lässt nicht viel erkennen, und Dora muss die Augen zusammenkneifen. Die Person kommt mit langsamen Schritten auf sie zu. Es ist Morgan. Aber sie sieht anders aus, sie hat kurze Haare und einen Bartansatz. Ihr Gesichtsausdruck wirkt distanziert. Als wisse sie nicht so recht, wo sie sich befindet.

Aber das ist Morgan. Sie haben Morgan gefunden.

Rado sieht Dora an, die von einem Fuß auf den anderen tritt und sich an den Kopf greift. Er schafft es gerade noch, sie zu stützen, bevor sie auf den zweitausenddreihundertachtundfünfzig Fliesen zusammenbricht.

42

Rado sitzt im Warteraum des städtischen Krankenhauses, in Klamotten, die entweder Elliði oder seinem Ex Indriði gehören, denn seine eigenen sind noch durchnässt von der Sprinkleranlage.

Neben ihm sitzt Elliði, der nicht aufhören kann zu weinen. Zum Glück sieht sie niemand. So hat Rado Elliði während seiner ganzen Karriere bei der Polizei noch nicht erlebt. Er macht keinen Versuch, ihn zu trösten oder zu beruhigen. Die Tränen müssen einfach raus und mit ihnen womöglich noch andere Dinge.

Dora wird gerade notoperiert, doch die Ärzte sind wenig optimistisch. Ihr Zustand sei gelinde gesagt kritisch, sagen sie. Sie sehen keinen Grund, vor Rado und Elliði etwas zu beschönigen, schließlich seien sie ja Polizisten. Sie scheinen davon auszugehen, dass Polizeibeamte eine dickere Haut haben als der Rest der Menschheit, obwohl sie es als Ärzte eigentlich besser wissen müssten.

Doras Eltern reisen gerade zum zweiten Mal innerhalb weniger Monate nach Reykjavík, um ihre Tochter im Krankenhaus zu besuchen. Auch Jafet ist auf dem Weg, Rado hielt es für richtig, ihm Bescheid zu sagen.

Endlich hört Elliði auf zu weinen.

»Er ist in einer Zelle im Dezernat an der Hverfisgata«, sagt er und wischt sich mit dem Ärmel über das Gesicht. »Ich will dich bei dem Verhör dabeihaben. Sein Anwalt wird auch bald ankommen.«

»Wo ist Morgan?«

»Auf der Kinderstation. Die Spurensicherung hat Ketamin und Testosteron gefunden und irgendwelche Halluzinogene. Es wird eine genaue Untersuchung geben.« Er fährt sich durch die Haare.

»Hast du den Vater informiert?«

»Ja«, sagt Elliði. »Ich habe mit der Klinik gesprochen. Er bekommt morgen einen Tag frei, damit er Morgan besuchen kann.«

»Fühlst du dich gut genug, um Huginn zu vernehmen?«, fragt Rado.

Elliði schaut ihn nur an. »Wir können hier nichts tun, aber wenn du lieber warten willst, kannst du gerne bleiben.«

»Auf keinen Fall. Der muss sich schon was Gutes überlegen, wenn er sich aus der Sache noch herausreden will. Wir haben ihn. Ich meine, er hat da oben im Penthouse eine Zelle gebaut.«

»Ja, ja. Heute will ich erst einmal nur einen Eindruck bekommen, womit wir es bei dem Mann zu tun haben«, sagt Elliði.

»Als wir Morgan gefunden haben, hat Dora etwas Interessantes gesagt. Sie hat sich daran erinnert, dass sie Huginn schon einmal getroffen hat, als sie damals im Hochhaus war, um Hákon über Morgans Verschwinden zu informieren. Da hat er sie aber angelogen, hat sich ihr als Eiríkur vorgestellt.

Sie hatte es zwischenzeitlich vergessen, aber im Gebäude kam die Erinnerung zurück«, erklärt Rado.

»Komm, ich will ihn befragen, bevor er sich zu viele Geschichten ausdenken kann.« Elliði steht auf.

Huginn Emilsson sitzt an einem Tisch vor Rado und Elliði, die nichts sagen, obwohl die Aufnahme bereits läuft. Er sieht niedergeschlagen, beinahe betrübt aus. Neben ihm sitzt sein Anwalt, Þormóður Óli, in einem Gucci-Anzug und mit einer sündteuren Armbanduhr am Handgelenk. Er wirkt auf Rado überheblich und naiv zugleich, was Elliði und ihm nur recht ist, sie hatten es schon mit besseren Anwälten zu tun.

Elliði hat es geschafft, sich nach den vielen Tränen wieder zu sammeln, und man sieht ihm nicht an, dass eine enge Freundin von ihm, von ihnen beiden, in diesem Moment auf dem OP-Tisch um ihr Leben kämpft.

»Mein Mandant will ärztlich untersucht werden. Er wurde angegriffen, und ich fürchte, dass er innere Blutungen hat«, sagt Þormóður Óli, als er die Stille nicht mehr aushält.

Rado und Elliði sagen nichts. Die erste Runde hat der Anwalt bereits verloren, indem er zuerst gesprochen hat.

»Er hat mich geschlagen«, stöhnt Huginn und sieht Rado an.

»Stimmt das, Radovan?«, fragt Þormóður.

»Ich heiße Radomir«, sagt Rado nach einer kurzen Pause. »Und er hat es herausgefordert.«

»Du gibst also zu ...«

»Lasst uns doch von vorne beginnen«, sagt Elliði und

strafft die Schultern. »Huginn Emilsson wird verdächtigt, einen Teenager entführt und narkotisiert zu haben ...«

»Narkotisieren ist ein großes Wort. So etwas ist schwer nachzuweisen, das weißt du genau«, wirft Þormóður Óli ein.

»Was ist mit Paragraph 202 des Strafgesetzbuches? Entführung und Freiheitsberaubung?«, fragt Rado. »Oder Paragraph 220? Wir haben es hier schließlich mit einem Gewaltdelikt zu tun.«

»Ich habe Morgan nie weh getan«, flüstert Huginn und senkt den Kopf.

»Bitte, Huginn ...« Þormóður legt seine Hand auf die Schulter seines Mandanten.

»Ich finde nur, dass ihr das wissen solltet«, sagt Huginn und sieht Rado und Elliði an, die beide nicken. Das ist genau das, was sie wollen. Dass er spricht, und nicht Þormóður Óli.

»Was ist passiert? Kannst du uns das sagen?«, fragt Elliði und versucht, möglichst einfühlsam zu klingen.

»Huginn ...« Þormóður Óli versucht erneut, ihn aufzuhalten.

»Wir haben uns auf der Baustelle kennengelernt. Hákon hat Morgan mitgebracht, und wir sind ... Freunde geworden.« Er faltet die Hände über dem Tisch.

»Und wie sah diese Freundschaft aus?«, fragt Rado.

»Ich wollte helfen«, sagt Huginn. »Morgan war im eigenen Körper nicht zufrieden, und das konnte ich verstehen.«

»Bist du trans?«, fragt Elliði.

»Ich habe einen gewissen Prozess begonnen, ihn dann aber abgebrochen. Das spielt hier keine Rolle, was ich sagen will, ist, dass ich nachvollziehen kann, wie es Morgan ging.«

»Was ist in Thingvellir passiert? Du warst doch dort, richtig?«, fragt Elliði in beinahe freundschaftlichem Tonfall.

Huginn sieht ihn kurz an. »Ich …« Er schnappt nach Luft.

»Schluss jetzt«, unterbricht Þormóður Óli ihn. »Mein Mandant ist sehr aufgewühlt, was unter den Umständen nur verständlich ist. In seinem Zuhause gab es aufgrund eines unerlaubten Eindringens der Polizei einen großen Wasserschaden, was natürlich zu einer Anzeige führen wird, der sich mit Sicherheit weitere Bewohner von Ódáinsvellir anschließen werden.«

Rado sieht Elliði an, wie um sich zu vergewissern, dass auch er das Verhör für beendet hält.

»Das war's vorerst«, sagt Elliði und steht auf.

»Denkst du, er hatte irgendwelche Komplizen, die ihm geholfen haben, Morgan zu entführen?«, fragt Rado.

Es ist spät, doch sie sitzen noch in Elliðis Büro im menschenleeren Dezernat, nachdem Huginn wieder in die Zelle gebracht wurde.

»Ich weiß es nicht. Erst brauchen wir die Erlaubnis, ihn in Untersuchungshaft zu behalten, und dann schauen wir, wann wir mit Morgan sprechen können. Das Gespräch sollte aufschlussreich sein. Was für ein verrückter Fall. Ich meine, er hat das Kind in einem winzigen Raum hinter seiner Badezimmerwand eingesperrt!« Elliði schüttelt den Kopf.

»Ich bin nicht sicher, ob man von Einsperren sprechen kann. Er war am Ende nicht derjenige, der die Wand geöffnet hat. Die Situation scheint mir etwas komplizierter zu sein, ich denke, er hat Morgan eher … versteckt.« Rado seufzt.

»Also hat er auch Gehirnwäsche betrieben.«

»Wir haben es mit einem pubertierenden Teenager zu tun, der sich seiner Geschlechtsidentität nicht sicher ist«, sagt Rado.

»Genderdysphorie nennt man das.«

»Huginn beschließt also, Morgan dabei ›zu helfen‹, vor dem Vater zu fliehen. Morgans Vater ist gegen eine Geschlechtsumwandlung, also inszeniert Huginn das Verschwinden in Thingvellir und lässt nur einen Schuh und die Jacke zurück, um den Eindruck zu erwecken, Morgan könnte umgekommen sein. Es handelt sich aber dennoch um eine Entführung, oder etwa nicht? Huginn lockt Morgan an, indem er verspricht, den Prozess der Geschlechtsumwandlung in die Wege zu leiten. In dem Penthouse wurde schließlich Testosteron gefunden. Das ist doch ein bekanntes Muster: Ein Täter nutzt die Schwächen des Opfers aus. Es ist schwierig, darüber zu sprechen, ohne gleich transphob zu klingen, aber es muss doch einen besseren Weg geben, um mit der Genderdysphorie eines Teenagers umzugehen. Was Huginn getan hat ... ich weiß nicht ...«

»Im Moment haben wir gegen Huginn nur die Freiheitsberaubung in der Hand«, sagt Elliði schließlich. »Er ist nicht vorbestraft, und Þormóður Óli wird es so darstellen, dass Huginn Morgan aus einem schwierigen Umfeld befreit hat. Von einem Vater, der gerade in einer Entzugsklinik behandelt wird. Wir leben in einer seltsamen Zeit. Geh erst mal nach Hause und ruh dich aus. Ich würde gern eine Nacht darüber schlafen. Wenn ich etwas aus dem Krankenhaus höre, rufe ich dich an.«

»Soll ich morgen zur Arbeit kommen?«, fragt Rado und steht auf.

»Nein, hier wird morgen der Teufel los sein. Lass mich erst mit den Vorgesetzten sprechen, dann sehen wir weiter.«

43

Als er zu Hause in Urriðaholt ankommt, ist er todmüde, aber viel zu aufgedreht, um zu schlafen. Er duscht, zieht sich ein sauberes Oberteil und eine Jogginghose an und lässt sich aufs Sofa fallen. Am liebsten würde er sich einen Drink machen, aber dann fällt ihm ein, dass Dora und er vor kurzem alle Alkoholvorräte ausgetrunken haben. Rado dachte immer, wenn der Fall gelöst sei, könnte er endlich aufatmen. In Wahrheit hat er nicht mehr damit gerechnet, dass Morgan noch am Leben sein könnte, es fällt ihm immer noch schwer, es zu glauben. Doch statt sich darüber zu freuen, gemeinsam mit Dora den Fall gelöst zu haben, scheint ihm seine Lage aussichtsloser als je zuvor. Er kämpft damit, die Augen offen zu halten. Das Unwohlsein lässt ihn nicht los: Er hat Angst, dass Dora nicht überlebt, wenn er die Augen schließt und einschläft. Als könnte nur einer von ihnen wieder aufwachen.

Ein paar Stunden später erwacht er aus einem traumlosen Schlaf. Es ist dunkel draußen. Im Bad betrachtet er sich im Spiegel, seine Augen sind gerötet. Dann geht er in die Küche und macht Kaffee. Während er wartet, checkt er sein Handy. Elliði hat noch nicht angerufen, aber vielleicht ist Doras Operation noch nicht zu Ende. Irgendwie fühlt er sich beklommen. Er geht zurück ins Schlafzimmer, um sich frische

Sachen anzuziehen, denn er hat im Schlaf geschwitzt. Aus dem Schrank holt er Jeans, einen Pulli und Socken. Dort sind immer noch jede Menge Kleider von Ewa. Er kann dem Drang nicht widerstehen, kurz daran zu riechen.

Zurück im Wohnzimmer hält er plötzlich inne und betrachtet den Couchtisch. Darauf steht ein kleiner brauner Schuhkarton. Er erinnert sich nicht, ob er schon dort stand, als er eingeschlafen ist. Vorsichtig öffnet er ihn. Es sind Fußballschuhe darin. Genau wie das Paar, das er und Zeljko als Kinder hatten.

Rado sieht sich in der Wohnung um, wie um zu prüfen, ob sein Bruder noch da ist. Plötzlich ist er hellwach, und seine Gedanken sind klar. Er stellt den Karton wieder auf den Tisch und holt sich in der Küche eine Tasse vom Kaffee, der mittlerweile fertig durchgeronnen ist. Offenbar hat sein Bruder sich in die Wohnung geschlichen, während er geschlafen hat, und die Schuhe auf den Tisch gestellt, ihm aber nichts getan. Wer weiß, was seinen kranken Geist dazu bewogen hat. Irgendein Fehler im System veranlasst ihn dazu, durch die Welt zu hetzen und eine Gräueltat nach der anderen zu begehen. Aber das ist nicht Rados Problem, er ist nicht mehr für ihn verantwortlich. Und das war er auch nie, zumindest nicht so, wie er dachte.

Rado ist bewusst, dass sich in seinem Leben einiges verändern muss. Im Moment kann er sich nicht vorstellen, wieder zur Polizei zurückzukehren und sich an seinen Schreibtisch in der Kriminalabteilung zu setzen, und schon gar nicht, einen Versuch zu starten, seine kaputte Ehe zu retten. Er kann sich auch nicht vorstellen, untätig auf Elliðis Anruf zu warten. Eine unsichtbare Hand greift um seinen Hals und schnürt ihm die Luft ab. In Wahrheit spürt er sie schon lange. Sie war schon vor der Razzia und Morgans Verschwinden da, und er weiß, dass er sie nur loswerden kann, wenn er dem Fall vollständig auf den Grund geht. Herausfindet, wer Artur geholfen hat, nach dem Tod von Jurek senior in der Zelle aufzuräumen, und seinen Bruder auf Dora angesetzt hat.

Es ist schon kurz vor Mittag, als er sich in den Jeep setzt und losfährt. Elliði hat sich nicht gemeldet. Über den Vermisstenfall wird nirgendwo berichtet, zumindest nicht online, bis auf eine Meldung, dass gestern Abend das Brandmeldesystem in Ódáinsvellir aus unbekannten Gründen angeschlagen habe. Es ist Sache der Chefs zu entscheiden, wie die Öffentlichkeit über die Lösung des Falls informiert werden soll.

Den Vormittag hat Rado damit verbracht, alle vorhandenen Informationen zum Tod von Jurek senior noch einmal genau durchzugehen. Der Einzige, der mehr über die letzten Stunden seines Schwiegervaters wissen könnte, ist Teddi, der Gefängniswärter, der an dem Abend Dienst hatte. Er ist gerade beim Training im Boxclub Kempa, der in einem ehemaligen Industriegebäude einen Ring und einen Spiegelsaal eingerichtet hat.

Als Rado ankommt, sind ein paar Leute am Trainieren, zwei Männer um die dreißig sparren im Ring. Teddi übt ohne Gegner vor dem Spiegel. Er ist ganz gut, seine Bewegungen sind präzise und geschmeidig. Nach dem Aufwärmen geht er weiter zu einem Boxsack. Seine Schläge werden immer fester. Rado will warten, bis er eine Pause macht. Als eine Glocke erklingt, wechseln alle die Station, manche ziehen sich die Handschuhe aus, während andere auf der Stelle joggen, um sich warm zu halten.

Als er Rado bemerkt, nimmt Teddi die Hände herunter.

»Was machst du hier?«, fragt er kurz angebunden.

»Wir müssen reden«, sagt Rado.

»Das wird eine kurze Unterhaltung, ich habe dir nichts zu sagen.« Teddi joggt auf der Stelle und macht dabei abwechselnd seitliche Drehungen. »Mein Anwalt …«

Mehr kann Teddi nicht sagen, bevor Rado ihn ohrfeigt. Dann holt er sechs Unzen schwere Boxhandschuhe aus einer Kiste in der Ecke und zieht sie an.

»Das würde ich an deiner Stelle nicht tun«, sagt Teddi und grinst.

»Okay«, sagt Rado und wendet den Blick nicht eine Sekunde von ihm ab. Alle anderen im Raum haben sich bereits zu ihnen umgedreht, aber keiner sagt etwas oder schreitet ein. »Was ist aus den Tabletten geworden, die ich Jurek gebracht habe?«

»Ich weiß nicht, wovon du sprichst.« Teddi geht einen Schritt auf Rado zu, der sieht, dass er zum Schlag ausholt, aber nichts tut. Er gibt dem Schlag sogar ein wenig nach, so dass Teddi aus dem Gleichgewicht kommt. Nicht viel, aber als Rado zurückschlägt, gerät er ins Wanken. Bei einem weiteren Schlag in die Brust fällt er auf die Knie.

»Schon gut, Rado«, sagt ein Mann hinter ihm mit dunkler Stimme und packt ihn an der Schulter. Rado dreht sich um und hält inne. »Ich brauche ihn nächste Woche bei einem

Wettkampf. Wenn du dich mit ihm unterhalten willst, gibt es bestimmt einen besseren Weg«, sagt der Mann ruhig.

»Ich habe ihm nichts zu sagen«, faucht Teddi mit zusammengebissenen Zähnen.

»Unterhalte dich mit dem Mann, Teddi, keine Widerrede.« Der ältere Mann macht auf dem Absatz kehrt, und in dem Moment erklingt die Glocke erneut und die anderen wenden sich wieder ihrem Training zu.

Rado und Teddi gehen in das Büro des Mannes, der Sigurjón heißt und den Boxclub leitet. Rado hat bei ihm trainiert, als er noch in der Spezialeinheit war. »Am besten sprecht ihr hier in aller Ruhe«, sagt er und lässt die beiden allein.

»Was ist in der Nacht von Jureks Tod passiert?«, fragt Rado.

»Darf ich überhaupt mit dir reden? Weißt du das? Rechtlich gesehen?« Teddi versucht, bestimmt zu klingen, aber Rado lässt sich davon nicht beeindrucken.

»Was ist passiert?« Er starrt Teddi an.

»Nichts. Außer, du weißt schon ... dass er einen Herzinfarkt hatte.« Er wickelt die Bandagen von seinen Händen.

»Wann?«

»Gegen Morgen«, sagt Teddi. »Ich war auf dem Flur und habe in der Zelle einen dumpfen Schlag gehört. Als ich ankam, lag der Mann auf dem Boden und hat nicht mehr geatmet.«

»Hast du noch mal mit ihm gesprochen, nachdem ich gegangen bin? Tagsüber oder am Abend?« Rado lässt den Blick nicht von Teddi.

»Als du weg warst, hat er um ein Glas Wasser gebeten. Sonst nichts.«

»Hat er es bekommen?«, fragt Rado.

»Ja, natürlich.«

»Hast du gesehen, ob er etwas genommen hat? Irgendwelche Medikamente?«

»Ja«, sagt Teddi. »Er hat zwei Pillen geschluckt.«

»Was ist mit der Tüte passiert?«

»Welcher Tüte?«

»Die, in der die Medikamente waren, Teddi. Was ist damit passiert? Hat dich jemand dafür bezahlt, sie verschwinden zu lassen? War es Artur?«, fragt Rado aufgebracht.

»Ich verstehe nicht, worauf du hinauswillst. Wer ist Artur? Warum hätte er mich dafür bezahlen sollen? Ich habe keine Ahnung, was du von mir willst«, sagt er und zuckt mit den Schultern.

»Ja, ok. Verdammt«, sagt Rado. Nach kurzem Zögern steht er auf. Er glaubt Teddi.

»Ich musste zu dem Tod einen Bericht verfassen«, sagt Teddi plötzlich. »Laut dem warst du der Letzte, der bei ihm in der Zelle war.«

»Ja?« Rados Herz schlägt schneller.

»Aber ... das stimmt nicht.« Teddi rollt die Bandagen auf. »So steht es nur im Bericht.«

»Wer war noch bei ihm?«

»Als ich gesehen habe, dass er auf dem Boden liegt, und mit der Herzmassage begonnen habe, kam Gorbi ... ich meine, der Polizeichef. Er hat mich weggeschickt, um Hilfe zu holen.«

Auf dem Parkplatz vor dem Boxclub überlegt Rado, was er machen soll. Er beschließt, Elliði anzurufen, aber nicht übers Mobilfunknetz, sondern über Telegram. Elliði geht nach dem ersten Klingeln ran, was untypisch für ihn ist.

»Gibt es Neuigkeiten aus dem Krankenhaus?«, fragt Rado mit zitternder Stimme.

»Noch nicht.«

»Wie heißt dein Freund in der Abteilung für Wirtschaftsdelikte?«

»Runólfur«, sagt Elliði.

»Wie erreiche ich ihn?« Er hört bei Elliði Stimmen im Hintergrund. In der Kriminalabteilung gibt es nach den Geschehnissen von gestern sicher viel aufzuarbeiten.

»Ich schicke dir seine Nummer«, flüstert Elliði, und Rado legt auf.

Kurz darauf vibriert sein Handy mit der Nachricht. Er wählt sofort die Nummer und erreicht Runólfur in Breiðholt im Homeoffice. Er gibt Rado seine Adresse und sagt, er könne jederzeit vorbeikommen.

Runólfur lebt in einem schwarzen, zweistöckigen Holzhaus im Selja-Viertel, das für Rado irgendwie norwegisch aussieht. Er parkt den Jeep am Straßenrand, und als er aussteigt, sieht er bei der offenen Garage neben dem Haus einen Mann um die fünfundsechzig stehen.

Er nickt Rado zu, es ist Runólfur. Er trägt einen knallroten Adidas-Trainingsanzug und bunte Nike-Schuhe, die Rado nicht an einem Wirtschaftsprüfer kurz vor der Rente erwartet hätte.

»Rado?«, fragt Runólfur. Seine Stimme klingt tief und rau, aber auch ein wenig zurückhaltend.

»Ja.« Er reicht ihm zur Begrüßung die Hand. Ihm fällt auf, dass Runólfur den Kopf ein wenig zur Seite ruckt.

»Die Tür ist kaputt, aber es kommt gleich jemand, um sie zu reparieren«, sagt er und geht zum Haus.

»Lässt du die Garagentür einfach offen stehen?«, fragt Rado und wirft einen Blick auf die zwei Mountainbikes, Skier und allerlei Outdoorausrüstung darin.

»Er kommt gleich. Außerdem ist mir völlig egal, wenn jemand was davon klaut, ich habe nicht vor, in nächster Zeit mit dem Mountainbike rauszufahren. Oder den Skiern«, sagt Runólfur und verzieht den Mund zu einem kaum merklichen Lächeln. Vor nicht allzu langer Zeit hatte er einen Schlaganfall, erinnert sich Rado. Der Mann hat einen trockenen Humor, der ihm auf Anhieb gefällt. Irgendwie erinnert er ihn an Dora.

Runólfur öffnet mühevoll die Haustür und bittet Rado hinein. Das Haus ist gemütlich eingerichtet, in einem skandinavischen Landhausstil, was nicht wirklich zu Runólfurs Aufmachung passt.

»Elliði hat mir erzählt, dass ihr das Mädchen wohlauf gefunden habt. Damit hätte ich nicht mehr gerechnet«, sagt er und sieht Rado an. »Gute Arbeit. Was kann ich für dich tun?«

»Wahrscheinlich ist es am besten, wenn ich einfach Klartext rede. Ich habe eine starke Vermutung, dass der Polizeichef in den Fall verwickelt ist.« Auf dem Weg nach Breiðholt hat Rado genau überlegt, was er sagen will.

»Ein korrupter Beamter, also«, sagt Runólfur nach einer kurzen Stille und weist Rado den Weg durch die Küche in ein kleines Büro. Dort stehen Aktenregale und ein Schreibtisch mit vier Bildschirmen, auf denen allerlei Tabellen und Kurven zu sehen sind, die Rado nichts sagen. Vor dem Schreibtisch stehen zwei Eames-Bürostühle. Runólfur nimmt auf einem davon Platz und bittet auch Rado, sich zu setzen.

»Die habe ich aus einer Insolvenzmasse, sie sind wie neu«, sagt er und schaukelt ein wenig auf dem Stuhl. »Kannst du mir Genaueres über den Fall erzählen?« Er wirft einen Blick auf die Bildschirme. »Ich versuche mich ein wenig mit Kryptowährungen, entschuldige.«

Rado sieht zu, wie er etwas tippt, das die Tabellen verschwinden lässt und die Bildschirme abschaltet.

»So ist es besser«, sagt er. »Ich würde vorschlagen, dass ich damit beginne, mir seine Finanzen anzusehen. Das ist am einfachsten.«

»Wie machst du das?«

»Ich habe meine Wege.« Er zwinkert Rado zu. »Aber er ist der Polizeichef. Er wird nicht so dumm gewesen sein, sich die Bestechungsgelder direkt auf sein Konto überweisen zu lassen.« Runólfur tippt wieder etwas ein und öffnet auf einem der Bildschirme einen Browser. »Das wird ein bisschen dauern, aber ich habe ja deine Nummer.«

44

Rado trifft Elliði im Hlemmur, wo er allein an einem Tisch sitzt und an einem Lammrippchen knabbert.

»Gibt es was Neues?« Rado sieht ihn eindringlich an.

»Noch nicht. Ich habe mit Doras Vater gesprochen. Sie sind im Krankenhaus angekommen. Einer von uns … oder wir beide sollten uns auch dort blicken lassen.« Elliði hört auf zu essen und schiebt den Teller beiseite. »Du weißt doch, was bei unserem Einsatz damals passiert ist?«

»Du meinst den Schuss?«

»Ja. Es ist schwer zu erklären, aber es kommt mir vor, als hätte ich sie umgebracht. Nachdem sie aufgewacht ist, war sie ein anderer Mensch. Sie sieht noch genauso aus, aber in Wahrheit ist sie weg. Für ihre Eltern ist sie eine Unbekannte. Manchmal ist sie zu ihnen aufs Land gefahren, aber für ihre Eltern war es einfach zu schwer. Sie konnte sich nicht mehr an ihre Kindheit auf dem Bauernhof erinnern. An die Familie. An nichts.« Elliðis Augen füllen sich mit Tränen. »In dem Bericht hat sie nicht die Wahrheit gesagt. Dort heißt es, sie wäre vor mir in das Haus gegangen. Das stimmt nicht, aber so hat sie es gesagt. Ich denke oft darüber nach, wer die Person war, die mir damit eine zweite Chance gegeben hat. War es die alte Dora von vor dem Schuss oder die neue, die ich gar nicht kannte.«

»Komm«, sagt Rado. »Ich bringe dich nach Hause, und dann fahre ich ins Krankenhaus. Du brauchst dringend Schlaf.«

Er steht auf und stützt Elliði auf dem Weg nach draußen. Es wirkt, als hätte jemand die Zeit um dreißig Jahre zurückgedreht. Damals war es ein alltäglicher Anblick, dass ein Polizist jemanden aus Hlemmur zerren musste, der sein Leben nicht mehr richtig im Griff hatte.

Er lässt gerade das Kóra-Viertel hinter sich, wo er Elliði an der Haustür abgesetzt hat, als Runólfur anruft und ihn bittet vorbeizukommen. Rado biegt sofort Richtung Breiðholt ab. Auf dem Weg ruft Ewa an und fragt, ob er Jurek heute im Kindergarten abholen könne, was er ihr zu tun verspricht. Am liebsten würde er ihr erzählen, dass Morgan gefunden wurde, aber er ist nicht sicher, ob das eine gute Idee ist. Die Pressekonferenz wird sicherlich bald stattfinden, und dann wissen es alle im Land. Er freut sich schon darauf, seinen Sohn wiederzusehen. Aber den gemeinsamen Ausflug in den Streichelzoo, den sie Jurek versprochen haben, hat keiner von ihnen noch einmal erwähnt.

Ein Handwerker repariert gerade Runólfurs Garagentür. Rado steigt aus dem Jeep und nickt dem Mann zu. Die Mountainbikes und Skier sind noch da, wo sie vorher waren. Er geht zum Eingang und klopft leicht an. Von drinnen hört er Runólfur, der ihn hereinruft.

Er sitzt im Wohnzimmer, ein Tablet vor sich und ein paar Zettel, die er gerade sortiert. Es sieht ein bisschen so aus, als würde er mit übergroßen Karten Solitär spielen. Runólfur hat eine Lesebrille auf der Nase, und aus seinem Mundwinkel ragt die Kappe eines Textmarkers.

»Es ist immer die gleiche Geschichte mit isländischem Geld. Schau mal, hier, das ist seine Frau. Sie hat Fischereikontingente geerbt. So viel, dass ihr nicht einmal die Finanzkrise 2008 etwas anhaben konnte.« Er reicht ihm die Kopie eines Zeitungsartikels.

Rado sieht ihn sich genau an, eine Meldung zu Bjarki Freyrs Ehefrau ist markiert. Dort steht, dass sie ihre gewichtigen Anteile an der Investmentgesellschaft Blámi vor kurzem für mehrere Milliarden Kronen verkauft hat.

»Bjarki Freyr ist also definitiv nicht pleite. Es kann ihm nicht ums Geld gehen«, sagt Rado und legt den Zettel auf den Tisch. »Blámi gehört der größte Anteil an Ódáinsvellir. Sie haben den Bau in weiten Teilen finanziert.« Runólfur nimmt die Kappe des Textmarkers aus dem Mund. »Das ist alles, was ich über den Verkauf gefunden habe«, sagt er und reicht Rado einen Stapel Papiere.

Bjarki Freyr steht in seinem Wohnzimmer und sieht sich eine Kochshow im Fernsehen an. Für Rado ist schwer vorstellbar, wie man sich bei der atemberaubenden Aussicht auf das Meer vor Seltjarnarnes auf einen Bildschirm konzentrieren kann. Er bleibt in der Tür stehen, und Bjarki Freyr bemerkt ihn nicht. In der Sendung wird erklärt, wie man Sauerteigbrot backt. Schon wieder Sauerteig. Ein sympathischer Mann Mitte dreißig knetet Teig auf einem Stahltisch und ermutigt die Zusehenden dazu, diese alte Technik einmal auszuprobieren, auch wenn das erste Brot vielleicht noch nicht perfekt wird.

Irgendwann verliert Bjarki Freyr das Interesse und macht den Fernseher aus. Rado nimmt an, dass er die Liveübertragung der Pressekonferenz zu Morgan mitverfolgt hat. Rado hat sie sich im Auto vor Runólfurs Haus auf dem Handy angesehen, und ihm ist natürlich aufgefallen, dass Bjarki Freyr nicht dabei war. Es war also die richtige Entscheidung, gleich zu ihm nach Hause zu fahren.

Seltsamerweise wirkt Bjarki Freyr nicht überrascht, Rado in seinem Wohnzimmer zu sehen. Seelenruhig legt er die Fernbedienung beiseite und wendet sich ihm zu.

»Was willst du?«, fragt er, ohne mit der Wimper zu zucken.

»Tut mir leid, dass ich so direkt frage, aber was hast du eigentlich getan? Ich bin kurz davor, das Bild zusammenzufügen.«

»Ich dachte, sie wäre tot«, sagt Bjarki Freyr nach langem Schweigen.

»Wer? Von wem sprichst du?«

»Na, von Morgan. Ich nehme an, Elliði und du habt Huginn bereits verhört«, sagt Bjarki Freyr etwas verärgert. »Sonst wärst du wohl kaum hier?«

»Hast du ihm geholfen?«, fragt Rado.

»Ja.«

»Warum?«

»Wegen meiner Frau. Sie hat alles aufs Spiel gesetzt. Wenn herausgekommen wäre, dass Huginn einen Teenager entführt und ermordet hat, wäre alles zusammengebrochen. Wir hätten alles verloren. Niemand hätte mehr eine Wohnung in dem Turm kaufen wollen. Ich konnte nicht mehr klar denken ... ich ... Es ging alles so schnell«, sagt Bjarki Freyr.

»War es Huginn, der dich kontaktiert hat?«

»Er hat mich angerufen, ja. Ich kenne ihn über meine Frau, sie hat mich ständig mitgeschleppt, um mir irgendwas in diesem verdammten Hochhaus anzusehen. Er meinte, das Mädchen hätte eine Überdosis genommen. Er brauchte Hilfe ... Wenn er dort auf der Baustelle nicht plötzlich Dora getroffen und sich als verdammter Bauleiter ausgegeben hätte, dann wäre es nie ... dann hätte sie nie ...«

»Aber Morgan lebte noch.«

»Als er sie in Thingvellir geholt hat, hat er ihr was gegeben. Anfangs ist sie noch freiwillig mit ihm gegangen, aber dann hat sie es sich anders überlegt. Und er wollte sie damit beruhigen. Angeblich hat sie auf dem Weg zurück nach Reykjavík zwischenzeitlich aufgehört zu atmen.«

»Wollte er, dass du ihm hilfst, die Leiche wegzuschaffen?«, fragt Rado.

»Nein, das wollte er selbst machen. Das Problem war ... Dora. Er hatte Angst, dass sie ihn auffliegen lassen könnte. Als es davor einmal Probleme beim Bau gab, habe ich Huginn mit ausländischen Zeitarbeitern ausgeholfen. Darüber habe ich Artur kennengelernt, er stand hinter einem der Zeitarbeitsunternehmen. Mir wurde schnell klar, dass er derjenige ist, der in Jureks Bande die Strippen zieht. Es war offensichtlich, dass die Gastarbeiter höllische Angst vor ihm hatten. Also habe ich mich noch einmal an ihn gewandt.«

»Du hast ihn also vorgewarnt? Damit ihm genug Zeit blieb, die Drogen zu verstecken? Und im Gegenzug sollte er Dora aus dem Weg schaffen?«

»Es hieß nie, dass er … Ich dachte nicht, dass er so weit gehen würde … Ich habe ihm nie befohlen, sie …«

»Huginn hat dich auch reingelegt, oder?«, fragt Rado. »Und dir vorgegaukelt, dass Morgan eine Überdosis genommen hat? Bist du wirklich so dumm?«

»Ich werde mein Amt als Polizeichef niederlegen. Heute Morgen habe ich gekündigt«, sagt Bjarki Freyr und wird rot im Gesicht.

»Gekündigt? Denkst du, dass …«

»Du hast nichts gegen mich in der Hand, Rado. Deshalb kann ich dir das auch erzählen. Ich weiß, dass dein Bruder kein Problem damit hatte, Dora zum Schweigen zu bringen. Dein Schwager hat ihn auf sie angesetzt, damit wollte er mich natürlich unter Druck setzen. Aber dir ist doch sicher bewusst, wie das aussieht? Wer soll dir glauben? Oder Dora glauben? Einer Verrückten, die schon seit Jahren nicht mehr imstande ist, Einsätze zu übernehmen.«

»Außerdem hast du die Medikamente aus der Zelle verschwinden lassen, als mein Schwiegervater gestorben ist. Das weiß ich von Teddi, ich habe also einen Zeugen.«

»Hat er das gesagt, Rado? Wirklich? Bist du sicher, dass er mich gesehen hat?« Bjarki Freyr neigt den Kopf zur Seite. »Tu doch nicht so.«

»Du könntest dich stellen!«, sagt Rado scharf. »Du könntest …«

»Es ist vorbei, Rado. Ich habe mit dem Fall nichts mehr zu tun«, sagt Bjarki Freyr. »Jetzt möchte ich dich bitten zu gehen.«

Für einen Moment steht Rado wie angewurzelt da, doch

dann kommt er wieder zu sich und lässt den Blick durch das Wohnzimmer schweifen. An den Wänden hängen isländische Landschaftsgemälde. Der Polizeichef und seine Frau haben Geschmack. Einige Bilder erinnern Rado an das Gemälde im Hotel Holt. Aber hier hängen auch neuere Werke, in denen die Natur weniger bunt ist. Sie wirken leerer.

Eines zeigt eine offene Landschaft mit ein paar Unebenheiten im Vordergrund. Bei einem anderen scheint es, als hätte der Künstler versucht, die ganze Landschaft hinter Nebel zu verstecken. Aber auch wenn die Bilder unterschiedlich alt sind, haben sie alle etwas gemeinsam: Sie zeigen Island. Das alte und das neue.

Rado sieht Bjarki Freyrs versteinerten Gesichtsausdruck, und ihm wird klar, dass auch sie beide wirken wie Repräsentanten des Alten und Neuen, die einander hier in diesem Wohnzimmer in Seltjarnarnes gegenüberstehen. Aber so sieht ihn Bjarki Freyr nicht. In seinen Augen ist er kein Vertreter der neuen Zeiten, der ihn herausfordert. Für ihn ist Rado nur einer der Menschen, die nach Island kommen, um irgendwelche Arbeiten zu erledigen.

»Das ist noch lange nicht vorbei«, sagt Rado schließlich. Dann dreht er sich um, geht hinaus und setzt sich in sein Auto.

Das Wetter ist gut, am Himmel ist keine einzige Wolke zu sehen. Eine Gruppe Jugendlicher geht lachend an seinem Jeep vorbei. Sie sind voller Hoffnung und Leben.

Rados Handy vibriert, es ist Elliði. Er hält kurz inne, doch dann geht er ran.

»Sie ist wach«, sagt Elliði mit belegter Stimme.

Rado legt auf, und der Kloß in seinem Hals löst sich. Er wirft einen Blick auf das Einfamilienhaus, in dem er gerade war, und meint, in der oberen Etage jemanden zu erkennen. Aber das muss nichts heißen. In letzter Zeit hat er ständig das Gefühl, an den unwahrscheinlichsten Orten den Morra zu sehen.

45

Hector steht an einem hohen Tisch im Raucherbereich des Flughafens in Keflavík. Draußen braust der Wind. Es ist Frühling, und der Sommer steht vor der Tür. Was auch immer das auf dieser elenden Insel heißen mag.

Hector ging es schon einmal besser. Seit die *Söhne der Götter* das Speed von Arturs Gang gestohlen haben, sind die Monate schnell vergangen. Immer wieder stockte die Zeit, wie ein Video mit zu niedriger Bildfrequenz. Viel zu viele Drogen, viel zu hohes Tempo, viel zu viel Geld. Viel zu viel von allem.

Zum Glück war er zum Zeitpunkt des Angriffs nicht im Clubhaus. Wer die Angreifer waren, weiß niemand. Wer sie geschickt hat, ist aber klar. Die *Söhne der Götter* haben sich aufgelöst. Nach und nach tauchten sie in den Notaufnahmen und Gesundheitszentren der Stadt auf, um ihre Wunden versorgen zu lassen. Was aus Nóri geworden ist, weiß er nicht. Manche meinen, man hätte seine Finger alle wieder annähen können. Hector hält das nicht für unwahrscheinlich. Es gibt einen Mann, der sogar die Hände verloren hat – in der Zeitung war ein Bild von ihm mit seiner Frau am Strand, auf dem er ihr mit den neuen Händen den Rücken eincremt. Aber ob Nóri irgendwann wieder genug Kraft in den Fingern haben wird, um jemanden zu würgen, der ihm Geld schuldet, ist eine andere Frage.

Nóri hat Hector fast ein halbes Kilogramm von dem Speed überlassen, um es weiterzuverkaufen. Das hat Hector sofort gemacht und dann ein paar Jugendliche zur Bank geschickt, um seine Kronen in Euro umzutauschen. Er ist auf dem Weg nach Málaga, von dort aus geht es weiter nach Fuengirola, wo seine betagte Mutter lebt. Sein Plan ist, in ihrem Gästezimmer unterzukommen, bis er eine kleine Wohnung findet. Dort im Süden ist alles viel billiger, Island ist ziemlich teuer geworden.

Aber erst muss er wieder ganz gesund werden. Er ist ziemlich sicher, dass er nur deshalb nicht vom Zoll aufgehalten wurde, weil er wie ein Krebskranker aussieht, völlig abgemagert, mit dunklen Augenringen. Er strahlt Hoffnungslosigkeit aus und Unbehagen, ist nur noch ein Schatten seiner selbst. Doch trotz allem ist es ein neuer Anfang, wahrscheinlich bereits der hundertste. Es wird nicht einfacher, immer wieder aufzustehen und von vorn zu beginnen. In der Sonne geht es vielleicht besser.

Er hat zwar viel durchgemacht, aber trotzdem schmiedet er Pläne. Fuengirola liegt nicht weit entfernt von Marbella, und dort kennt er ein paar Leute. Wenn er wieder auf den Beinen ist, könnte er sie mal kontaktieren, da ist schließlich nichts dabei.

Aber eine Sache lässt ihn nicht los. Vielleicht kann er einfach nicht anders. Es sind die Bilder, die er aus dem Lüftungsschacht in der Fleischerei gemacht hat. Er hat sie niemandem gezeigt. Nóri hat er nur erzählt, dass die Kamera kaputtgegangen sei, er das Speed aber gesehen habe.

In Wahrheit hat er aber Bilder. Von zweihundert Kilo

Speed, sorgfältig verpackt auf einem Stahltisch. Aber auch eines von den beiden Männern beim weißen Lieferwagen. Einer war älter und hatte ein rotes Mal auf der Stirn. Der andere hatte ungewöhnlich breite Hüften, wie eine Frau. Sie hielten das Mädchen zwischen sich. Das Mädchen, nach dem gesucht wurde. Sie sah aus, als wäre sie tot. Oder schliefe. Sie haben sie in den Laderaum gesteckt, und Hector hat alles mit seiner Kamera festgehalten.

Die Bilder hat er sich immer wieder angesehen. Jedes Mal spielt er mit dem Gedanken, sie einem Polizisten zuzuspielen, den er kennt. Der hat ihn vor langer Zeit einmal festgenommen, aber eigentlich ist er ein guter Kerl. Auf Facebook wäre er bestimmt leicht zu finden, dort könnte er ihm die Bilder schicken. Noch steht nicht auf der Anzeige, von welchem Gate seine Maschine abfliegen soll. Er hat Internet auf dem Handy und genug Akku. Hector lächelt und schüttelt den Kopf. Als er den Polizisten kennenlernte, war er völlig hinüber, steckte tief in der Scheiße. Hatte gerade ein Haus verwüstet, auf das er aufpassen sollte. Der Polizist hat ihn beruhigt und ihm ein Lied von Michael Jackson vorgesungen.

You are not alone.